集英社オレンジ文庫

魔法使いのお留守番　ヒムカ国編

白洲　梓

本書は書き下ろしです。

魔法使いのお留守番

ヒムカ国編

Holding The Wizard's Fort

CONTENTS

クロ（カグラ）
千年生きる竜の一族の、最後の生き残り。200歳くらい。
アオ
伝説の古代文明の遺物である青銅人形。年齢不詳。
ヒマワリ（スバル）
金の髪と、向日葵の花のような虹彩を持つ少年。14歳くらい。
魔法使いのお留守番
ヒムカ国編
Holding The Wizard's Fort
CHARACTERS
挿画 kokuno

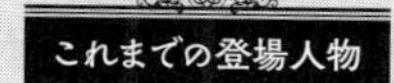

これまでの登場人物

シロガネ……不老不死の秘術を手に入れたとされる大魔法使い。

マホロ……シロガネの親友だった少年。魔女の依り代。

モチヅキ……全ての魔法を無効化する体質の非魔法使い。

ミライ……未来の終島からやってくる青年。

アンナ……西の魔法使い。ヒマワリの師。

ナガレ……北の魔法使い。引退を宣言した。

オグリ……東の魔法使い。スバルがヒムカ国を滅ぼす未来を予言した。

ヒナグ……南の魔法使い。四大魔法使い最年少。

ミカゲ……ヒマワリの姉弟子。

ジン……ヒマワリの兄弟子。

カンナ……カグラの姉。

ホズミ……カンナの恋人。

ツツジ……ホズミの孫。カグラの肖像画の持ち主。

オトワ……シロガネの師。西の魔法使いだったが、暁祭の後引退した。

トキワ……スバルの母。

アヤ……ヒムカ国第一王子。スバルの異母兄。

セキレイ……ヒムカ国王。

イチイ……ヒムカ国将軍。

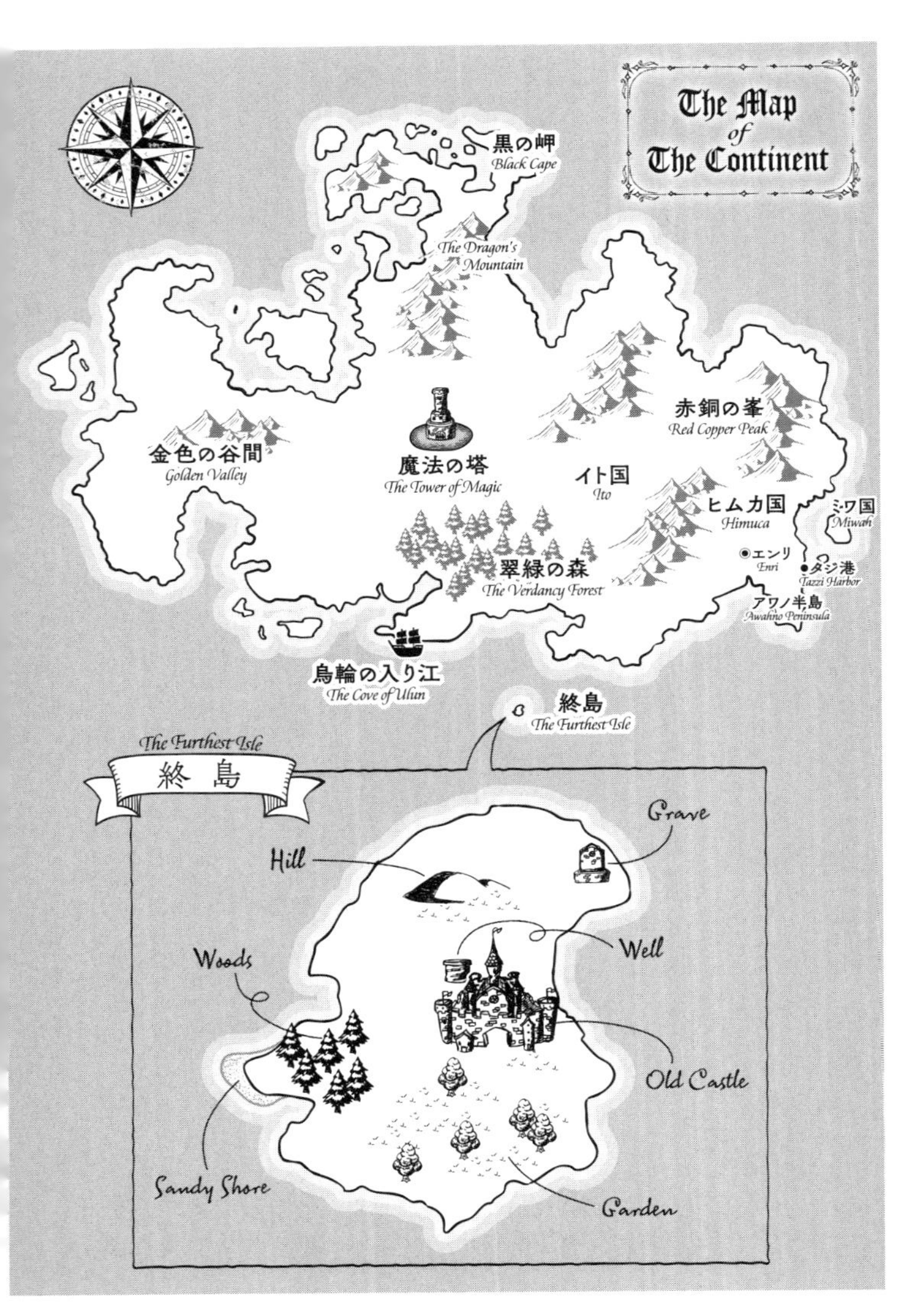
The Map of The Continent
黒の岬
Black Cape
The Dragon's Mountain
金色の谷間
Golden Valley
魔法の塔
The Tower of Magic
イト国
Ito
赤銅の峯
Red Copper Peak
ヒムカ国
Himuca
ミワ国
Miwah
エンリ
Enri
タジ港
Tazzi Harbor
アワノ半島
Awahno Peninsula
翠緑の森
The Verdancy Forest
鳥輪の入り江
The Cove of Ulun
終島
The Furthest Isle
The Furthest Isle
終 島
Grave
Hill
Well
Woods
Old Castle
Sandy Shore
Garden

魔法使いのお留守番

ヒムカ国編

一　抜けない剣

大陸の最果て、南に広がる蒼(あお)い海の向こうに、小さな島が浮かんでいる。

それがかの大魔法使い、シロガネの住処(すみか)であった。

東西南北を司(つかさど)る四大魔法使いが束になっても敵(かな)わないとされる、史上最強の魔法使い。

その輝かしい活躍譚(たん)は大陸中の人々を魅了し、魔法使いたちは彼の記した魔法書をこぞって貪(むさぼ)り読んだ。

そんなシロガネは、終島(はてじま)と呼ばれるこの島で、ある秘術の研究に明け暮れているともっぱらの噂(うわさ)だった。

それは、数多(あまた)の先駆者が決して手に入れることのできなかった人類最大の夢――不老不死についての研究であるという。

何人(なんぴと)も寄せつけぬように四方に反り返った断崖絶壁の上には、蔦(つた)に覆(おお)われた古城がぽつんと聳(そび)えていた。それがこの島唯一の建造物であり、シロガネが籠(こ)もる住まいである。

そして今、その古城の一室。

噂の大魔法使いは、忙しく手を動かしていた。

タイル張りの大きな浴室には清潔な石鹸(せっけん)の香りが広がり、真っ白な蒸気が満ち満ちている。天井から垂れた水滴が湯に跳ねて、ぴちゃんと音を立てた。その小さな音は浴室内に反響し、思いのほか大きくこだまする。

猫足の大きなバスタブに身を浸すアオの髪を上機嫌で泡立ててやりながら、シロガネは歌うように尋(たず)ねた。

「お痒いところはございませんか～」

シャツの袖をまくり上げ、バスタブの傍に小さな丸椅子を置いて腰掛けながら、手慣れた様子で後頭部から側頭部にかけて丁寧に指を滑らせていく。

「シロガネ、頭を洗う時いつもそれ言いますよね」

アオが不思議そうに言った。

「そりゃあ、こういう時のお作法だよ」

「ほう、お作法」

今日はアオのメンテナンスの日だ。

青銅人形である彼の本来の姿は、巨大なゴーレムである。実際には青銅とは似ても似つかぬ、恐ろしいほどの強靭さを持つ未知の金属でできたその身体について、シロガネの探求心が衰えることはない。定期的に洗ったり磨いたりとメンテナンスを欠かさず、その都度つぶさに観察し記録を取る。

ゴーレムの姿は全体面積が広範囲に及ぶため、庭に出て磨き上げるのも一日仕事になる。一方で今日は人型だから、風呂場で人と同じように洗ってやればよい。

失われた超古代文明とはまったくもって深淵にして偉大である、とシロガネはしみじみ思う。その褐色の肌の感触も、髪の柔らかさも、どれをとっても人間としか思えない。それなのに、ひとたび変化すれば竜の炎すら跳ね返す強固な金属で形作られた巨人となるのだ。一体何をどうすれば、こんな有機物を作り上げることができるのか。

「痒いというのは、どんな心地ですか？」

「むずむずして、引っ掻きたくなる。うーん、そうだなぁ。例えばアオは、頬に虫が止まったらどう感じる？」

「虫が止まった、と思います」

「うん、間違いない」

「人間なら、虫が止まるとどう感じるんですか？」

「違和感が出て、むずむずするね。痒みはそれに近い感覚だよ」

「むず、むず」

その擬態語の意味を図りかねているらしい。

「こうして人に髪を洗われるのと、自分で洗うのと何か違いは感じる？」

「いいえ。どちらも、汚れが落ちていくな、と思います」

「それも、間違いない」

シロガネは可笑しそうに、くつくつと笑う。

「人間はね、大抵の場合、誰かに洗ってもらうほうが気持ちがいいものだよ」

「自分で洗うのとは、異なった感覚を得るということですか？　同じ行為なのに？」

するとアオは、考え込むようにじっと天井を見つめた。再び落ちてきた水滴が、音を立ててバスタブの湯に波紋を描く。

ゆっくりと目を閉じたアオは、おとなしくされるがままになっている。

「気持ちがいい、というのがどういうことか、残念ながらはっきりとはよくわかりません。でも、シロガネにこうしてもらうのは、嬉しい……と思います」

シロガネは微笑んだ。

この青銅人形と出会ってから、すでに長い年月が経っている。当初は己の感情の意味や発露に戸惑っていた彼も、随分と変わった。基本は相変わらず無表情だけれど、その言葉や素振りには、だいぶ人間らしさが込もるようになった。

「いつまでやってんだよ、お前ら」

ドアの向こうから顔を出したクロが、二人の様子を見て呆れたように肩を竦めた。

「毎度毎度よくやるな。乾かすまでも長いくせに」

「そろそろ終わるよ。そうだ、クロも洗ってあげようか？」

「断る」

ばっさりと拒否され、シロガネは少ししょんぼりとする。

この黒髪の青年もまた、人ではない。

その真の姿は、世にも美しい黒竜である。それも、恐らくこの世で最後の一頭。

アオとは違い、彼は触れられることをあまり好まない。竜の姿になってほしいと懇願しても、決してその願いを聞いてくれようとはしない。無理強いするつもりはなかったし、人型の彼も好きだけれど、竜になった彼をもっとよく観察したいし背中にだって乗ってみたいのだ。

「クロさん。誰かに頭を洗ってもらうのは、気持ちがいいのだそうですよ？」

アオが興味津々（しんしん）の体（てい）で、瞳に金属質な光を閃（ひらめ）かせる。実際に見てみたいのだろう。

「犬みたいに人に洗われるなんてごめんだね」

ぷい、と顔を背けてしまう。

シロガネは苦笑して、桶に汲（く）んだ湯をアオの頭に注いだ。泡を洗い流しながら、「クロ！」と声をかける。

「袖！　袖まくってー」

「はぁ？」

「落ちてきちゃった。僕、両手濡れてるから、お願い」

肘（ひじ）までまくり上げていたシャツの袖がいつの間にかはらりとほどけて、濡れた手首のあたりまでずり落ちている。泡のついた手を掲げてみせて、シロガネはせっついた。

「早くー」

「お前魔法使いだろ。魔法でなんとかしろよ」

ぶつくさ言いながらも、クロは渋々シロガネの袖に手を伸ばした。なんだかんだ言いながらもやってくれるのである。

「こんなことに使わないよ。魔法は、ただの便利な道具じゃないんだからね」

すべての魔法の向こう側には、彼がいる。

もう何十年も前に、海の底へと消えた、赤毛の少年。

魔法を使う度、その先にいる彼の存在を感じながら生きてきた。

だからその力の、ほんの一滴も無駄にすることはできなかった。本当に必要な時、魔法でしか成し得ないことがある時だけ、扉を開いてその身に魔法を満たす。

袖をまくり終え、クロは「ほら」とぶっきらぼうに手を放した。

「ありがとう、クロ」

すると彼はおもむろに、シロガネの銀の髪をするりと手にとった。腰まであるその長い髪は、先のあたりがいつの間にかすっかり濡れそぼっている。

「袖よりこっちが濡れてるじゃねーか。なんで結ばないんだよ」

「あれ、本当だ。じゃあ、結んでくれる?」

クロは呆れたように嘆息しながら、シロガネの背後に回り髪を束ね始めた。

彼がこの銀髪をいたく気に入っていることは、とっくに気がついている。キラキラしたものを好む竜にとっては、宝石と同じくらい目を引かれるものらしい。髪に触れると、無表情を装いながらもクロが嬉しそうなことは容易に伝わってきて、シロガネは思わずほくそ笑んだ。

最近、こんな時にふと、幸福に満たされる。他愛のない彼らとのやりとりひとつひとつが、大切に箱にしまっておきたくなるほど愛(いと)おしい。

なんでもないこうした穏やかな日々が、ずっと続くといい、と思う。

「ふにゃらら～ん、てってろり～、むむにゃむ～ん」

上機嫌のシロガネに、クロが顔を顰めた。

「出た、謎歌」

「毎回微妙にメロディは違うのに、歌詞が変わらないのが不思議ですね」

「こんなのを歌詞とは言わねぇ」

吐き捨てるように言われ、シロガネは首を傾げた。

「え、なんのこと？」

シロガネに、歌った自覚はなかった。完全に無意識である。

「シロガネ、歌ってましたよ、今」

「本当？　いやぁ、まいったまいった。音楽でも滲み出ちゃうんだなー僕の才能が」

「世界中の音楽家に謝れ」

自分の笑い声が、浴室内に反響する。

——幸せそうだね。僕は、今も一人ぼっちなのに。

ふっと明かりが落ちて、辺りは闇に包まれた。

洗っていたはずのアオの髪の感覚が、消えている。

「……アオ？」

どこにもいない。

浴室だったはずのそこは深い暗闇に閉ざされ、シロガネは一人立ち尽くしていた。

「クロ……？」

——僕はもうずっと長いこと、たった一人で、暗い場所にいるのに。

闇の向こうから、波の音が鳴り響く。

シロガネは息を詰めた。

いつの間に自分は、海へ出たのだろう。

その音は、徐々に大きくなっていく。轟々と唸り声を上げながら、地を這うように世界を震わせて迫ってくる。

——必ず助け出すって、言ったくせに。

山のごとき巨大な黒い波が、一瞬にして目前に押し寄せた。それは猛りくるった咆哮をまき散らしながら、口を開けてシロガネの視界を覆い尽くす。

なす術もなく、シロガネはその奔流に飲み込まれた。

思わず、手を伸ばす。

——僕のことを忘れて、自分だけ幸せになるの？

「——マホロ！」


息苦しさを覚えて、はっと瞼を開く。

首元に伝う汗を感じながら、その感覚こそが現実であると実感を得た。

ああ夢だった、と安堵した。そうしてゆっくりと、熱を孕んだ息を吐く。

沈み込むように、重くてだるい己の身体を改めて認識した。汗で張りついた寝間着が気持ち悪い。額(ひたい)にのせられていたはずの濡れタオルが枕元に落ちているのに気づいて、力の入らない手を伸ばした。

窓の外には、曇(くも)り空が覗(のぞ)いている。寝込んでから今日で何日目になるだろうか、と高熱に浮かされ霞(かすみ)のかかったような頭で考える。

終島に戻ってすぐ、ヒマワリは高熱に倒れた。

シロガネの記憶、それに、スバルの記憶。一気に押し寄せたそれらの重みに耐えかねたように、あれからずっと、こうして臥(ふ)せってしまっている。

夢に出てきた、懐かしい日を思い返す。

シロガネだった頃の、この島での記憶。あんな日々が、ずっと続けばいいと思っていた。同時に、罪悪感と焦燥(しょうそう)感を抱えてもいた。どうすればマホロを救うことができるのか、もうそれは永遠に不可能なのかと、己の命の期限が迫る中で常に考えていたあの頃。

——僕のことを忘れて、自分だけ幸せになるの？

夢の中で聞いたマホロの声を思い出し、ぎゅっと目を瞑(つむ)る。

（マホロは、あんなこと絶対言わないけど）

彼は、シロガネを責めたりしない。そういう人間だと、ちゃんとわかっている。それでも、彼を救えない無力感に絶望し、よくあんな悪夢を見た。

（でも、今なら）

ようやく、光明を掴んだのだ。

あの、暁祭の夜。すべてを思い出したあの日。

マホロは、やっぱりマホロだった。

魔女をその身に抑え込み、シロガネを――ヒマワリを、助けてくれた。

(僕は、君を助けられなかったのに)

終島へ戻ってきたヒマワリがまず考えたのは、今すぐマホロを救い出さなければ、ということだった。

そのためには、モチヅキが必要だ。

魔法を使えない魔法使い。すべての魔法を無効化してしまうその稀有な存在こそ、シロガネが長年求めてきたものだ。

すぐにヒムカ国へ向かわなければ、と思った。モチヅキがかの国へ帰って以来、ヒマワリは時折、手紙のやりとりを続けていた。シロガネの弟子候補となったモチヅキの待遇はすっかり改善されたらしく、欲しい魔法書をたくさん買ってもらったとか、両親に連れられて社交の場に行ったとか、これまでずっと妹に無視されていたが最近は少し口をきいてくれるようになったとか、楽しそうな様子が綴られていた。

しかしヒマワリが西の魔法使いアンナの弟子となって島を出てからは、徐々にやりとりは少なくなり、ここ二年ほどはまったく音沙汰がなかった。

(早く……早く、迎えにいかないと)

気ばかりが逸る。

しかし、身体がそれについていかなかった。まるで自分のものではないかのように、ひどく重くて思うようにならない。

部屋のドアが、遠慮がちにそうっと開いた。

視線だけ向けると、ミライが顔を覗かせている。

「あ、起こしたか？」

「……ミライ。ううん、起きてた」

「熱出して寝込んでるっていうから、ちょっと様子見にきた」

未来からやってくる未来人。いつの時代からやってきているのか、果たしてその未来はどんな世界なのか、そこに魔法はあるのか、彼は何も語ってはくれない。

それでも、未来でこの城に住んでいるというのだから、この城は失われることなく受け継がれ存在しているということだ。

ミライは銀盆を抱えていて、その上には氷水の入ったボウルが載っている。それをベッドの脇の棚に置くと、掌をヒマワリの額に当てて、「熱いなぁ」と呟く。

その手は思いのほかひんやりとしていて心地よく、ヒマワリは目を瞑る。

「……ミライの言った通りだね」

「うん？」

「本当に、また二人に会えた」

――お前、また会えるぜ。あいつらに。

死の間際、ミライはそう教えてくれた。

「未来のことは何度聞いたって、絶対教えてくれなかったのに……死にそうな僕は、そんなに憐れに見えたのかな」

目を開くと、ボウルの冷たい水にタオルを浸していたミライは、ぽかんとした顔でこちらを見下ろしている。

「……シロガネ、か？」

少し自信がなさそうな、探るような口調だ。

「生まれ変わっても、すぐに前世を思い出せるものじゃないんだね。勉強になったよ」

驚いた様子のミライだったが、徐々に飲み込んだように「ああ、そうなのかぁ」と呟いた。

そうして、少し考え込む。

「俺、シロガネに未来について教えたんだ？」

「うん。……ああ、あの時会ったミライは、今よりもうちょっと先の、未来のミライなのかな」

「らしいな。俺、お前がシロガネの生まれ変わりって、今初めて知ったからね。まぁ、そんな気はしてたけど」

ミライは軽く笑って肩を竦める。

彼が旅する過去の時代は、己の意志で選び取れるものではないらしい。ヒマワリの時代に滞在した次にはシロガネの時代に戻ったり、と時系列が前後することもよくあるようだ。

「あの二人には言ったのか？　お前がシロガネだって」

「……ううん」

「なんで？　知ったら喜ぶだろ」

「どうかな……」

シロガネの記憶は、確かにある。

自分がシロガネであったという実感も得ている。

けれど今ここにいるのは、あくまでヒマワリだった。ヒマワリの中で、シロガネと自分は明らかに別人だ。

（アオもクロも、〝シロガネ〟が帰ってくることを願ってる……）

「……とりあえず、しばらく内緒にしておいて」

「ふうん？　まぁいいけど。二人とも心配してたぜ。お前が今にも飛び出していきそうって」

「早く、行かないといけないんだ……」

今こうしている間も、マホロは囚われ続けている。

依り代として差し出されたヒマワリが逃げたことで、暁祭は失敗に終わった。前回の暁祭から長い年月が経ち、器としてのマホロの身体はもう限界に近づいているはずだった。

ミライは固く絞った冷たいタオルを、優しく額にのせてくれる。

「せっかく帰ってきたんだから、少しはゆっくりしていけよ。あいつらだってただ心配って以上に、単純に嬉しいんだからさ。お前が帰ってきたことが」

ヒマワリは少し目を瞬かせた。

「そうなのかな」

「久しぶりに実家に帰ってきた息子にテンション上がって世話を焼きたがるのが、親ってもんだろ。アオのやつ、お前が快復したら好きなものなんでも作ってやれるようにって、張り切って食材買い込んでたぞ」

（親……）

シロガネであった頃はむしろ、自分のほうが彼らの親になったつもりでいた。目覚めたばかりで右も左もわからない青銅人形と、子どものまま大きくなったような孤独な竜。二人の世話を焼くことが、そしてどう接すればいいのかと悩むことすらも、幸福に思えた。

ヒマワリは苦笑する。

「うん、わかった」

ミライはぽんぽん、と布団を軽く叩くと、「ちゃんと寝てろよ」と言い残して部屋を出ていった。

ようやく起き上がれるようになったのは、ヒマワリが終島に戻って、半月以上経った頃だった。

その日、久しぶりにヒマワリが自室ではなく食堂で朝食を摂りしっかりと完食したことに、アオは嬉しそうに揺れていたし――彼は感情が高ぶると身体が振動する――、クロも内心ほっとしていた。

島に連れ帰って目を覚ましたヒマワリが、二人に飛びついて「ヒムカ国へ行く」と言い出した時には驚いたが、その後すぐに気を失ってしまったのにはさらに驚いた。万が一、このままヒマワリが息をしなくなったらと思うとぞっとしたし、シロガネの最期を思い出さずにはいられなかったのだ。

西の魔法使いであるアンナに連絡し、すぐに容態を確認しに来てもらったが、疲れと心理的なものからくる発熱だろうと薬を処方された。

「大丈夫ですよ、必ずよくなりますから」

そう言ってアンナは、二人を安心させるように微笑んだ。

「暁祭が失敗したことは、四大魔法使いだけの秘密になっています。現状では魔法の発動に影響は見られません。ヒマワリを連れ戻すか、新たな依り代を探してやり直そうという意見も出ましたが、ナガレが引退を決めたので、北の魔法使いの後任が定まるまでこの話は保留となりました。ただ、あなたたちの存在を知って、オグリやヒナグは竜と青銅人形を手に入れようと目の色を変えています。この島にあなたたちがいることは私以外は知りませんから、当分は大丈夫だとは思いますが、油断はしないように。私は彼らを止めるために、できる限り手を回してみます」

　アンナから聞かされた状況は、ヒマワリの身がこの上なく危ういことを物語っていた。

　朝食を終えて、部屋で休むと言って階段をゆっくり上がっていくヒマワリを見届けてから、アオとクロは書斎で顔を突き合わせた。

「体力が落ちてはいるようですが、ひとまず起き上がれるようになってなによりでした」

　ほっとした様子でアオが言った。

「このところ、ヒムカ国に行く、と言わなくなりましたね」

「騙されるな。あいつこっそり、モチヅキから来た昔の手紙を引っ張り出してた。住所を確認したんだろ」

「おお、クロさんよく見てらっしゃいます！　まるで名探偵エドガワのようです！」

　アオは最近、推理小説にもハマっているらしい。

「エドガワは、見た目は老人なんですが中身は少年なんですよ。悪い魔法使いに呪いをかけられているんです。その明晰な頭脳で様々な事件を解決しながら、自分の身体を元に戻す方法を探しているんですが、肉体年齢の寿命が迫ってきていて――」

「エドガワはどうでもいい」

　アオはしゅんとした。

「とにかく、今は島から出ること自体危険だ。何よりヒムカ国へ行けば、ヒマワリが生きているとヒムカ王に知れる可能性がある。今度こそあいつを殺そうとするはずだ」

ヒマワリはいまだ、己の出自を知らないはずだった。

父を殺し、国を滅ぼすと予言された呪われた王子。

「そうですね。魔法の力で逃げ切れたとしても、きっと噂は広まってしまいます。そうすれば今度は、東と南の魔法使いがヒマワリさんを捕らえにやってくるかもしれません」

「モチヅキに会いに行きたい、ってのが目的なんだよな？　だったら俺がひとっ走り行って、モチヅキをここへ連れてくるか？」

クロは以前、モチヅキの実家も訪問している。シロガネからの使いとして再び訪ねれば、話は早いだろう。

「ですが、クロさん。ヒマワリさんはモチヅキさんと会って、それでどうするつもりなんでしょうか。永遠を断ち切る――と仰っていましたが」

それはクロも気になっていた。

ヒマワリは詳しいことを語らぬまま倒れてしまったけれど、あの状況から察するにそれは、例の暁祭に関するなんらかの企てなのではないだろうか。

「モチヅキさんに会えたとしても、そのことでよりヒマワリさんが危険に近づくことになりはしないでしょうか」

「……そうかもな」

「一度、きちんとヒマワリさんと話を――」

あ、とアオが銀の瞳を閃かせる。それは青銅人形に備わった機能により、何かを感知した時に見せる彼の仕草だった。

「来客です」

クロは大きくため息をついた。

「行ってくる。さっさと追い払う」

大魔法使いシロガネは、不老不死の秘術を得たといわれている。そうして今もなお、永遠の命を渇望する人々が、彼に会おうと世界中からこの島を目指してやってくるのだ。

クロは気乗りしない風情（ふぜい）で城を出ると、ポケットに手を突っ込みながら、アオが着々と範囲を広げている向日葵（ひまわり）畑を通り過ぎた。いつものようにその先の林を抜けて、この島唯一の砂浜に面している崖へと辿（たど）り着く。

よく通る、大きな声が響き渡った。

「大魔法使いシロガネ様はおられるだろうか！」

「魔法使いは、留守にしております」

冷たい口調でそう答えながら、クロは眼下を見据えた。

砂浜に人影はひとつ。

武骨そうな男である。歳（とし）の頃は三十過ぎか。彼が乗ってきたらしい年季の入った小舟が、波打ち際に乗り上げている。鎧（よろい）こそ纏（まと）っていないが腰に剣を佩（は）き、さらにその手にもう一本、大きな剣を抱えていた。

　警戒心が頭をもたげた。武器を携（たずさ）えてこの島へやってくるということは、力にものを言わせて不老不死を得ようという思惑が透けて見えるからだ。

「シロガネ様に、どうしてもお願いしたき儀がございまする！　何卒（なにとぞ）お目通り願いたい！」

「留守にしております。お帰りください」

「お戻りになるまで、お待ち申し上げる！　シロガネ様に、この剣をどうにかして抜いていただきたいのだ！」

　男は抱えていた大剣を、捧げるようにして持ち上げた。

「私の名はマサムネと申す。イト国より参った。これは、何人たりとも鞘（さや）から抜くことのできぬ伝説の剣。もし抜ければ、この世に斬（き）れぬものはないという、天下に一振りの宝剣でござる！　私はどうしても、これを抜かねばならぬのだ！　どうか！」

　がばり、と勢いよく頭を下げる。

　クロは少し拍子抜けした。どうやら、不老不死を求めてやってきた輩（やから）ではないらしい。だがいずれにせよ、相手にするつもりはない。

「お帰りください」

　言い捨てて城へ戻ろうと踵（きびす）を返したが、ぎくりと足を止めた。いつの間にやってきたのか、背後にヒマワリが立っていたのだ。

「おい、病み上がりが出歩くな。階段上がるだけで息切らしてたくせに」

　ヒマワリはつんと唇を尖らせた。

「平気だよ、ちょっとくらい」

「早く戻れ」

　万が一あの男にヒマワリの姿を見られれば、それが端緒となって彼の居場所がどこぞに漏れないとも限らない。クロはさりげなく、自分の身体でその姿を隠すように移動した。

　ヒマワリはこの四年ですっかり背が伸びて、今ではその明るい金色の頭頂部がクロの鼻先ほどまで迫っていた。声変わりもして幾分大人びたものの、全体的にはまだほっそりとした少年らしさが残っている。背丈が追い越されるのはまだもう少し先だろう、と内心ほっとした。抜かされるのは、なんだか癪である。

「どうか、お願い申し上げる！　シロガネ様にお取次ぎを！」

　叫んでいる男を興味津々に見下ろして、ヒマワリは目を輝かせた。

「ねぇ、あの剣見たいな」

「だめだ」

「抜いてみたい！」

「だーめーだ！　お前、自分の立場わかってんのか？　誰であれ、今は軽々しく人前に出るな」

　言い争っていると、ヒマワリさーん、と声を上げながら、アオが林の向こうから駆けてくるのが見えた。

「ヒマワリさん、海風で身体を冷やしたらいけませんよ。これを着てください」

手にしたフードつきのマントを、ヒマワリの肩にかけてやる。ヒマワリはありがとう、と素直にそれを羽織ると、やがて何かを思いついたというように、にやっと笑った。

「これで顔隠すから。ね？　試しに抜くくらい、いいでしょ？」

「ヒマワリ！」

「剣が抜けないってことは、魔法がかけられているのかも。僕だって魔法使いだよ。何かわかるかもしれない——シロガネでなくたって」

「ああいう手合いにいちいち付き合ってられるか。ここはなんでも相談所じゃないんだぞ。余計なことに首を突っ込むな」

「なんですか、剣とは？」

アオが崖下を覗き込む。

手短にクロが来訪者の意を説明すると、アオはかたかたと揺れ出した。

「誰にも抜けない……剣……！　まさに『薔薇(ばら)騎士物語』に出てくるイスカリオット王の聖剣ではないですかぁ！　その剣を抜いた者が王となるという、あの伝説の！　どんな勇者も強者も、大岩に刺さったその剣を抜くことができなかったのを、羊飼いであったイスカリオットが抜いて、やがて騎士たちを従えた王になる……！　抜きましょう！」

「煽(あお)るな」

「抜いてくる！」

「あっ、こらヒマワリ！」

クロの横をすり抜けて、砂浜へと続く階段を軽やかに駆け下りていく。慌ててそれを追いかけるクロに、アオがうきうきしながら続いた。

崖を下りてくる三人の姿に、剣を手にした男は見定めるように視線を走らせる。いずれがシロガネか、と考えているのだろう。

さらさらとした白い砂の上に降り立ったヒマワリは、目深に被ったフードの下から、にこやかに挨拶した。

「こんにちは。あいにくシロガネ様は留守で、いつ戻るかわからないんです。ですが、僕でよければお力になれるかもしれません。その剣、少し見せていただいても？」

「そなたも魔法使いか？」

マサムネは怪訝そうだ。

「はい。シロガネ様の弟子です」

勝手にシロガネの弟子を名乗ったヒマワリに、クロは驚いた。

「留守中のことは、僕が任されていますので」

悪びれる様子もなくあっけらかんと嘘をついて、ヒマワリは「さぁ」と手を出した。

男は逡巡しながらも、ほかに術もないと思ったのか、ヒマワリにその剣を差し出す。

「重いぞ」

マサムネの言う通り、両手で剣を受け取った途端、ヒマワリの腕ががくんと下がった。

「うわっ、重！」

「だから言ったろう」

可笑しそうに笑うマサムネは、どこか人好きのする男であった。ヒマワリは気を取り直して、剣の柄に手をかける。

「ふんっ……！」

力を込めて引き抜こうとするが、剣はびくともしなかった。

「ふぬううぅ～～！」

歯を食いしばってさらに力を込める。何度か挑戦してみたものの、やがて重さに耐えきれなくなったように剣を砂浜に突き立てた。

鞘の部分をしげしげと眺めて、ヒマワリは眉をひそめる。

「完全にくっついてるのかってくらいにびくともしない」

「これまでどんな力自慢が試しても、抜くことはできなかった。かくいう私もだ。この手で大岩を砕き、人食い虎も素手で倒してきたというのに……」

「これ、どこで手に入れたんですか？」

「古代より我が国に伝わるもので、神殿の奥深くで守られてきた。かつて彼の地を治めた『青き山の王』の愛剣であったと聞いている。大陸において誰より武勇に秀で、無敵の軍隊を率いる最強の王と名高い御方だ。よってこの剣を抜けるのは、『青き山の王』の意志を受け継ぐ真の王だけ――そう言い伝えられている。此度はどうしてもと頼み込んで、特別に借り受けてきたのだ」

古代の剣というだけあって、確かに鞘を覆う緻密な文様の装飾は、魔女以前の時代のもののようだった。

「アオ、抜いてみる?」

「えっ、いいんですか?」

差し出された剣を、アオはそわそわと嬉しそうに手に取った。しかし、その鋼の腕でどれだけ引っ張っても、やはり鞘から抜ける様子はない。

「だめかぁ。クロも試してみてよ」

「なんで俺が」

「こういうのは、あらゆる角度からの検証が重要なんだよ」

力自慢の人間がだめで、この剣と同時代に作られたであろう青銅人形もだめで、もしかしたら竜ならば抜けるのかもしれない――そういうことだろう。

面倒に思いながらも、クロは剣を受け取った。確かにかなりの重量があるが、真の姿は竜であるクロにとっては大したことはなく、片手で振り回すことも可能だった。柄を握って横に引いてみたが、ぴくりとも動かない。

クロは肩を竦めてみせた。

「抜けない」

「だめかー」

「みんな、王様にはなれませんでしたねぇ」

ヒマワリはクロが手にしたままの剣に掌を押し当てて、撫でるように鞘をなぞっていく。

「……魔法がかけられてるね。それもものすごく複雑で、強力な魔法だ」

「この剣が作られた頃は、まだ魔法は存在しないいんじゃないのか？」

「うん。でも、相当古い魔法だと思う。……この剣の来歴は？　いつから神殿に？」

「神殿にこの剣が奉納されたのは、『青き山の王』が亡くなってから百年以上後のことだ。その間は様々な者の手を転々としていたらしく、詳しいことはわからぬ。だが、『青き山の王』が亡くなられた時点ですでに、誰にも抜くことができなかったといわれている」

マサムネが身を乗り出す。

「それで、その魔法は解けるのか？」

「うーん、難しいと思います。少なくとも、今すぐには」

「では、時間をかければ可能なのだな？」

「んー……三年くらいかければ、あるいは」

「三年!?　そんなに待てぬぞ！　急いでいるのだ！」

「どうしてそんなに急いで、この剣を抜きたいんですか？」

ヒマワリの問いに、マサムネは口籠った。

「それは……」

「神殿でずっと守られてきたものだと仰ってましたが、それを持ち出すというのは、よほどの理由があるのでしょうか」

マサムネは躊躇うように俯く。しかしやがて、意を決したように口を開いた。

「十日後、大事な決闘がある。私はこの戦いに、どうしても勝たねばならぬのだ」

「決闘、ですか」

「王の立ち合いのもと行われる、神聖なる決闘だ。相手は我が国最強と呼ばれる凄腕の剣豪。勝つためには、どうしてもこの剣が必要なのだ。どんなものでも切り裂くという、この剣が！」

「十日後までにこの魔法を解くことは無理ですね。シロガネ様にもできません」

「なんとかしてくれ！　不老不死すら得たという大魔法使いだろう⁉」

「残念ながらこれは、選ばれし者ならば抜けるとか、そういう類の魔法ではないんです。この剣は、固く封印されている。決して誰にも抜けないように。魔法をかけた者の恐ろしく強固な意志を感じますし、見たこともないような術式です。どうやったのか、一見しただけではわかりません。まずは分析する必要があります。そうして糸口が見つかれば、解除の魔法を考案して……とにかく時間がかかります」

「では、勝負に負けろというのか！」

「この剣を使わずに勝つ方法を考えるほうが、建設的だと思いますよ」

「それができるなら、わざわざ三日三晩小舟を漕いでこんな世界の最果てまで来ぬわ！」

「は？　お前大陸からずっとあの舟で来たのか？」

「そうだ」

クロは呆れた。最も近い港から終島まで、大型の船でどんなに早くても三日はかかる。それを、この帆すらついていない小さな手漕ぎの舟で海を越え、しかも大型船と同じ日数でやってきたというのか。常人とは思えなかった。

ヒマワリもまた驚いたように目を瞬かせ、小首を傾げた。

「小舟で大海を渡り、大岩を砕き、人食い虎を素手で倒すことができるあなたなら、この剣がなくても勝機はあるのでは？」

「言っただろう、相手は恐るべき剣の使い手なのだ。私は腕っぷしの強さならば自信があるが、やつに勝つにはそれだけでは足りぬ。実際、以前一度負けているのだ！　今度こそは――」

その時、大きな声が波の上を越えて響いた。

「マサムネ――――！」

マサムネははっと振り返る。

小舟に乗った一人の男が、こちらへと近づいてくるのが見えた。

どんと舳先(へさき)に足をかけた彼は、おもむろに腰に佩いた剣を引き抜き、怒りの形相でマサムネを睨(にら)みつけている。

「マサムネ貴様ぁ！　勝負から逃げるとは、なんたる腰抜け！」

「タケチ!?」

驚愕(きょうがく)した様子で、マサムネが後退(あとずさ)る。

「このようなところへ身を隠すとは、心底見損なったぞ！」

「ち、違うのだ、タケチ！　逃げたわけではない！」

焦った様子で必死に否定している。

「もしや、噂の決闘相手ですか？」

アオが揺れながら身を乗り出す。「そうだ」とマサムネが唸りながら頷いた。

舟から浅瀬へと飛び降りたタケチは、ばしゃばしゃと水を跳ね上げながら大股に突進してくる。

「お前のような者を好敵手と認めた己が愚かであった！　盗みまで働くとは、まっこと情けない！」

「それは――」

「神殿より、お前の捕縛の命が出ている！　この場で討ち取って、その首を手土産にしてやる！」

ヒマワリは眉を寄せ、クロが持つ剣とマサムネの顔を交互に見返す。

「借り受けた、って言ってませんでした？」

軽蔑の目を向けられたマサムネはしかし、胸を張って答えた。

「決闘が終わったら、返すつもりだったのだ！　ちょっと借りただけだ！」

「盗みだろ」

「犯罪ですね」

クロとアオも冷たい視線を送る。

そうこうしている間に、タケチは容赦なくマサムネに斬りかかった。危ういところでそれを躱したマサムネが、砂の上を転がる。

「待て、タケチ！　決闘の日までには必ず帰るつもりだったのだ！　ただその前に、どうしても大魔法使いに用が——」

「見苦しいぞ、マサムネ！」

タケチは剣を止めない。追い詰められ、マサムネもまた腰の剣を抜いた。

二人は言い争いながらも、休む間もなく剣を合わせる。互いに相当な剣の使い手であることは、その迫力から素人でもわかった。二人が駆け抜ける度に激しく砂が跳ね上がり、剣を振るえば打ち寄せる波まで切り裂いた。

だがわずかに、タケチのほうが優勢だ。非常に身軽で舞うような剣技は、国一番の剣豪と呼ばれるにふさわしいものだった。マサムネも決して強さでは引けを取らないが、技よりも力押しな様子である。一度負けたというのも、そこが敗因なのだろう。

アオが嬉しそうに、パチパチと拍手を送る。

「これが剣豪二人の雌雄を決する戦いですかぁ。さすがの迫力です！」

膝をついたマサムネは、振り下ろされたタケチの刃を懸命に防いだ。重なり合う互いの剣が、ギリギリと緊迫した音を立てる。歯を食いしばりながらタケチを跳ね返すと、マサムネは腹の底から唸るような大音声を上げた。

「負けるわけには……負けるわけにはいかないのだ、この戦いには！」

飛び退ったタケチは、体勢を立て直そうとする。しかし突然、その右足が柔らかい砂に深くはまり込んだ。

「！」

ほんのわずか、俊敏だった彼の動きが遅れた。マサムネはその瞬間を見逃さなかった。

白刃が大きな一閃（いっせん）を描く。

勝負あった、と思った。

ところが、振り下ろされたマサムネの剣は、タケチの足元に叩きつけられた。砂が、噴き出すように高く舞い上がる。

瞠目（どうもく）するタケチは、「何故（なぜ）」と呻（うめ）く。

「……ここが砂浜でなければ、そなたは俺を討ち取ったに違いない。この場で決着をつけることは、公正ではなかろう。俺も、こんな形で勝っても嬉しくはない」

「マサムネ……」

「タケチ。国へ戻って、改めてやり直そうではないか。正々堂々とな」

マサムネが手を伸ばすと、タケチもまたその手を強く握り返す。

「そなたほどの好敵手と出会えて、嬉しく思うぞ」

互いにふっと微笑む。

クロの隣で、アオの揺れが激しくなった。

「これは……これはまさか、戦った相手とは絆が生まれ友達になるという伝説の展開ですか!? 現実にあるんですね!?」

「こんな剣がなくても、いい勝負だったじゃねーか。わざわざよくもここまで来たもんだな」

クロがぼやく。

「だがマサムネ。勝つのは俺だぞ」

「いいや、負けぬぞタケチ」

「必ず勝つ! 姫は俺のものだ!」

「ええい、誰がお前に渡すか! 姫は俺のことを待っているのだ!」

「馬鹿を言うな! 口をきいたこともないくせに!」

「それはお前だって同じだろう!」

「お前が剣を盗んで逃げたと知って、姫は呆れておられるに違いない!」

「誤解は解いてみせる! 姫と結婚するのは俺だ!」

「いいや、俺だ!」

先ほどまでの和解が嘘のように、額を突き合わせんばかりに言い争う二人に、ヒマワリが「姫……?」と首を傾げる。

するとそこへ、新たに一隻の船が現れた。

高々と掲げられた青い旗には、白くたなびく雲の意匠が描かれているのが見て取れる。

イト国の国旗だ。

口論から今度は殴り合いになりかけていた二人は、その船に気づくと驚いて動きを止めた。

「あれは……我が国の船ではないか」

「もしや、窃盗の罪でマサムネを捕縛しに……？」

船は島に近づける深さぎりぎりの距離までやってくると、やがて動きを止めた。

一人の男が船上に姿を見せる。それなりの地位にある者らしく、上等そうな赤のマントを翻し、手には巻物を携えている。

彼は整った髭を撫でつけながら砂浜にいる二人を確認すると、すうと息を吸い込み大きく声を張った。

「マサムネ、タケチ。陛下より、そなたたちにお言葉を預かってまいった。心して聞け」

二人は慌てて、恭しくその場に膝をつく。

男は手にした巻物を開くと、もったいぶった様子で読み上げた。

「姫は隣国の王子との結婚が決まった。よって、決闘の勝者に姫を与えるという先の約束は撤回し、決闘も中止とする。――以上である」

波の音だけが、静かに響く。

二人は微動だにしない。

呆然と、魂の抜けたような顔をしている。

「二名とも、即刻帰国せよとのご命令だ。特にマサムネ！　そなた、聖剣を盗み出した罪は重く処罰されると心得よ！」

「……！」

ほぼ石化していたマサムネは、打ち砕かれたように崩れ落ちた。

「しっかりしろマサムネ！」

「俺はもうだめだタケチ……」

「何を言う、もう一度お前と勝負するまで俺は諦めんぞ！」

「だが、俺は罪人だ……」

「——お待ちください！」

ヒマワリは二人の前に進み出て、声を上げた。

「マサムネ殿は、剣を盗んではおりません」

イト国王の使者は、怪訝そうな顔をする。

「そこにあるのは、我が国に伝わる聖剣ムラクモに相違ないと見受けるが？」

クロが手にしている剣を、じろりと睨みつける。

「ええ、その通りです。ですがこの剣は、我が師である大魔法使いシロガネのもとへと魔法により召喚されたものなのです」

「……なんと？」

「誰にも抜けない聖剣。シロガネは、この剣に非常に興味を持っております。この剣にかけられた魔法を研究し、いずれは剣を抜けるようにしたいと」

「勝手なことを申すな！　盗んだことに変わりないぞ！　いかに大魔法使いとはいえ、そのようなことが許されると思うな！」

「よくお考えください、使者殿。聖剣を抜けるのは、『青き山の王』の意志を継ぐ真の王のみ――あなたのお国にはそんな言い伝えがおありでは？　ですが、現国王はこの剣を抜くことができない。違いますか？」

使者は黙り込んだ。ヒマワリの言う通りなのだろう。

「もしこの剣を抜いてみせることができたなら、イト王の威信はゆるぎないものとなるでしょう。そうなれば、あらゆる者がその玉座に跪き、その御世はますますの繁栄を極めることは疑いありません」

常に盤石な治世を築く王など、この世に存在しない。どんな為政者にも、必ず不満を持つ者や厄介な敵はいるものだ。もしも魔法を解かれた剣を民衆の前で抜いてみせることができたならば、その王権が強化されることは間違いない。伝説の王の再来として、敵を一掃するまたとない機会である。

思い当たる節があるのだろう、使者は考え込んだ。

たとえどんな大国の王がやってきても、姿も見せず追い返してしまうという不老不死の大魔法使いシロガネ。そのシロガネに恩を売ることができ、なおかつ、己の三の大きな利益になるのだとしたら。

使者は瞬時に、事が上手く運んだ場合の自分自身への見返りがどれほどのものになるか弾き出したようだった。

ごほん、とわざとらしく咳払いすると、口調を改める。

「……なるほど。それで、そのシロガネ様はいずこに？　是非ご挨拶を」

「あいにく、ただいま留守にしております。ですが、僕からしっかりとイト王のご厚意をお伝えしておきましょう。この剣は盗まれたのではなく、シロガネが預かったもの——それで、よろしいですね？」

使者は大儀そうに頷くと、マサムネを不問に処すと言い残し、満足げにマントを翻して去っていった。

遠ざかっていく船を、マサムネは魂の抜けたような顔で見送った。やがて、ようやく事態を飲み込んだというように、ヒマワリを振り返る。

「……かたじけない」

神妙な面持ちで、深々と頭を下げた。

「恩に着る。おかげで罪人となるを免れた」

「もう勝手に持ってきたらだめだよ」

「うむ」

タケチがそわそわと近づいてきた。

「そ、それが伝説の聖剣ムラクモだな？　手に取らせてもらっても？」

抜いてみたいらしい。剣士であれば当然だろう。

「どうぞ」

両手で恭しく剣を受け取ると、タケチはしげしげとそのつくりを端から端まで検分し、やがて意を決したように柄を握った。そして、渾身の力を込める。

だがしばらくすると、諦めたように息を吐いた。

「……やはり抜けんか。是非ともこの目でその姿を拝んでみたいものだが。シロガネ様はまことに、この剣の魔法を解くことができるのか？」

「時間はかかりますよ。年単位で」

「そんなにか？」

そんなタケチの背後では、マサムネが慌ただしく己の乗ってきた小舟に飛び乗っていた。彼は勢いよく櫂を動かし、波間に切り込むように海原へと漕ぎ出していく。

「ではまた会おう、タケチ！」

「なんだマサムネ？　そんなに急いで」

「姫にお会いするのだ！　結婚が決まったとて、すぐに国を出るわけではあるまい！　この想いをお伝えせねば……！　姫のお心を動かすことができれば、あるいはまだどんでん返しが……！」

「！　おのれ、ぬけがけを！」

剣をヒマワリに押しつけると、タケチもまた舟に向かって駆け出した。彼が漕ぎ出した舟は瞬く間に島から遠ざかり、全速力で波を越え、マサムネに迫っていく。

「姫は渡さぬぞ！」

「ではどちらが先に国へ辿り着くかで勝負だ！」

「いいだろう！」

猛烈な速さで去っていく二艘の小舟を、クロは呆気にとられながら見送った。

アオは揺れながら、大きく手を振っている。

「お二人とも頑張ってくださーい！　ああ、どちらが勝つのでしょうねぇ。決闘の行方が気になります！」

「政略結婚が決まってるんだろ。どっちが勝ったところで、その姫とやらが手に入るわけねーのに」

「わかりませんよ。親の決めた結婚相手ではなく、愛する騎士と駆け落ちするというのは物語のセオリーですから！　ああ、続編——ではなく、続報が気になるところです！」

「ヒマワリ、お前その剣どうするつもりだよ」

「言った通りだよ。魔法を解いてみる」

「お前、いつからシロガネの弟子になった？」

ヒマワリはいたずらっぽく笑う。

「ああ言ったほうが説得力あるでしょ。西の魔法使いの弟子って言って、正体晒すわけにもいかないんだし。それにシロガネがここにいたら、間違いなく僕と同じことをするよ。

どんなものでも斬れる剣――興味を持たないはずがないもの」

よいしょ、と重たそうに剣を抱えて、ヒマワリは階段を上がっていく。

その後ろ姿を眺めながら、クロは妙な気分だった。

ヒマワリの口ぶりはまるで、シロガネのことをよく知っているかのようである。実際彼の言う通り、きっとシロガネならばあの剣に興味を持ったに違いないのだが。

四年分成長したヒマワリは、確かにかつてここで暮らしたあの幼い少年であるはずなのに、自分の知る彼とは何かが異なる気がした。

後日アオにそう漏らすと、彼も同じように感じていたようだった。

「子どもの成長とは、こういうものなのでしょうかねぇ」

そう呟きながら、アオは久しぶりに引っ張り出してきた子どもの教育書を改めて読み込んでいた。


それから数日の間、島には来訪者もなく静かな時が流れた。

ヒマワリの体調は順調に回復しているようで、やがておとなしく過ごすことに退屈したのか、外を散歩したり、アオの料理を手伝ったりと、元気に動き回り始めた。

その様子にクロもアオも安堵しつつ、同時に警戒もした。ヒムカへ行くといつまた言い出すかと危ぶんだし、何も言わずに飛び出していってしまうかもしれない。二人はヒマワリの様子をさりげなく見守り、注意深く用心していた。

しかしヒマワリは、そんな彼らの考えを知ってか知らずか、まるで自分が言ったことを忘れてしまったかのように、モチヅキのこともヒムカのこともまったく口にしなかった。

ある時クロは、ヒマワリがアオのメンテナンスを手伝う、と言って風呂場に押しかけているのを見かけた。様子を覗くと、バスタブの傍に椅子を置いたヒマワリが喜々としてアオの頭を泡立てている。その姿は、いつかのシロガネを思い出させた。

「誰かに身体を磨いてもらうのは久しぶりですねぇ」

されるがままのアオは、湯に浸かりながら感慨深そうに言った。

「クロもやってあげようか？」

「遠慮する」

ヒマワリが笑いながら、面白がって手についた泡をクロに向かって飛ばしてくるので、クロは早々にその場を退散した。こういうところは、まだまだ子どもだと思う。

さらにはその夜、ヒマワリが北の塔に上ってきて、

「クロ、一緒に寝よう！」

と言い出した時には、何も変わってないいんじゃないだろうか、とすら思った。

「いやだ」

ぷうっと頬を膨らませてむくれるヒマワリは、幼い頃の彼のままだ。

「昔は一緒に寝てくれたでしょ」

「馬鹿野郎。チビだった頃と一緒にするな。こんなでかいのが隣にいたら、狭くて暑苦しいだろうが」

「このベッド大きいから余裕あるって、ほら」

ごろんとベッドに倒れ込んで、ぱたぱたと両手両足を開いたり閉じたりする。実際、二人でも寝られる広さはある。

「気持ちの問題だ。男二人で、鬱陶しい。そもそも俺は、隣に人がいると落ち着かないんだよ」

「やだ！　一緒に寝る！」

てこでも動かない、というように枕を抱えてベッドに張りついている。クロは盛大にため息をついた。

結局、その夜は仕方なく、ヒマワリを隣で寝かせてやった。なんだかんだ言って、自分はヒマワリに甘いと思う。

嬉しそうに布団に潜り込むヒマワリを横目に、枕元の灯りを落とす。せめてもの抵抗というように頑なにヒマワリに背を向けて横になるクロに、ヒマワリは不満そうにわぁわぁと文句を言って寝間着を引っ張ったりしていた。けれどやがて諦めたのか静かになり、もぞもぞと布団に包まったようだった。

やがて部屋が、しんと静まり返る。

背を向けたまま、クロはぽつりと言った。

「……ヒマワリ」

「うん？」

「あの時は……言いすぎた」

「え？　何が？」

「お前に、西の魔法使いのところへ行けって言った時」

「…………」

「……お前がいないと、この城は静かすぎる」

そこまで言って、なんだか決まりが悪くなった。暗くて、背を向けていて、顔が見えなくてよかった。そうでなければ、そもそも言えなかった気がする。

すると、とん、とヒマワリが背中に身を寄せるのがわかった。

「わかってる。クロは僕のためにああ言ったんでしょ」

「…………」

「暁祭の時、二人が助けにきてくれて、嬉しかった」

「……もう、寝ろ」

「うん。おやすみ」

やがて背後から安らかな寝息が聞こえてくると、クロはそっと寝返りを打った。

眠っているヒマワリの顔は、起きている時より少し幼く見えて、城で暮らしていた頃の彼を思い起こさせた。昔はその金髪が肩まで伸びていて、太陽を浴びて輝く度にキラキラと美しい光を放ったものだ。

　短く切られたその金の髪を、そっと指で掬(すく)い上げる。絹のように滑らかなその手触りを懐かしく思いながら、もっと長く伸ばせばいいのに、と思った。

　シロガネは腰よりも長い銀の髪を無造作に流していて、月の光のような輝きを放つそれはどんな宝石よりもクロの目を奪うものだった。いつかヒマワリがこの金の髪を長く伸ばしたら、きっと太陽のように眩(まばゆ)いだろう。

　その輝きと同じくらい、明るい笑顔を浮かべているヒマワリを思い描いた。

　そんな姿を見る日が、来るのだろうか。

（ヒマワリはいつまで、ここにいるだろう――）


　ヒマワリはそっと目を開けて、すっかり眠りに沈んだクロの顔を見つめた。窓から差し込む月明かりが、伏せられた黒いまつ毛に陰影を落としている。

　さっきまでヒマワリの髪をいじっていた手は、無造作にシーツの上に横たわっていて、ヒマワリは唇に淡い笑みを浮かべた。

「……君は本当に僕の髪が好きだねぇ」

　囁(ささや)いた言葉は、夜の闇に静かに溶けて消えた。

島の北側に広がるなだらかな丘の上を、風が心地よく吹き抜けていく。

季節はすでに秋だが、この南の島の気候は一年を通じて温暖で、草木も青々と鮮やかだ。

揺れる花々に埋もれるように、寝転がったヒマワリはうーん、と伸びをした。

うさぎが一羽、その頬に寄り添う。くすぐったさにくすくす笑って、ふわふわの背を撫でてやる。

傍(かたわ)らには、先日偶然手に入れた大剣があった。

身体を起こし、そっとその鞘に触れてみる。

どんなものでも、斬れるという剣。

(それなら——魔女も、斬れる?)

魔法の源(みなもと)にいる、魔法使いの始祖。

シロガネであった頃、彼女をこの世から消し去る方法を探し続けた。けれど、どれほど魔法使いとしてその技を磨こうとも、その根本である魔力を媒介(ばいかい)する魔女相手では無意味だろう。

非魔法使いという存在に望みをかけたが、手段は多く確保するに越したことはない。

あれから幾度も試行錯誤してみたが、やはりこの剣にかけられた魔法を解くことはできなかった。これは、相当に時間がかかる。一体誰が、こんなにも堅固な封印を施(ほどこ)したのだろうか。

マサムネに言った通り、解除には最低でも三年は必要だ。

けれどヒマワリにはひとつ、この剣を抜く方法に心当たりがあった。

（モチヅキなら、抜けるかもしれない）

魔法の力を無効化する彼ならば、この剣を引き抜くことが可能なのではないだろうか。

やはり、早く彼に会わなければならない。

丘の向こうからアオがやってくるのが見えたので、ヒマワリは慌てて魔法で剣を隠した。

彼の手には、小さな花束が携えられている。

「アオ、シロガネのお墓に行くの？」

「ええ、そうです」

「一緒に行っていい？」

アオは少しだけ、目を瞬かせた。

「もちろんです」

意外に思ったのだろう。ヒマワリはずっとシロガネが嫌いで、シロガネの墓をいつも避けていたのだから。

アオと並んで白い墓石を前にすると、不思議な気分になった。

何しろ、自分の墓である。その下には、魔法使いシロガネの遺骸（いがい）が眠っているのだ。

アオにいつも通り花を供えて、「今日はヒマワリさんも一緒なんですよ」と嬉しそうに語り掛けた。墓石に少し土がついていて、それを丁寧に手で払ってやる。時々彼が、きちんと磨き上げてくれていることも知っている。

　ヒマワリは小さく呟いた。

「……いつもありがとう」

「はい？」

　怪訝そうにするアオに、ヒマワリはにこりと微笑む。

「ううん、なんでもない。そうだアオ、これ知ってる？」

　ヒマワリは一枚のチラシを取り出してみせた。

「なんですか？」

「あのね、マダラメ先生のサイン会があるんだって」

　アオはガシャン！　と謎の金属音を立てて動きを止めた。

「まままます、マダラメ先生の……サインッ、会……!?」

　マダラメ先生とは、アオが愛読する『薔薇騎士物語』の作者である。

「決して人前に姿を見せず、実は複数人による創作集団のペンネームなのではないかとすら疑われているあのマダラメ先生が――まさかのサイン会を!?」

「今日の二時から、イヅミ国の本屋さんで開催だって。師匠が知らせてくれたんだ」

　ヒマワリの師である西の魔法使いアンナも、この作品の大ファンなのである。

「アオ、行ってきたら？」

　がくがく揺れるアオは、チラシを受け取り食い入るように見つめた。

「ま、まさか神に会える日が来ようとは！　ファンとしてこれは、決して逃せない……！」

しかし、はっとしたようにアオの動きが止まる。そして、ギギギ、とまた変な音を立てて、視線をヒマワリの顔とチラシの間で交互に揺らした。

「いえ、ここを今離れるわけには……何があるかわかりませんし……」

「大丈夫だよ、クロもいるんだし。それに僕だって強くなったんだよ。この島はちゃんと守るから、安心して」

「ですが……」

「これを逃したら次はいつになるかわからないいんじゃない？　行かなかったらきっと後悔するよ。はい、これ」

おもむろに手渡したのは、アオが大事にしている『薔薇騎士物語』の第一巻初版本である。必要だろうと、つい先程書斎から拝借してきたのだ。

「サイン、これに書いてもらいなよ」

「ヒマワリさん……！」

「ほら、早くしないと。並ぶと思うから、もう行ったほうがいいんじゃない？」

ヒマワリはアオの背中を押して、魔法の道へと通じている井戸へと向かわせる。

「マダラメ先生、どんな人だったか帰ってきたら教えてね」

「わ、わかりました！　あの、では台所にパンがありますからね。お昼はそれと、あと昨日の残りのスープが――」

「適当に食べるから大丈夫だってば！」

最後まで心配そうにあれこれと言いながら、アオはようやく井戸に手をかけた。

「サインをいただいたら、すぐに帰りますから！」

「うん。マダラメ先生によろしくね」

「ヒマワリさんの分も、ちゃんともらってきますね！　ヒマワリさんへ、って書いてもらいますから！」

「はーい。ありがとう」

ヒマワリはひらひらと手を振って、アオが井戸へと飛び込むのを見送った。

井戸の中から溢れた光がやがてしぼんでいき、再び真っ暗ながらんどうに戻るのを確認する。

振っていた手の動きを、ぴたりと止める。くるりと踵を返した。

城へ戻ると、クロが居間のソファでくつろぎながら新聞を読んでいた。ヒマワリはその隣に、何気ない素振りでぽすんと腰掛ける。

「ねぇクロ。ちょっとお願いがあるんだ」

「なんだよ」

「昔さ、庭の木に、僕の背丈を測って印つけたでしょ？」

三人で甘夏をもいでマーマレードを作ったあの日のことは、よく覚えている。この島を去ることになった原因を作った日でもあるからだ。

アオの発案で、背丈を木の幹に刻んだ。毎年身長がどれほど伸びたか、この木で確認しようと言われた時、ヒマワリは心底嬉しかった。

来年も再来年も、ずっとここにいていいのだと言われたようだった。

あれから背はぐんぐんと伸びたけれど、あの日以来、一度もあの場所で背を測ることはなかった。

「あそこにさ、また今の印つけてよ」

紙面から顔を上げたクロは、思い出したように「ああ」と声を上げた。

「アオより大きくなる、って宣言してたな。ま、今のところ俺にも届かないけど」

勝ち誇ったように笑われて、ヒマワリは少しむっとする。

「絶賛成長期だから。来年にはきっと、クロ越えちゃうかなー」

「はん。まぁ、楽しみにしてるよ」

新聞を置いて立ち上がる。

「アオも呼んで来いよ。あいつが一番こういうのやりたがるだろ」

「アオはさっき出かけたよ」

「は？　あいつ俺に何も言わずに……」

「まぁ、いいからいいから。行こう！」

ヒマワリはクロの腕を掴んで、ぐいぐいと庭へと連れ出した。

さわさわと木々が風に揺れる音が、心地よく二人の歩く小道を包み込む。足下で木漏れ日が揺れているのを、ヒマワリは眩しい思いで眺めた。隣ではクロが億劫そうな顔をしながらも、迷いのない足取りで歩いていて、ちゃんとあの場所を覚えていてくれているのだとわかる。

やがて目当ての木を見つけると、ヒマワリは嬉しくなって駆け寄った。

思わず、幹にそっと手を触れる。

以前の印が随分と低い位置にあって、我ながら本当に背が伸びた、と実感する。上のほうにはアオとクロの背丈に合わせた印がついていて、幼い頃は遥か彼方にあったそれも、射程距離圏内に収まっているといってよい。

ふふふ、とほくそ笑むヒマワリに、クロが「なんだよ?」と不審げに言った。

「なんでも。はい、ここ！　印つけて！」

背中をぴたりと木の幹に預けると、ポケットからナイフを取り出した。

受け取ったクロが、いくらか面倒くさそうにヒマワリの頭上に手を伸ばす。少し踵を浮かすヒマワリを見逃さず、クロが苦い顔をした。

「おい、ズルするな」

「してないよー」

「こら、じっとしてろ」

ぐっと頭を押されて、ヒマワリは笑いながらちゃんと足を地につけた。

近づいてきたクロの顔は、まだ少しだけ見上げる位置にある。

シロガネであった頃は、彼よりも少し背が高かった。今の自分も、それくらいまでは伸びるだろうか。

「クロ」

「んー？」

「ありがとう」

目の前にある、美しい顔を両手で包み込む。

怪訝そうな瞳が、こちらに向いた。

その瞳が大きく見開いたと思うと、抗えない力に組み敷かれたように瞼が落ちる。

がくりと力が抜けたその身体を、ヒマワリは両腕でしっかりと抱きとめた。

クロの手から、ナイフが音を立てて滑り落ちた。

「――ごめんね」

意識を失ったクロを抱きしめながら、ヒマワリはそっと囁いた。


あまりに城が静かなので、ミライは少々不安になった。

「おーい。誰かいないのか？」

居間を覗いても、台所に下りても、北の塔まで息を切らして上っても、アオもクロも、シロガネもヒマワリもいない。

一体今は、いつの時代だろうか。

少なくともつい先ほどまで人がいた気配、生活の痕跡はある。けれどももしかしたらそれは、ミライがまったく知らない誰かかもしれない。

若干心細く思いながらも、庭へと出る。

しかしやがて、木陰に見覚えのある人影を見つけて胸を撫でおろした。

木の幹に背を預けて、クロが一人、うたた寝しているらしい。

その足下に落ちたナイフが木漏れ日を受けてきらりと光るのに気づき、ミライは足を止めた。

(なんで、ナイフ?)

なにやら物騒である。

思わず、周囲を見回した。人の気配は、ほかにはなさそうだった。

木の幹にはいくつかの線が刻まれている。そのうちのひとつは、今しがた新しくつけられたばかりと思しき傷だ。その位置から、ヒマワリのものではないかとミライは推測した。

しかし、当人の姿はない。

(なんか、変だな……)

アオは買い出しにでも行っているのだろうか。けれどそういう時、クロは一人でこの島を守ることになるから、昼寝したりはせずいつでも動けるように警戒しているのが常だった。それが、こんな場所で、無防備に眠りこけている。

「おい、クロ」

ミライはそっとクロの肩をゆすった。

「なぁ、起きろって」

けれどクロは、どんなに声をかけても、眠りから醒(さ)めなかった。

二　美しい夢

ヒムカ国は大規模な常備軍を保有する、大陸屈指の軍事大国である。直近二代の王の時代に近隣諸国を武力によって吸収し一気に領土を広げたことで、王都エンリは活気に満ち、人と物が溢(あふ)れかえっていた。兵士が通りかかれば人々は敬意と誇りを込めて彼らに接し、兵士たちは規律に従い整然と職務に当たっている。それは国民が一体となって王の示す方向性に従っている様をよく表していて、この国がいかにして大国となり得たのかその源泉が窺(うかが)えた。

　ヒマワリはその様子を横目に、大通りを行き交う人々の間をすり抜けながら、彼方に聳(そび)える漆黒(しっこく)の城を仰いだ。それが、この国を統(す)べるヒムカ王の居城である。

　華美さや優雅さよりも質実剛健とした佇(たたず)まいで、堅固な城壁も高い塔も、重厚であるがどことなく堅苦しい印象を受けた。それもまた、このヒムカという国を表す一端であろう。

　昔一度だけ、クロを追いかけてこの国に来たことがあった。ほんのわずかな時間だったから、どんな国であったか記憶は曖昧(あいまい)だ。けれど、唯一はっきりと覚えているのが、チョコレートの味である。

　クロと一緒に入った大きなチョコレート店は、記憶の中でまるで夢の国のように輝いていた。所狭しとうず高く積まれたチョコレートの山、目の覚めるような真っ赤な箱に、煌(きら)めくリボン。キラキラの包み紙を開くだけで、心が躍(おど)ったのを思い出す。あの身も心もとろけるような味は、今も忘れられない。

　そんな朧(おぼろ)げな記憶を思い返しながら歩いていると、通りの向こうに『スオウチョコレート』と書かれた赤い看板を見つけた。それがあの時の店であることは明らかで、商品を並べてある大きな硝子窓から中を覗くと、店内は客で溢れかえっていた。よほどの人気店らしい。ちょうど、小さな男の子が両親と手を繋いで、嬉しそうに店へと吸い込まれるように入っていく。

島へ帰る時には、お土産にチョコレートと本を買って帰ろうか、とヒマワリは考えた。

(今頃、二人とも怒っているだろうな……)

アオに渡したチラシは偽物だ。残念ながらマダラメ氏は過去、サイン会のような顔を見せるイベントに出たことはないし、今後も開催する予定はなさそうである。あんなにも喜んでいたアオには申し訳なかったが、彼を一定時間島から遠ざけるにはあれしか思いつかなかった。

青銅人形のアオは、魔法でクロのように眠らせることができない。ヒマワリが島を出るのを邪魔されないよう、遠くへ行かせるしかなかった。サイン会が嘘と知れば、きっとすぐに戻ってくるだろうが、クロの意識がない状況で島を離れここまで追ってくることはないだろう。

そうまでして二人を足止めしたのは、彼らがヒマワリを島に留めようと必死になっていることを感じ取っていたからだ。

初めは、ただヒマワリを心配しているだけだと思った。病み上がりで、さらには暁祭の顛末を知る者から狙われる可能性も高い。不安に思って当然だ。けれど徐々に、それだけではなく何か別の理由があるのではないか、と感じるようになった。二人とも、ヒマワリが井戸に近づくだけで過敏に反応し、さりげなさを装いながらも、こちらの動向に目を光らせる。

彼らを出し抜くには、ああするしかなかったのだ。

賑やかなチョコレート店を後にしながら、一枚のメモを取り出す。モチヅキの手紙から書き写してきた住所である。そこに書かれた番地を探して通りの角を曲がると、急に喧騒が遠ざかった。

どことなく、空気が一変する。富裕層が暮らす大きな屋敷がずらりと立ち並ぶ、高級住宅地だ。その中にモチヅキの実家、リマ家の屋敷があるはずである。

住所を確認しながら、緩やかな坂を上っていく。人通りは少ない。静寂が漂い、どこかで馬車が軽快な蹄の音を立てているのが聞こえるだけだ。

(モチヅキ、元気にしているのかな)

手紙のやりとりが途絶えて以来、少し嫌な予感がしていた。

かつて彼は家族に疎まれ、死んだことにされ存在すら消されようとしていた。魔法使いの家系に生まれながら魔法を操ることのできない彼は、一族の恥とされていたのだ。シロガネの弟子候補という肩書を得たことで待遇は変わったようだが、何年経ってもシロガネが迎えに来ないことで、再び立場が悪くなっている可能性はあった。

「――ここだ」

もう一度住所を確認してから、ヒマワリは大きな門を見上げた。

辿り着いた屋敷は、豪邸といって差し支えないものだった。背の高い鉄の柵でぐるりと囲まれた敷地は広大で、入り口には居丈高な風情の門がどんと聳えている。

逸る気持ちを抑え、門扉を叩いた。モチヅキに会ったら、話さなければいけないことがたくさんあった。そして彼とともに、あの海の果てに向かわなければならない。

ただ、それを実現するには大きな問題があった。魔女のもとへ辿り着く方法がわからないのだ。暁祭の夜にしか姿を現さないのだとしたら、もう一度あの祭りを行うしかないのかもしれない。

そわそわとしながら待ったが、しかしいつまで経っても、中からはなんの応答もない。訝しく思い、門の隙間から様子を窺う。敷地内はしんと静まり返っていて、人の気配を感じなかった。

「すみません、誰かいませんか？」

声を上げて、さらに強く叩く。

「誰か――」

「何か御用？」

背後からかけられた声に、驚いて振り返る。

敵意に満ちた瞳と、視線がぶつかった。

ヒマワリと同年代の少女が、こちらをじろりと睨みつけて立っていた。そのあまりの苛烈な眼差しは、彼女の幼さの残る顔立ちの中で浮いて感じられるほどに刺々しい。

「君は、この家の人？」

「そうよ。あなた誰？」

　少女は妙にぴりぴりとしている。警戒を解こうと、ヒマワリは出来得る限り友好的な笑顔を浮かべて、愛想よく挨拶した。

「こんにちは。僕、モチヅキの友人で、ヒマワリといいます。彼に会いにきたんですが、留守でしょうか？」

　少女は険しい表情のまま、疑わしげにヒマワリを頭からつま先まで眺めまわした。

「モチヅキ兄さまの？　あの人、友達なんかいたの」

（兄さま……）

　なるほど確かに、モチヅキとどことなく顔立ちが似ている。二つに結った長い黒髪も、彼を想起させるものだった。ただ、その険のある表情が決定的に似ていないので、なかなか紐づけられなかったのだ。

（そういえば、兄と妹がいて、その二人は魔法が使えるって言ってたな）

「妹さん？　はじめまして」

「兄さまはいないわよ」

「いつ頃戻るかわかりますか？」

「さぁ。二度と戻らないんじゃない？」

興味なさそうに言い捨てて傍らを通り過ぎていく少女を、慌てて追いかける。

「待って！　どういうこと？　戻らないって」

「あなた、何も知らないの？」

「何を？　モチヅキは一体、どこへ行っているの？」

少女は肩を竦めた。

「二年前から、兄さまは行方不明よ」

ヒマワリは息を呑んだ。

「行方不明……!?」

すると少女は、何かに気づいたように足を止めてヒマワリを見つめた。

「あなた……この間の魔法比べに出ていたわよね？　決勝まで進んだくせに、棄権した人」

「え？　ああ……うん」

少女はぐいっとヒマワリに詰め寄った。

「ねぇ、どうして棄権したの？　あなたが出てたら、絶対薔薇の騎士になっていたはずよ！　私、会場で見ていたんだから！」

怒ったような顔で腹立たしげにしている少女に、ヒマワリは困惑した。

「体調が悪かったんだ。それより、モチヅキが行方不明ってどういうことなの？」

彼女に少し思案する顔になる。

「入って。中で話すわ」

そう言って、魔法で門を大きく開いた。

ヒマワリを招き入れた少女は、ウキハと名乗った。

「あの、家の人は？　先に挨拶を――」

「みんな留守だから、気にしないで」

彼女の言う通り、広い屋敷の中には誰もいないようで、がらんとしていた。前を行くウキハについていきながら、ヒマワリは妙だなと思う。家族が留守だとしても、これだけの家なら使用人が相当数いるはずだ。けれど、そんな人の気配すらまったく感じられなかった。

ウキハはヒマワリを、広い庭へと案内した。

ちょうど秋薔薇が見頃らしく、色とりどりの薔薇が咲き乱れ、二人はすぐに馨しい香りに包まれた。庭の一画には、切り取られたように白い石畳の空間が広がっている。恐らく魔法の鍛錬を行うための場所だろう。金色の谷間にも似たような広い練習場があって、そこでミカゲやジンと一緒にアンナから教えを受け、時には互いに魔法を使って対戦形式で勝負をすることもあった。

石畳に上がると、ウキハは近くに咲いている薔薇を摘みながら言った。

「兄さまのこと、教えてあげてもいいけど、条件があるわ」

「条件？」

彼女は、一輪の白い薔薇をヒマワリの胸に挿す。そうしてもう一輪の赤い薔薇を、自分の髪に挿した。

「私と勝負して」

　ぱっとヒマワリと距離を取ると、その手に魔法の杖を取り出した。

「『薔薇の花束』の簡易版よ。先に薔薇を取るか、散らしたほうの勝ち。あなたが勝ったら、兄さまのこと話してあげる」

　ヒマワリは戸惑った。

「どうして、そんなこと」

　しかしウキハはそんなヒマワリには構わず、一気に攻勢を仕掛けた。

　唸るような水流が頭上に現れ、轟々と巡り一瞬でヒマワリを取り囲む。水は自在に形を変えながら、ヒマワリの薔薇をめがけて上下左右から生き物のように飛び掛かってきた。

　ヒマワリもまた、杖を手に現した。シロガネであった頃に使っていた杖とは別物だ。アンナのもとにいる間にヒマワリとして魔道具師に依頼して製作された、己の能力を最もよく引き出してくれる杖。支柱は艶のある鬼檀の枝、その上部には重なり合う金環が幾重にも配され、内側には星型の八重瑠璃が羅針盤のように輝いている。

　ヒマワリは瞬時に、すべての水を凍りつかせた。それを見て取ったウキハの反応も素早かった。巨大な水の塊を現すと、そのまま勢いよくヒマワリの上へと落下させる。

　渦を巻く水中に完全に取り込まれ身動きできなくなったヒマワリに対し、ウキハは勝利を確信したように微笑んだ。

「このまま水を凍らせるわけにはいかないでしょう。そうしたら、あなたも氷漬けよ」

「そうだね」

その声は、ウキハのすぐ耳元から聞こえた。

「！」

振り返ると、ヒマワリはウキハの髪から抜いた赤い薔薇を手にして立っていた。

ウキハは呆然とし、やがて慌てて水の塊を確認した。その内側には今も確かに、ヒマワリが閉じ込められている。

「あれは幻影だよ」

そう言った途端、水の中のヒマワリは溶けだすようにして消え去った。

「僕の勝ちだね」

呆気なくついた勝負に、ウキハは愕然と立ち尽くしている。

やがて、悔しそうに唇を引き結んで俯いた。

ヒマワリの目から見ても、ウキハの能力はその年齢にしてはかなり高い領域に達している。だからこそ彼女も、きっと己の力に自信があったのだろう。けれどヒマワリは四大魔法使いの弟子であり、魔法比べで決勝まで残った世界最高水準の魔法使いなのだ。そう甘く見てもらっては困る。

「ねぇ。君、魔法は好き？」

ヒマワリが尋ねると、ウキハは怪訝そうな表情を浮かべた。

気になったのだ。ウキハの魔法には、道具を扱うようなぞんざいさを感じた。

ウキハは戸惑った様子で口籠る。

「？　す、好きも嫌いもないわ。だって……魔法使いだもの」

「そう……」

きっと、それが普通なのだろう。

けれど、彼女が操る魔法のその先にはマホロがいる。マホロと、そして数多の魔法使いたちの犠牲の結果が、魔法なのだ。

「な、なんなの？」

「好きになってほしいんだ」

「――え？」

「魔法は、ただの道具じゃない。素敵な魔法がたくさんあるよ。よく知れば、もっと……愛おしくなるはずだ」

困惑しているウキハに、ヒマワリはそれ以上の言葉は飲み込んだ。

「さぁ、約束だよ。モチヅキに何があったのか教えて」

ウキハはぎゅっと唇を嚙みしめると力なく項垂れ、無言のまま薔薇が咲き誇る生垣のベンチに腰掛けた。

これは座れということだろうと解釈して、ヒマワリもまたその隣に座った。

やがて、ウキハはぽつりぽつりと話し始めた。

「……何年か前から、東の海でこの国の船が行方不明になってるのを知っている？」

　ヒマワリは首を横に振る。

「ある海域に差し掛かった船はみんな、目的地に辿り着くことなく消息を絶ってしまった。海賊に襲われたのか、あるいは嵐に巻き込まれたのか——原因がわからないまま、何隻もの船が消えたわ。ついに陛下が、原因究明と行方不明になった船の捜索を命じたのが二年前。調査団が結成されて、うちからはモチヅキ兄さまとモロボシ兄さまが参加することになったの」

「一応聞くけど、モチヅキは魔法が使えないよね？」

「そうよ。相変わらず、何ひとつね」

「それなのに、調査団に加わったの？」

「魔法使い以外にも、軍人や学者や、いろんな分野から人が集められたの。モチヅキ兄さまは魔法に関する知識量だけは馬鹿みたいに豊富だったし、それに……お父様は、大魔法使いシロガネの弟子としての息子を喧伝したかったのよ。だから、権力を使ってねじこんだの」

「なるほど」

「調査団は船で、例の海域へ向かった。そして……結局その船も、戻ってこなかった」

（海に消えた船……）

　一体、何が起きているのだろう。

「うちは跡取り息子と、大魔法使いの弟子になるはずの息子を一度に失ったわけ。お父様は二人を探してくれって何度も陛下に掛け合ったみたいだけど、これ以上の被害を出さないために、その海域への航海は完全に禁止されたの。魔法の塔へも訴えて、魔法使いたちが調査に向かったらしいけど、彼らも帰ってこなかった。それで魔法の塔も、この件に関しては手を出すことをやめたの。笑えるのは、お父様もお母様も魔法使いのくせに、自分では探しに行かないことよね」

彼女の瞳には、蔑(さげす)む色が濃い。

「お父様はそのうちすっかり落ち込んで、部屋に籠(こ)もるようになったわ。お母様は泣いてばかりで、お父様を詰(なじ)って毎晩喧嘩(けんか)してた。それでお母様はある日、田舎の別荘に引っ込んでしまったの。今もそのまま、戻ってこないわ。使用人もみんな辞めてしまって、今は料理人が一人、通いで来るだけ」

「じゃあ、お父さんは今も部屋に？」

ウキハは微(かす)かに、表情を翳(かげ)らせた。

「お父様は——今年の春、病気で死んだ」

ヒマワリは驚いた。

「亡くなった？　じゃあ君、今はここに一人なの？」

「兄さまたちがいないんだもの。残った私がこの家の跡取りよ。当然でしょ」

ウキハの手が、ぎゅっと杖を握りしめるのがわかった。

「私が守るのよ、この家を。私しかいないんだもの。なのに魔法の塔は、それを認めない。私はまだ十三で、独立していない魔法使いに当主の資格はないし、兄さまたちが死んだという証拠もないからって――」

悔しそうに歯噛みする。

「分家の連中が、この家を乗っ取ろうと何度もやってきたわ。みんな返り討ちにしてやったから、最近は少しおとなしくなったけど。さっきあなたを見た時も、その一味だったら追い返してやろうと思ったの」

「だからあんなに噛みつきそうな顔してたんだ」

ウキハは強い眼差しでヒマワリを睨みつけた。

「私は優秀な魔法使いよ！　分家のやつらだって私には勝てないし、今ならモロボシ兄さまにだって負けない！　それなのに……！」

「だから僕と勝負したの？　魔法比べで決勝に残る人間に勝てば、実力の証明になるって?」

「そうよ！　そうすればみんな……お父様も……お母様だって、私を……！」

大きな瞳に、涙がせり上がっていく。

この子が本当に認めてほしかったのは、両親だったのだろう。息子二人が行方不明になり取り乱すのは仕方がない。しかし、残った娘に対し、彼らはどれだけ注意を払ったのだろうか。

「どうしたら、いいの……」

震える声で初めての弱気な言葉を発した。

「どうしたら私、この家を守れるの……」

ヒマワリは、そっとその頬に触れた。流れる涙を拭ってやる。

ひくり、とウキハは身体を震わせた。

「今まで一人で、辛かったね」

幼い頃のヒマワリは、記憶がなく行き場もなかったけれど、クロとアオが傍にいてくれた。だから寂しく思ったことはない。

けれど彼女はずっと、たった一人だったのだ。頼れる者もなく、ただ必死にこの家を守ってきた。どれほど心細かっただろう。

「でも、安心して。僕が君の兄さんたちを、必ず探し出してくるから」

「……無理よ。探しに行った人はみんな、消えちゃうんだから」

震えた涙声でそう言うウキハの頭を、ヒマワリはそっと撫でた。

「大丈夫」

ヒマワリはにっこり笑った。

「僕には、大魔法使いがついてるからね」

ウキハは頬を涙で濡らしたまま、きょとんとした。

ヒマワリはウキハにすぐに荷物をまとめさせ、金色の谷間へと送り出してやった。ウキハはもともと両親を師としていたらしく、彼らがいなくなってからは独学で修業を続けていたという。しかしあの年齢であれば、きちんと導いてくれる師匠が必要だ。アンナならば彼女を正しく導いてくれるだろうし、欲深い親戚たちからも守ってくれるはずだ。念のため、リマ家の屋敷にはヒマワリが保護魔法をかけておいたから、ウキハの留守中に乗っ取られてしまうこともないだろう。

彼女が魔法の道を通って旅立つのを見送ると、ヒマワリもまた王都を離れた。消えた調査船の行方を捜すためだ。

向かったのは、ヒムカの東に位置するタジ港である。北方との交易拠点であるこの港には多くの船が停泊し、荷を運ぶ人夫たちがせわしなく動き回っていた。今朝獲(と)れたばかりの魚が並ぶ市場では、威勢の良い客引きの声があちこちから飛び交っている。

調べたところ、船が消えたのは東に浮かぶ島国ミワ国との間を通る主要航路で、北へ向かう最短ルートである。ミワ国とヒムカ国に挟まれた海峡を抜け、広い海原(うなばら)に出たあたりで、多くの船の行方がわからなくなっているようだった。当初はミワ国側の陰謀説が囁(ささや)かれていたが、ミワ国の船もまた多く消息を絶っているようで、その可能性は低そうである。

ヒマワリは商船や小型の漁船に、手あたり次第に声をかけた。

「船が消えた海域の近くまで行きたいんです。乗せてもらえませんか？」

しかしどの船も、その海域には近づかず大きく迂回すると言って、首を横に振った。ウキハの言った通り航行は禁止されているらしく、何よりそんな危うい場所には決して近づきたくない、と誰もが警戒していた。

魔法で海上を飛ぶこともできるが、さすがに距離がありすぎる。魔法の道は、海の上という捉えどころのない場所を正確に指定することはできないから、今回は使えない。船が必要だった。

ただ、調査船の行方がわからなくなったのは二年も前のことだ。果たしてその海域に近づけても、手掛かりがあるだろうか。

ふと、ヒマワリは足を止めた。

目の前に停泊する船に、何故だか見覚えがある気がしたのだ。

それは、黒光りする巨大な軍船の群れだった。ずらりと並ぶその威容は、ある光景を思い出させた。

(あの時の……)

ヒマワリが終島へ辿り着いた直後、いくつもの大きな軍艦が島を取り囲んだ。そしてそれを、アオとクロがすべて海に沈めてしまったのだ。ヒマワリは城の中から遠目に見ただけだったが、印象的な出来事だったのでよく覚えている。

「すみません。あの軍艦は、ヒムカのものですか?」

近くで魚を売っていた男に尋ねると、彼はそうさ、といくらか胸を張った。

「我が国の無敵艦隊！　東の海を制する王者さ！」

振り仰げば、高々と風になびく旗には、大きな黒鷲と剣が描かれている。あの時見たものと同じ――この国の国旗だ。

当時の自分はわけもわからず、あれはシロガネの不老不死を求めてやってきたどこかの国の船なのだと思っていた。けれど今、改めて考えてみれば、ヒマワリが終島へやってきたタイミングであれだけの軍勢が押し寄せるというのは、ただの偶然ではなかったのかもしれない。

背中の傷を探るように、思わず己の肩を摑んだ。

（僕は、追われていた……）

暁祭の夜に蘇った過去の記憶は、シロガネのものだけではない。終島へやってくる前の、幼い自分――スバルという名であった頃の記憶もまた取り戻している。

森に囲まれた小さな村で、母と二人暮らしていた。父は早くに亡くなったらしく、顔も覚えていない。裕福ではなかったが、母の優しさに包まれた幸せな日々だった。

それがある日、家に突然、武器を手にした兵士たちがなだれ込んできたのだ。彼らに連れ去られそうになったスバルを母が魔法によって奪い返し――彼女は魔法使いだった――そうして二人で逃げて、逃げて――スバルは斬られた。

ここで記憶は途切れていた。

そして気がつくと、目の前にはクロがいたのだ。

一体あの日何があったのか、スバルにはわからない。幼い自分は村から出たこともなく、自分がなんという国で暮らしていたのかも知らなかったし、村の名前すら正確に認識していなかった。

けれど、もしかしたら。

(僕は、ヒムカから来たのか?)

ヒマワリを追っていたのが、ヒムカの兵士たちだったとしたら。

そうして彼を追いかけ、終島までやってきたのだとしたら——。

(どうして?)

彼らは、幼かった自分を容赦なく斬った。そしてたった一人の子どもを追って、軍艦を動かしたことになる。確固たる殺意しか感じない。

けれど、その理由がわからなかった。

スバルには、自分が魔法使いである自覚はあった。ただし、母からは人前で魔法を使わないように言われていたし、同じく魔法使いであるはずの母も、実際に魔法を使うところはほとんど見たことがない。

今思えばあれは、誰かにその存在を悟られないようにするためだったのだろうか。

(その誰かが、僕を殺そうとした?)

あれから、母はどうなったのだろう。舟に乗って終島へ辿り着いたのはヒマワリだけだ。彼を舟に乗せたのは、母に違いない。

（クロとアオは、知ってたのかな）

ヒマワリがヒムカへ行くと言うと、彼らは顔色を変えた。なんとかして足止めしようとしているのは感じていたけれど、ヒマワリがこの国と因縁があると知っていたのだとしたら、納得がいく。

「――例の海域へ行きたいっていうのは、お前か？」

ヒマワリは思考を断ち切った。

声をかけてきたのは、いかにも生粋の船乗りという風情の日に焼けた男だった。黒い髭の下に刻まれた深い皺は、彼がこれまで越えてきた荒波を想起させ、油断なくヒマワリを見定めようとする目には己の利を最優先と考える計算高さを感じた。

「そうです」

「あちこち声をかけてるって聞いた。いくら出せる？」

「……行ってくれるんですか？」

「近くまでならな。そもそもあの海域を通るのが、北へ向かうには一番早いんだ。ここんところずっと避けてきたが、最近は嫌な噂も聞かなくなった。そろそろ様子を見に行こうかと思っていたところだ」

船を見せてくれるというのでついていくと、随分年季の入った商船が停泊していた。北へ荷を運ぶところだという。乗船料として提示された値はかなりの高値だったが、ヒマワリは躊躇わず支払いを決めた。前金として半額差し出す。男の目には、いいカモを捕まえた、と喜ぶような光と、『金持ちのボンボンはいいご身分だな』とでもいうような侮蔑の色が同時に浮かんだ。

「酔狂なことだな。なんであんなところへ行きたいんだ？　行ってどうする？」

「知り合いが、行方不明なんです」

「弔いか。まぁいい。――準備ができたらすぐ出航だ。乗れよ」

「どれくらいかかりますか？」

「順調にいけば、四日程度だな。おい、もう一度言うが、あくまで近くに行くだけだ。様子を見るだけだぞ」

「わかってます。ありがとう」

船には乗員のほか、ヒマワリ以外にも客が数名いるようだった。荷で埋まった船倉の片隅を客用の寝床として提供されたが、ヒマワリは一人、甲板で寝起きすることにした。暗い船底よりも風があるほうが気持ちがいいし、海を見ていたかった。

海原の向こう、この夜の闇の中に、マホロもいるはずだった。

航海は、順調に進んでいるようだった。

船の上で、ヒマワリはウキハに聞いた話をずっと考えていた。この海で、モチヅキに、一体何があったのだろうか。

何隻もの船が消えたというなら、嵐に遭って沈没した、あるいは海賊にでも襲われて全滅し船は漂流していると考えるのが自然だ。けれどいずれの場合も、モチヅキの船には魔法使いが何人も乗っていたのだから、なんらかの方法で退避することはできたはずだった。しかしいまだに音沙汰がないというのであれば、想定外の事態に陥った可能性がある。

（モチヅキ……）

最悪の状況も、覚悟しておかなければならない。そう思いながらも、わずかでも残る希望に縋りたかった。

海上には徐々に、薄い霧が広がり始めていた。

「そろそろ例の海域に近づくぞ」

船長の言葉に、ヒマワリは身を乗り出す。

波は穏やかだし、特別変わった様子も見られない。どこかに船の残骸はないか、なんらかの異変の痕跡はないのか、とヒマワリはじりじりとしながら目を凝らした。霧のせいで視界が悪く、遠くまで見通すことができない。

「あの、もっと近づけませんか？　この先の——」

振り返ると、そこには先ほどまでいたはずの船長の姿はなかった。代わりに、見覚えのある男がすぐ背後に佇んでいる。彼はヒマワリと同様にこの船に乗り合わせた客の一人で、旅の楽師だ。夜になると毎晩皆の前で竪琴をかき鳴らし、恋の歌を歌っていたのを思い出す。

何の用か、と尋ねようとして、ヒマワリははっとした。

いつの間にか、ヒマワリを囲むようにほかの客たちも全員、こちらを注視していた。そのうちの一人が、船長に金を渡す。

「ご苦労。下がっていろ」

「あんまり面倒ごとは困るぜ。俺が請け負ったのは、あの小僧を乗せて船を出すってことだけだ。それにこの海域は本当にまずいんだよ。もう引き返していいな？」

ヒマワリは静かに身構えた。

「……あなたたちは誰？　僕に何の用？」

彼らはおもむろに杖を取り出した。全員、魔法使いなのだ。

そうであれば、おおよそ首謀者の目星はつく。

「僕を、捕らえてこいと言われたの？」

「おとなしくついてくるなら、手荒な真似はしない」

「ついてくるって、どこへ？」

「赤銅(しゃくどう)の峯(みね)だ」

つまり彼らは、東の魔法使いであるオグリの使いということだ。

ヒマワリも自(みずか)らの杖を取り出す。

（ここまで来て、邪魔なんかさせない）

全員の首を、オグリに向けて贈ってやろう。ヒマワリに、そしてクロやアオに手を出せばどうなるか、思い知らせておかねばならない。

その時だった。

「──おい、船だ」

金の入った袋を握りしめたままの船長が、前方を見据えて驚いたように声を上げる。

彼の指し示す方角には、真白い霧が立ち込めていた。その霧の向こうから、ぼんやりと船の形をした影が現れたのだ。

やがてその影は霧を裂いて、確かな姿を見せ始めた。

帆柱は折れ、張られた帆はぼろぼろの残骸で、船体も全体的に斜めに傾いている。それなのに、まるで意志を持つように真っ直ぐに、こちらへ向かってくるのだった。その様子は、明らかに異常だ。

「なんだあれは。どこの船だ?」

「おい、あっちにも……!」

さらにその後ろから、揺らめく船影が幽鬼のごとくいくつも浮かび上がり始めた。

船はみるみる増えていく。その数はざっと見ただけでも、数十に上った。まるで大船団だ。

船員たちのざわめきが広がった。ヒマワリを取り囲んだ魔法使いたちも、突然現れた怪しげな船団を警戒し、困惑している。

何か、旋律が聞こえた気がした。

竪琴のような、弦をつまびく音色。

風に乗って、船を包み込むように流れてくる。

（何の音？）

美しい曲だった。うっとりと、聞き惚れてしまいそうだ――。

「――シロ！」

懐かしい声がした。

そう思って、振り返った。


「シロ！　こっちこっち、早く！」

手を振るマホロの姿が、太陽の光に照らし出されて眩しかった。シロガネは思わず目を細めて、一瞬ぼやけた世界を捉えようとした。

「マホロ……？」

懐かしい赤毛が、ふわふわと揺れている。手招きするマホロは、記憶にある彼そのままに笑っていた。

「ほら、ここだよ！」

一軒の家の前で誇らしげに胸を張っているマホロは、生き生きとしていた。まるで、本当に生きているかのように。

（なんだ、これ）

シロガネはふらふらと、彼に近づいていく。

「どう、気に入った？　シロが海辺の家がいいって言うからさー、頑張って探したんだよ」

恐る恐る、手を伸ばした。

その頬に触れると、確かに温かな感触がある。

マホロは不思議そうに、大きな目をぱちぱちとさせた。

「どうしたの？」

「……本当にマホロ？」

「ほかに誰だっていうのさ。変身魔法なんて使ってないよ」

「だって……どうして？」

周囲を見回す。

海を見下ろす高台。階段を上がった先に、白い家が建っている。

「ここ、どこ？」

「だから、僕らの家だよ！　どう、気に入った？」

「僕らの……？」

「ちょっとシロガネ！　寝ぼけてる？　独立して、一緒に暮らそうってなって、僕が家を探してくるって言ったでしょ！　ほら、鍵。開けてみてよ！」

「待ってよ……魔女は？　どうなったの？」

「魔女？　誰？」

「魔法使いの始祖である魔女だよ！　君を……依り代にした！」

「？　何言ってるの。魔法使いの始祖は、大魔法使いカシワギでしょ」

「は？」

「もう、ぼーっとしてどうしたのさ。ほら、早く開けて開けて！」

　マホロに背を押され、白壁の家のドアの前に立つ。困惑しながらも、受け取った鍵を差し込んだ。

　中へと足を踏み入れると、大きく開けたテラスからは海が見下ろせた。マホロはうきうきとした様子でその前に立ち、両腕を広げてみせる。

「どう、どう？　ここからの眺めがいいんだよ！」

　確かに、素晴らしい眺めだった。

　どこまでも続く真っ青な海はキラキラと輝き、部屋の中にまでその煌めきが映り込んでいるかのように、世界を眩く染め上げている。シロガネの長い銀の髪を、潮風が微かに揺すった。

「ね、どう？　気に入った？」

「……暁祭は？」

「アカツキ？」

「暁祭。六十六年に一度、魔女のために行われる祭りだよ」

マホロは首を傾げた。

「えー？　そんな祭り、聞いたことないけどな。祭りといえば聖女神週間でしょ。大魔法使いカシワギに魔法を授けてくれた女神様のお祭り！　今年も行くでしょ？」

「女神……？」

「さぁ、今日はパーティーだよ！　師匠も呼んでるんだ。僕ら二人でちゃんとやっていけるのかって、心配してたからさー。仮にも魔法比べの優勝者と準優勝の二人なんだよ、もっと信頼してくれてよくない？」

そこで、ようやく気づいた。

マホロの胸には、花束のブローチが銀色に輝いている。

「君が、薔薇の騎士……？」

「いやー、あの時の決勝戦、いまだにいろんな人に会う度話題にされるよね。僕ら半日も戦ってたじゃない？　もう最後らへんなんて、お互いふらっふらだったけど。あはは。懐かしいなー」

笑うマホロの背後では、海が明るく煌めいている。その海の底に、なんら隠すものなどないというように。

（全部、夢だった……？）

魔女など存在せず、魔法はただ神によって与えられた力であって、その力を使うことになんの抵抗も感じる必要はない。そして魔法比べではマホロがシロガネに勝ち、二人とも無事に独立して――。

　マホロが、生きている。

　生きているのだ。

　ふらふらと、覚束(おぼつか)ない心持ちで手を伸ばした。

　触れたら消えてしまうだろうか。目を閉じたら、いなくなってしまうだろうか。

　そうして、力いっぱい彼を抱きしめた。決して消えてしまわないよう、誰にも奪われないように。

「シロ？」

　驚いたマホロが、彼の名を呼ぶのが聞こえる。

「どうしたの。変だよさっきから。……泣いてるの？」


　クロは不機嫌だった。

　腹立たしくて、今にも火を吐きたかった。

「クロさん、もう少しです。この先が例の海域です」

　背に乗ったアオの声が聞こえる。

　黒竜の姿になったクロは大きな翼を広げ、海の上を滑るように進んでいく。

　ヒマワリに魔法で眠らされ、目を覚ました時には丸二日経っていて、当のヒマワリは島から消えていた。

アオはヒマワリに偽のサイン会を案内されたらしく、「ヒマワリさんが嘘をつくなんて……」としょげかえっていた。意気消沈して帰ってみればクロが眠りこけており、ヒマワリはいなくなり、ただ一人困惑したミライだけが彼を待っていた。

ミライも、ヒマワリの姿は見ていないという。

「ヒムカ国だ。モチヅキのとこへ行ったんだろ。あいつ、俺たちに黙って出ていったんだ……!」

ヒマワリは二人が自分を引き留めようとしていることに気づいて、足止めするために罠をかけたのだ。あっさりとしてやられたことが、腹立たしくて仕方ない。

すぐに、魔法の井戸を通ってモチヅキの家へと向かった。けれどそこはすでにもぬけの殻(から)で、近所の住人に聞き込むと、息子二人が行方不明になって以来一家離散の状態であるという。

ヒマワリもそれを知り、モチヅキを探しに向かったに違いなかった。東の海岸沿いに港を片っ端から探して回ると、やがて金の髪の少年が船を探していたという情報を掴んだ。そして彼が、とある見慣れない商船に乗っていったことも。

「ヒマワリのやつ、見つけたらぶん殴ってやる!」

「クロさん、お手柔らかに。人間の身体は脆(もろ)いんですから。……ですが、俺もとっても怒っていますからね。黙って出ていくなんて。それになにより、嘘はいけませんよ、嘘は」

大好きなマダラメ氏を餌にされたことを、実はかなり根に持っているらしい。

夜の海には次第に霧が立ち始め、深い闇の中で世界を白く覆っていく。先へ進むにつれて、霧はどんどん濃く深くなるようだった。その不明瞭な視界は、クロをますます苛立たせる。船の姿を見逃してしまいそうだ。

黒竜の翼は、その霧を切り裂くようにして飛び続けた。

霧の向こうで微かに何かが蠢いた気がしたのは、船が消えたといわれる海域に入り、しばらくしてからのことだった。

（なんだ？）

クロは目を凝らす。しかし夜目の利く竜といえど、これだけ霧に包まれているとその先までは見通すことができない。

「船が――」

アオが前方を指し示す。彼の特殊な目は、この状況下でも闇と霧の向こうまで捉えることができるらしい。

「たくさんの船が集まっています。なんだか、妙に密集して……おかしいですね、どれもぼろぼろです」

近づくにつれ、徐々にクロにもその異様さがわかってきた。

アオの言う通り、密集した船はどれも古ぼけていて、帆柱は折れていたり、あちこち穴が開いていたりする。それはどう見ても漂流船で、生きた人間が乗っているとは思えなかった。

しかし一隻だけ、生気を感じる船があるのに気づく。きちんと手入れがされ、つい最近まで海を航行していたと思しき船だ。

その甲板に、いくつかの人影があった。

ただし、動いている者はいない。皆、至る所で力なく倒れ込んでいる。

「！　ヒマワリ！」

船首付近で、金の髪の少年がぐったりと横たわっているのが見えた。

クロは、己の芯が冷えるのを感じた。

つい先日、あの忌まわしい祭りの夜に見た彼のようだった。魔女の依り代になるために捧げられた、人身御供。

まさか、魔女が現れたのだろうか。この広い海に、あの魔女はその手をどこまでも広げているのか。

「クロさん。何か、聞こえませんか？」

アオが不思議そうに言った。

クロは耳を澄ます。

確かに、音楽が流れていた。

軽やかに弾かれる、竪琴の音。

（誰が弾いているんだ？）

「──カグラ！」

すぐ傍で、懐かしい声がした。


「カグラ、ほら」

手を差し伸べられて、カグラは顔を上げた。

見覚えのある優しい微笑みを浮かべて、ホズミが立っていた。

最後に棺の中で見送った、あの老いた姿ではない。カグラが一番幸せであった頃、姉の傍に寄り添っていた、若く美しい若者のままだ。

「ホズミ……？」

「カンナが待ってるよ、行こう」

誘われるがままに思わず手を伸ばして、そして自分の手がひどく小さいことに気づいた。

目線が、恐ろしく低い。己の姿を見下ろす。

クロは、幼い少年の姿になっていた。

（なんだ、これ……夢か？）

しかし、手を握り返してくれるホズミの手は温かく、確かな存在感を伴っている。

わけがわからぬまま彼に連れられ森を抜けると、美しい花畑が一面に広がっていた。風に揺れる色とりどりの花に囲まれながら、誰かが敷物を広げている。

黒い髪が風になびいていた。

カグラは、はっと息を呑む。

「カンナ……？」

姉のカンナは、二人に気がつくと嬉しそうに微笑んだ。

「二人とも、やっと来た。さぁ、食べましょう。たくさん持ってきたのよ」

敷物の上には、サンドイッチにチーズ、ケーキに果物、ワインの瓶（びん）や温かな珈琲（コーヒー）の入ったポットが所せましと並べてある。ホズミが「美味（おい）しそうだね」とカンナの隣に腰を下ろした。

「どうしたの、カグラ。ほら、こっちへ来て」

手招きされ、恐る恐る、カンナに近づいた。

「あなたの好きなケーキを焼いたのよ。ほら」

懐かしい匂いだった。

ケーキの、そしてカンナの匂い。甘く優しく、柔らかな彼女の匂い。すっかり忘れてしまっていたのに、その匂いを嗅（か）いだ途端に、思い出が溢れ出した。

涙がせり上がってきて、カグラは勢いよく姉に飛びついた。

「まぁ、カグラ。そんなに嬉しかったの？　お腹（なか）空いてた？」

「ごめん、カンナ……」

「なぁに？　何か悪戯（いたずら）した？」

「ごめん……ごめん……」

　ぼろぼろと涙を流すカグラを、カンナは優しく抱きしめる。

「叱られるようなことをしたの？　仕方のない子ね。ほら、正直に言ってちょうだい。お父様とお母様に、一緒に謝ってあげるから」

　カグラは驚いて、顔を上げた。

「父様と母様も、いるの？」

「今日は城にいるはずよ」

　生きているのだ。殺されたりしていない。

　カンナも、両親も。

　そして、ホズミは——。

「あとで挨拶に行こう。結婚式のことで相談もしたいし」

　彼の口にした単語に、カグラは目を瞠る。

「結婚式？」

「もう来月だからね。ようやくうちの両親も許してくれたんだし、彼らの気が変わらないうちに早くしなくちゃ」

「そうね。でもドレスの用意、間に合うかしら」

　微笑み合うカンナとホズミは、本当に幸せそうだった。

　二人を見上げ、カグラはああ、と深い息をついた。

ああ、よかった。

全部、夢だったのだ。

こっちが、現実だ。


「クロさん！　どうしたんですか！」

突然急降下し始めたクロに、アオは必死に摑まりながら叫んだ。

どこからか音楽が聞こえてきたと思うと、黒竜は突然翼を止め、そのまま力尽きたように落下し始めたのだ。

「クロさん！　しっかりしてください！」

意識を失っているのか、目を閉じたまま返事もしない。

巨大な竜は、海上に浮かぶ古びた一隻の大型船に突っ込んでいく。

仕方なくアオは、クロの背から船に向かって飛び降りた。ほぼ同時に、竜の巨体も船に激突し、大きく船体を揺らし激しい波を立てる。

クロが海に落下しなかったことに、アオはほっとする。深い海底に沈んでしまったら、引き上げるのは困難だ。

クロは甲板に大穴を開けて倒れ込んだまま、ぴくりとも動かない。

「クロさん！」

息はしている。しかしどんなに揺すっても、目を覚ます気配はなかった。

「どうして……」

船の上にはいくつかの人影が見えた。それらはすべて力なく倒れ込んでいて、死んでいるのだとアオは思った。

ところが、よく見ればそれは、人ではなかった。

人の形をした、石の彫像だ。

ギギギ、と軋む音を立てている船は、不安定に揺れている。舵は取れて転がっており、生きて動く者はいない。アオは思い切り助走をつけて隣の船に飛び移り、またさらにその向こうにある船へと次々に移動しながら、空から確認した一隻の船を目指した。通り過ぎたどの船にも、生きた人間の姿はない。代わりに石の彫像たちが、思い思いの姿で倒れ伏している。いずれもどこか幸せそうな顔で目を閉じ、まるで心地よい眠りについているようだった。

ようやく目的の甲板に降り立つと、見覚えのある金の髪が目に飛び込んできた。

「ヒマワリさん！」

ぐったりと横たわっているヒマワリを、慌てて抱き起こす。

声をかけるが、反応がない。それでも、確かに生きていた。

ヒマワリだけではない。船の上の人間はすべて、意識を失った状態で転がっているのだった。

謎の音楽は今も、波間を漂うかのようにどこからともなく響いてくる。

「あ――」

アオは思わず声を上げた。

いつの間にか、ヒマワリの足が一部、石化している。

思わず労るようにその部分に手を触れながら、アオは考え込んだ。

「石になっている……ということはやはりあの石の彫像たちも、もとは人間だったということですか」

この現象には、心当たりがあった。

しかし、まさか、とも思った。今この世界に、アオが想定しているモノが存在するとは考えにくい。

そっとヒマワリをその場に寝かせると、アオは己の聴覚機能を研ぎ澄まして、音の出所を探った。耳を澄ませ、方角を割り出す。いくつもの船を飛び移り、密集した船の群れの中で最も大きな船へと近づいていく。

甲板に降り立つと、旋律が明らかに間近に迫ったのがわかった。音の源はこの船で間違いない。その船上にもまた、人型の石がごろごろと転がっていた。アオはそれをひょいと跨ぎながら、音を追いかけていく。

辿り着いたのは、船長室と思しき広い部屋であった。腐りかけた扉を開けると、一気に音が溢れ出してくる。

部屋の中では壮年の男が一人、椅子に座った状態で石と化していた。

その手の中に、小さな箱が収まっている。

花弁を象った美しい硝子装飾が施された、貴婦人の小物入れといった風体の箱である。

開きっぱなしの蓋の下には、くるくると回るいくつもの金の円盤が垣間見えた。例の音楽は、この箱の中から流れ出しているのだ。

「……本当にありましたか」

失礼、と断って、アオはその箱を取り上げる。

それは古代文明において開発された、対人間用の兵器のひとつに違いなかった。

その音色は人の意識に働きかけ、幸せな夢を見る眠りに誘う。そうして徐々に心を蝕み、身体を石に変えてしまうのだ。どんな大軍勢が押し寄せようと、この箱ひとつで敵を戦闘不能状態にすることができるという代物である。

体は石になるが、音が止んで一定時間が経つと元に戻る。石化しているうちに粉々にして殺してしまうこともできるし、そのまま運んで捕虜にしておくこともできる。人道的な兵器――それが売り文句であった。

けれど、青銅人形がその音を耳にしても、決して影響を受けることはない。人ではないからだ。

アオに、夢を見るとはどんなものなのだろう、と考える。

青銅人形も一時的に機能停止状態になることはあるが、それは眠っているのとはまったく違う。アオはシロガネに再起動されるまで完全に停止していたけれど、その間も夢を見たりはしなかった。ただ、止まって、金属の塊になるだけだ。

気持ちよさそうに丘の上で昼寝をしているシロガネやクロの姿を見るにつけ、少しだけ羨ましかった。痒いとか、夢を見るとか、アオはそれを想像することしかできない。

手にした箱を、そっと撫でる。

「まだ、残っていたんですね」

魔法使いが台頭し、古代文明は滅びた。当時の遺物はことごとく破壊されて、何も残っていないと思っていた。

自分以外は。

虚しく美しい音を奏でる箱を、アオはしみじみ眺めた。

「俺と同じですね」

パタン、と蓋を閉じる。

音楽が止み、夜の闇の中には、波が打ちつける音だけが響き渡る。

これで、朝が来る頃には人々の石化は解けるはずだ。

箱を両手で転がし、何気ない様子で力を込める。

「えい」

ガション、と空虚な悲鳴を上げて、箱は粉々に砕け散った。残骸は念のため、海に投げ捨てた。

本当は自分も、こんなふうに処分されるべきなのだろう。

あるべきでないものが存在することは、こうして世界に混乱をもたらす。

けれど、アオにはまだ、稼働し続けたいと願う理由があった。

シロガネを待ち、クロの長い生に寄り添い、そして――ヒマワリの成長を見守っていく。

波間に消えていく過去の仲間を見送ってから、アオは顔を上げた。

「さて、クロさんとヒマワリさんを起こさなければ」


姉の膝枕の上で、カグラはうとうとしていた。

「カグラ、起きて。そろそろ帰るわよ」

「うん……」

目を擦りながら起き上がる。

ホズミとカンナはバスケットに荷物をまとめると、二人連れ立って仲睦まじく歩き始めた。愛おしそうにカンナを見つめるホズミの横顔、幸せに溢れて輝くばかりに美しいカンナの横顔。その二つが向かい合う様子を、カグラは満ち足りた気持ちで眺めながら後をついていく。

けれど、少し悲しい。

結婚すればホズミは完全に、カンナのものになるのだ。カグラはいつだって、カンナの付属物で、彼の一番にはなれない。やがて二人の間に子どもが生まれたら、きっとその子に夢中になる。

心がちくりと痛んだ。

その気持ちには、覚えがある。

(なんで、こんなことを考えるんだろう)

大好きな二人が幸せになるというのに、どうして素直に喜べないのだろうか。

ふと、足下に咲く花に目が引き寄せられた。

撫子(なでしこ)の花が、ひっそりと揺れている。

カグラは足を止めた。

「どうしたの、カグラ」

「ねぇ……ツツジは?」

「え? なぁに、ツツジのお花? 今の時季には咲かないわ」

「違う。ツツジだよ。ホズミの——孫」

そうだ。

ホズミは、カンナとは結婚しない。人間の女と夫婦になって、子どもができて、そして孫が、ツツジが生まれるのだから。

「何言ってるんだ、カグラ。そんな子はいないよ」

ホズミが笑う。

「さぁ、行こう」

差し伸べられた手を、カグラは取らなかった。

「だめだ」

高かった声は、いつの間にか低くなっている。

「ツツジが、あいつが存在しない世界なんて――」

徐々に、カグラの目線は上がっていく。

やがてカンナの背を追い越して、ホズミと目線が重なって――気がつくとその姿は、すっかり大人になっていた。

「俺は、認めねぇ」

一面の花が、大きく空へと舞い上がる。吹きつけるように乱舞するその向こうに、一枚の絵が浮かび上がった。

優しく微笑んでいる、カグラの絵だ。ツツジが描かせ、ずっとその傍に置いていた絵。

その絵の中に、もうひとつ、人影がある。

誰かが必死に、カグラを呼んでいるのが聞こえた。

「こっちよ……！」

カグラは絵に向かって駆け出そうとする。

しかし、ホズミがその腕を引いた。

「カグラ！　どこへ行くんだ」

「行ったらだめよ！　もう二度と、会えなくなってしまう……！」

カンナの泣き出しそうな声に、カグラは振り返った。

「カンナ……」

「行かないで、お願い」

「今度こそ家族になるんだ、カグラ。さぁ」

カグラは動きを止めた。

足が、動かない。

けれど、あらん限りに叫ぶ声が、絵の向こうから響いてくる。

「だめよ、カグラ！　戻って……！」

その声に引き寄せられるように、カグラはゆっくりと後退(あとずさ)った。

そしてカンナとホズミに背を向けると、額縁を目指して走り出した。

絵の中から、一人の少女が――ツツジが手を伸ばしている。

「カグラ！」

「ツツジ……！」

その細い手を、力いっぱい摑んだ。

「あの人たちが待ってるわ。あなたの場所に、戻って……！」

吸い込まれるようにツツジの手に引かれながら、額縁を潜り抜ける。

視界いっぱいに広がる眩い光に、カグラは瞼(まぶた)を閉じた。

「来た来たー！　ついに来た！　魔法の塔への招集だ！　四大魔法使いに選ばれたんだよ！」

　マホロは踊るように飛び跳ねながら、一通の封書を手に飛び込んできた。

　海を見下ろすテラスの椅子に腰かけてゆったりとお茶を飲んでいたシロガネは、懐からこれ見よがしに同じ封書を取り出してみせる。

「それなら、僕にも来ている」

「！　じゃあ……」

「西と南の魔法使いが同時に引退するって噂だからね。席が二つ空くってことさ」

「やったー！」

　マホロはシロガネにぴょんと飛びついた。

　二人で暮らし始めてから十年。二十八になった二人は、ついに四大魔法使いの仲間入りを果たすのだ。

「どっちが西でどっちが南かな」

「僕が西だ。譲らない」

「僕だって、絶対西！」

　互いに言い合って、そして大いに笑った。祝いの酒だ、とシャンパンを開けて、その日は朝まで飲んで騒いだ。

「四大魔法使いになったらさ、使える予算も人員も全然違うだろ。僕、今度こそ竜を探しに行きたいな」

グラスを片手に、マホロがとろんとした目で言った。

「きっとどこかにいると思うんだよ、生き残りが。でも、見つからないように、うまく人に紛れているんだ……」

「そうかもね」

シロガネはそう相槌(あいづち)を打ちながら、竜の姿を思い浮かべた。

黒く光る美しい鱗(うろこ)に覆われ、勇壮な翼を広げた黒竜が、眩い火花を散らして業火を吐き、そして——殺してくれと言う。

そこまで思い描いて、はっとする。

それはまるで、どこかで見たことのある光景のようだった。

「伝説の青銅人形だってさ、一体くらい残ってたりするんじゃないかなー。ああ、どんな姿なのかなぁ。本当に竜の炎すらはねつけるのかな」

「きっと、小説が好きだよ」

「え?」

「夢で見た気がする。青銅人形は、人とまったく変わらなくて……感情を持ってるんだ」

ドンドン、と玄関の扉を叩く音がした。

「こんな夜更けに、誰だろう?」

二人は顔を見合わせる。

「――さん！　――さん！」

聞き覚えのある声。

「――ヒマワリさん！」

（ヒマワリ……）

なんだか懐かしい名前だ。

（誰だっけ……）

「ヒマワリさん！」

「おい、ヒマワリ！」

ざわり、と心が揺れた。

いてもたってもいられなくなり、シロガネは扉を開けようとした。

しかしふと、手を止める。

振り返ると、マホロが微笑みを浮かべながらこちらを見つめていた。

「マホロ、僕……」

「迎えが来たんだね」

「マホロ……」

「行って」

この幸せな世界を、消してしまいたくない。

泣き出しそうなシロガネの背中を、マホロは笑って押した。

「迎えにきて。四大魔法使いすら凌ぐ大魔法使いシロガネなら、きっとできるだろ？」

「マホロ――」

「彼らが待ってる。早く、行ってあげて」

シロガネは思わずマホロに飛びついて、力いっぱい抱きしめた。本物としか思えないその感覚に、涙が溢れてくる。

「必ず、助けにいくから」

ぎゅっと唇を引き結び、震える手をマホロから離す。

シロガネは意を決して彼に背を向け、そして――扉を開けた。


「ヒマワリ、お前ふざけんなよ！」

目を覚ましたヒマワリが目にしたのは、怒りに燃えるクロの顔だった。その肩越しには、うっすらと白んだ明け方の空が広がっている。

唐突に胸倉を掴まれて、ヒマワリは思わず呻いた。

「勝手に人に魔法かけてんじゃねーよ！　卑怯な手使いやがって！」

「クロ……」

「ヒマワリさん、ひどいです。俺、マダラメ先生に会えると思って、本当に本当に楽しみにして行ったんですよ。あんまりです」

アオもまた、怒っている、という顔を作っている。

「アオ……」

「勝手に出ていくのは、もっとひどいです。どれだけ心配したと思っているんですか」

「……ごめん」

ようやくクロが手を放して、ヒマワリは身体を起こした。

「何が起きたの？　音楽が聞こえたと思ったら、急に……」

「原因はもう取り除きましたので、大丈夫ですよ」

アオはかいつまんで、古代兵器によってこの海域を訪れた人間が石にされていたことを説明した。

「壊して捨てましたので、もう二度とこんなことは起きません」

「えっ、壊しちゃったの？　そんな面白そうなものを？」

「当たり前だろ。そんなもん、残しておくほうが危険に決まってるだろうが」

「見てみたかったー」

「そもそも、なんでそんなのが残っていて、船に乗ってたんだよ？」

「海に沈んでいたものを、誰かが偶然拾ってしまったのかもしれませんね。それで船長が蓋を開けてみたら……」

「全員気を失って、石になった、と」

「クロさんまで眠ってしまったので、びっくりしましたよ」

「クロも？」

クロは苦虫をかみ潰したような顔になる。

「お前に眠らされるわ、謎の兵器に眠らされるわ……散々だ」

「じゃあ、クロも夢を見た？」

クロはぷいと顔を背ける。

「さぁ。覚えてねーな」

そこでヒマワリは、ようやく気がついた。二人ともここにいるということは、終島は今、無人ということだ。

「二人で来たの？　島は？　ミライが留守番？」

「いえ、ミライさんはもう帰ってしまいましたので」

「だって、じゃあ島が空だよ。いいの？」

クロとアオは顔を見合わせた。

「シロガネの……大事な島なんでしょ」

二人とも、ずっとあの島を守ってきたのだ。シロガネが戻るまでは、と。

「なんだよ、不満かよ。助けてやったっていうのに」

「そうじゃなくて」

「保護魔法がかかっていますし、少しくらい離れても問題ありませんよ。それよりも、ヒマワリさんのことが心配でしたから」

　ヒマワリはぎゅっと、胸元を握りしめた。

　船上では、石になりかけていた人々が目を覚まし始めていた。取り囲むように密集しているほかの船でも、起き上がった船乗りたちがあちこちで動き出していた。ヒマワリを捕らえようとしていた魔法使いたちも意識を取り戻し、混乱した様子でぼうっと周囲を見回している。

「あ、そうだった。この人たちがいたんだ」

「誰です?」

「東の魔法使いの手下」

　ヒマワリは魔法の杖を彼らに向けた。

　全員に捕縛の魔法をかける。悲鳴が上がったが、気にせず魔法の杖も取り上げて、海に放り投げてしまった。

「捕らえたはいいけど、どうしようか。このまま帰したら、また来ちゃうよね」

「任せろ」

　クロは魔法使いたちに向かって、呪いの言葉を吐き出す。

「お前たちは二度と俺たちに近づかない。東の魔法使いに、俺たちのことを一言も語ることはできない。もし話そうとすれば、お前たちの心の臓は止まる」

竜の呪いを魔法で解くことは不可能だ。これで彼らは生涯、ヒマワリたちを脅かすことはないだろう。

「そうだ……モチヅキ！　モチヅキは？」

ヒマワリは慌てて立ち上がった。

「僕、モチヅキを探しにきたんだよ！　この海域で行方不明になったんだ。きっと、モチヅキもどこかで眠ってる！」

いくつもの船を見渡し、ヒマワリは身を乗り出した。

「ヒマワリさん。それなんですが」

アオが手を挙げた。

「俺たちも、モチヅキさんが行方不明だと知ってここへやってきたんです。それで、皆さんの石化が解けるまで時間があったものですから、ひとつひとつ船の中を探したんですよ。モチヅキさんがいないかどうか」

「！　モチヅキ、見つかったの!?」

「いえ、いらっしゃいませんでした」

その言葉にヒマワリは息をするのも忘れ、身を強張らせた。

「いない……？」

「モチヅキさんもあれから成長されているでしょうし、いくらかお姿が変わっているであろうことも考慮して探したんですが、それらしい方は見当たりませんでした」

「そんな……」

「ただ、モチヅキさんが乗ったという、調査船らしき船は特定したんですよ。あの船です」

アオが指し示したのは、ぼろぼろのヒムカ国旗がはためく帆船だった。

「モチヅキさんは見つからなかったのですが、ただ……」

「ただ？」

「モチヅキさんがかけていた眼鏡……と思しきものを手にした方が、おられまして」

「！　モチヅキじゃないの？」

「いえ、いくらか似てはいましたが、どうも違うようなんです。思うに、一緒に行方不明になっている、モチヅキさんのお兄さんではないかと」

ヒマワリはウキハの話を思い出す。モチヅキと、その兄のモロボシが、ともに調査船に乗ったのではなかったか。

「そろそろ目が覚めているかもしれません。話を聞いてみますか？」

ヒマワリは頷(うなず)いた。

調査団の面々は、長い眠りから覚めて誰もが困惑している様子だった。

その中に一人、確かにどことなく、モチヅキやウキハと面立ちの似通った青年がいた。

「すみません。モロボシさんですか？」

樽(たる)に腰掛けて呆然としていた彼は「そうだけど」と答え、ヒマワリたちを探るように見返した。

「なんなんだ……一体何がどうなってる？　あんたら、誰だよ？」

「僕、ヒマワリといいます。モチヅキの友人です」

そう言った途端、モロボシの顔がわずかに引きつった。

「モチヅキの……？」

「あなたたちが国に戻らず行方不明になっていたので、探しにきたんです。ウキハが、とても心配していましたよ」

「ウキハ……妹に会ったのか？」

「僕は、あなたとモチヅキを探して連れて帰ると、ウキハに約束しました。その眼鏡、モチヅキのですよね？」

今気がついた、というように、モロボシは自分が握っている古びた丸眼鏡を見下ろした。

「モチヅキはどこですか？　一緒に調査船に乗ったはずですよね。でもこの船の中に、モチヅキの姿はありませんでした」

モロボシは怯（おび）えたように、微かに震えた。

「モチヅキは……」

ぎゅっと眼鏡を握りしめる。

「モチヅキは――死んだよ」

三 眠り姫

朝日が、船の群れを照らし出していた。

意識を取り戻した人々は、一体己の身に何が起きたのかと呆然としながらも、すっかり荒れすさんだ自分たちの船に驚き、どこが破損しているのか、動くのかどうか、と慌ただしく走り回っている。指示を出す声や走り回る足音があちこちで響き、海の上は喧騒に包まれ始めていた。霧はすっかり晴れ、海原には爽やかな風が吹き抜けている。

愕然とするヒマワリには、そのすべてがひどく遠ざかって感じられた。

「……死んだ？」

モロボシが、小さく頷く。

「航海の途中で、海に落ちたんだ」

彼は暗い表情で、視線を落とす。

「皆が寝静まってる夜の間のことで、誰も気づかなかった。朝になってみたら甲板にはこの眼鏡だけが落ちていて、モチヅキは船の中のどこを探しても見つからなかった。だから……状況から考えて、あいつは海に落ちて……死んだんだよ」

ヒマワリは足下が揺らぐような感覚を覚えた。

船が揺れたわけではない。近づいたと思った希望が、遠ざかっていくのを感じたからだ。

「あいつは魔法が使えないから、海に落ちたら助かる方法なんかない。陸まで泳ぐなんて不可能な距離だし、この海域へ向かう航路は今じゃどの船も避けるから、助けを求める相手もいない。だから……生きている可能性は絶望的だろうって、みんなが……」

クロが苛立ったように声を上げた。

「だからって、探さなかったのかよ？　お前魔法使いだろうが！」

「そんなこと言ったって……！　いつ落ちたのかもわからないし、朝になってあいつがいない、海に落ちたんじゃないかって騒いでる間に、意識が遠のいて……気づいたらこうなってたんだ！」

いずれにしても、二年も前のことなのだ。

今この近辺の海を探したところで、モチヅキが見つかるはずもなかった。

（どうして手紙が来なくなった時に、ちゃんと確認しなかったんだろう）

後悔に胸が疼く。

モチヅキはいつも、手紙の返事をきちんと返してくれていた。返信がなくなり何かあったのではとは思ったものの、当時のヒマワリは早く島に戻りたい一心で修業に明け暮れていて、つい後回しにしてしまっていた。

「――嘘だ！」

唐突に割って入った声に、ヒマワリたちは顔を見合わせた。

幼さの残る声である。しかし周囲を見回しても、それらしい子どもの姿はない。

「嘘だよ、そいつは嘘をついてるんだ！」

その声に、モロボシの腰掛けている樽の中から響いていた。

「開けて！　出して！」

中からドンドンと叩く音が聞こえる。

「……中に、誰かいるの？」

モロボシは表情を硬くして、頼りなく視線を彷徨わせた。どうやら彼は、偶然にこの樽に座ったわけではないらしい。

「どいて」

ヒマワリはぞんざいに彼を押しのけた。

蓋を開け中を覗き込むと、小柄な少年が膝を抱えて身を縮めていた。差し込んできた光に眩しそうに顔を顰めながら、ヒマワリを仰ぎ見る。

「どうしてこんなところに子どもが？」

ヒマワリは少年に手を貸して、樽から引っ張り出してやった。

外の空気にほっとした様子の少年は、モロボシに気づくと彼を指さして叫んだ。

「こいつに閉じ込められたんだよ！」

「何を言っているんだか」

くだらない、というようにモロボシは少年を睨みつける。

「声を出したら、樽ごと海に放り投げるぞって、そう言った！」

「どういうこと？」

ヒマワリの問いに、モロボシは黙り込んでしまう。

ヒマワリは膝をつき、少年に目線を合わせて尋ねた。

「何があったの？　嘘をついてるって、どんな？」

「俺、見たんだ」

「見た？　何を？」

「モチヅキは殺されたんだよ……そいつに！」

モロボシがさっと青ざめる。

「おい、言っていいことと悪いことがあるぞ！」

怒鳴りつけられた少年は、びくりと身を縮めた。

ヒマワリは彼の肩に手をかけ、安心させるように優しく話しかける。

「大丈夫だよ。話を聞かせてくれる？　――君は、この船に乗ってたの？」

「ここで働いてるんだ。まだ、見習いだけど」

「モチヅキのこと、知ってるんだね？」

うん、と少年は頷く。

「モチヅキは航海の間、俺みたいな下っ端にも優しくしてくれたんだよ。お菓子をくれたり、仕事をこっそり手伝ってくれたり。それに、汚れを綺麗（きれい）に落とす方法とか、喉（のど）が痛い時に治す方法とかも教えてくれたし」

モチヅキが終島（はてじま）にいた頃も、あれこれとおばあちゃんの知恵袋をアオに伝授していたのを思い出す。どうやら彼は、変わっていないらしい。

「でも、モチヅキはほかの魔法使いたちに、ずっとのけ者にされているみたいだった。そいつもそうだよ。いつもモチヅキにひどいこと言ったり、冷たくしてた」

ヒマワリは、ちらりとモロボシの様子を窺う。その手は、微かに震えているようだった。

「どうして、彼がモロボシを殺したって言ったの？」

「馬鹿馬鹿しい！　子どもが注目されたくて、面白がって嘘をついてるだけだ！」

「モチヅキはあの夜、そいつと一緒に甲板にいたんだ」

「嘘だ！」

「本当だよ！　……あの夜、俺船長に叱られてへこんでて、泣いてるのをほかのやつに見られたくなくて甲板に出たんだ。柱の陰で蹲ってたら、モチヅキの声が聞こえた。暗くてよく見えなかったけど、『兄さん』って言ってたから、ああ、兄貴と一緒なんだって思った。二人は、だんだん何か言い争いを始めた。そしたら、突然、そいつが何か叫んで――」

思い出しているのだろう、少年は泣き出しそうな顔になる。

「モチヅキを、海に突き落としたんだ……！」

「黙れ！」

モロボシは怒鳴りながら、少年に向かって拳を振り上げた。

しかし振り下ろされる直前、割って入ったアオがモロボシの腕を捻り上げてしまう。

「ぎゃあああああ！」

「子どもに何するんですか」

むっとした口調で、そのままモロボシを突き飛ばす。

倒れ込んだモロボシは、腕を摩りながらひいひいと後退った。

「兄さん、ね……この船に、モチヅキの兄さんはあなたしかいないんじゃないの」

ヒマワリが疑惑の目を向けると、「違う！」と苛立ったように叫んだ。

「確かにあの夜、あいつと話をした！　でも話しただけだ！　その後は、甲板で別れてそれっきりだ！」

「嘘だよ！　俺、誰かに知らせないとって思ったんだ。モチヅキが死んじゃうって。でも、そいつに気づかれた。それで、樽の中に押し込まれたんだ。声を上げたら、海に放り投げるぞって――」

少年はぎゅっと唇を嚙む。

「そのまま朝になって、みんながモチヅキがいないって騒いでるのが聞こえてきて。どうしようって思って、でも、怖くて動けなくて……そうしたら、不思議な夢を見たんだ。死んだ父さんと、母さんがいた……」

どうやら、この樽に入ったまま、あの音色の虜になり石化していたらしい。

「目が覚めたら、あんたたちの声がしたんだ。こいつはまた、嘘をついてた」

モロボシは蹲ったまま、震えている。

「モロボシ」

背を向けているモロボシに、ヒマワリは少しだけ声を和らげる。

「本当のことを言ったほうがいい。いずれ、真相は明らかになると思うよ。……ずっと嘘をつき続けるのは辛いでしょう」

モロボシは答えない。

「教えてほしい。本当は、何があったの？」

真っ青になったモロボシは、唇を引き結ぶ。

しかしやがて、力尽きたようにがくりと項垂れた。

「あいつは……モチヅキは出来損ないだ。魔法を使うこともできない……一族の恥さらしだ。あんなのが、俺の弟だなんて……！」

「君の愚痴は聞いてない」

「それなのになんであいつが、大魔法使いの弟子なんだよ！」

固く握った拳を力いっぱい甲板に叩きつけ、モロボシは悲鳴のように叫んだ。

「どうして俺じゃないんだ！　俺は優秀な魔法使いだ！　魔法比べで決勝に残ったことだってある！　なのになんであいつが！　父上も母上も、あいつのことばかり贔屓して……！　でもあいつは、相も変わらずなにもできないままだ。そのくせ、この調査団に俺と一緒に選ばれた。おかしいだろ⁉」

「――だから？」

ヒマワリは冷えた口調で言った。

「気に入らなかったから？　だから、殺したの？」

「違う！　かっとなって、海に落としただけだ！　少し、懲らしめてやろうと思ったんだ！　でも、あいつ、全然浮かんでこなくて……暗くて、何も見えなくて……」

モロボシは頭を抱え、ぐすぐすと泣き始める。

「殺すつもりなんて、なかった……！」

肩を震わせるモロボシを見下ろしながら、ヒマワリは気持ちが暗く沈むのを感じた。

モチヅキが事故ではなく、兄によって海に落とされたことはわかった。けれどそうだとしても、彼がこの世にいないという事実は変わらないのだ。大海原の真ん中でたった一人、助かる方法などない。モチヅキは、魔法が使えないのだから。

（モチヅキ……）

喪失感が胸に広がった。求め続けた非魔法使いが失われたことへの絶望と、そして何より、友がこの世からまた一人、消えてしまったのだという事実。それが一気に押し寄せて、ヒマワリは力が抜けたように立ち尽くした。

項垂れるヒマワリの袖を、誰かが遠慮がちに引く。

少年が、心配そうにこちらを見上げていた。

「あの、あのさ……俺、あの時船の灯りを見たんだ」

何のことかわからず、ヒマワリはぼんやりと彼の顔を見返した。

「モチヅキが海に落ちる、少し前。そこまで大きな船じゃなさそうだったけど、遠くにちらちらしてて……」

どう言えばいいのか迷うように、少年はもどかしそうに両手を彷徨わせる。

「その、だから……もしかしたらモチヅキ、助かったかもしれない、と思って……」

ヒマワリは、ひくりと息を止めた。

彼の言葉の意味を、瞬時に理解する。

「ほかに船が……いたってこと？」

「あの灯りが見えていれば、助けを求めて泳いでいける距離だったと思うんだ。だから、生きてるかも……生きててほしいって……そう思って……」

じわりと、その目に涙が浮かんだ。

「夢の中で、父さんと母さんが言ったんだ。モチヅキは、助かったんだよって。だから、安心しなさいって……そう言ってたから……だから俺、怖くても、ちゃんと本当のこと言おうと思って、それで……」

ヒマワリは、自分が見た幻を思い出す。

あの音楽が見せたのは、己の望む幸せな世界だった。自分に都合のいい、美しい夢。けれどその中にはほんのわずかだけ、真実も混ざっている気がした。

――迎えにきて。

そう送り出してくれた、マホロの言葉。あれは、彼自身のものであったと思うのだ。

ヒマワリは少年の肩を掴んだ。

「それ、どんな船？　どっちへ向かってた？」

「ええと、暗かったからはっきりわかんなかったけど……帆柱は三本で……南のほうに向かってた。でもこのあたりを航行するなんて、まともな船じゃないと思う。密輸船か、海賊船じゃないかな」

「南……」

可能性は低いかもしれない。それでも、諦めきれなかった。

「その船を探すのか？」

クロの問いに、ヒマワリは頷く。

「うん」

「ヒマワリさん、俺たちも一緒に行きますからね」

ヒマワリは驚いた。

「アオ……でも」

「一人で出ていって、また死にかけたいのかよ？」

絶対に引かないというように腕を組みながら、クロが言った。どうやら二人とも、おとなしく島に戻る気はなさそうだ。

ヒマワリは苦笑する。実際、彼らが来なければあのまま石になっていたのだ。反論しようがなかった。

かつてシロガネであった頃は、二人を島に残してあちこち旅をしていた。魔女を打ち倒す方法を探し、非魔法使いを求め、長く留守にすることも多かった。

そして、帰れば必ず彼らが迎えてくれる。

それが、ひどく嬉しかった。そこが、己の家だと思えた。

けれどあの頃も、一緒に行けばよかったのかもしれない。

「うん——一緒に行こう」


調査団の団長を務めているヒムカの役人に事情を説明し、モロボシの身柄を預けると、ヒマワリたちは魔法の道を使って大陸へと戻った。船の多くは航行不能状態に陥っているようだったが、それについては調査団の魔法使いたちがなんとかするだろう。

刺客たちは、いつの間にか姿を消していた。今頃オグリに失敗の報告でもしているのか、あるいは新たな罠でも張っているのかもしれない。

三人は南下しながら最寄りの港をひとつずつ訪れ、それらしい船が寄港していないかと聞き込みを続けた。もしもモチヅキが助かっているならば、彼を見かけた者がいるかもしれなかった。

その道中、ヒマワリは何故モチヅキを探しているのか、その本当の理由をクロとアオに語った。

あの忌まわしい祭りを二度と行わせないために、魔女を滅ぼすつもりであること、そのためには魔法を無効化できるモチヅキの力が必要であること、そしてもし魔女を消し去れば、この世から魔法も消え去り、魔法使いは存在しなくなること――。

「それでお前は、魔法がこの世から消えても、後悔しないのか？」

小さな宿の一室で、黙って話を聞いていたクロが、そう尋ねた。

その問いは思いがけないもので、ヒマワリは目を瞬かせる。

「え……僕？」

「あ？」

「いや……これ世界が変わるっていう、なかなか壮大な話なんだけど」

「だろうな。本当に魔法がなくなれば、大騒ぎだろうよ」

それどころではない。世界を揺るがす、およそ大それた企てだ。魔法使いたちはその存在価値を失い、この世は大きく様相を変えることになる。

問題はそれだけではない。

シロガネの師であるオトワは言った。魔女の存在は、魔力に対する盾でもあるのだ、と。流れ込む魔力を媒介する魔女が消え去れば、導き手を失ったその魔の力がこの世界にどんな影響を及ぼすかは、誰にもわからない。これを抑え込むことはできるのか。開かれた扉を、閉ざすことはできるのか。

そうした事実を前にして、ヒマワリの気持ちなど些末な問題だ。

そう言いたげなヒマワリに、クロは肩を竦める。

「お前、魔法好きだっただろ。いいのかよ、失くなって」

確かに、魔法は好きだ。

この力が失われると思うと、その喪失感はいかばかりだろうと思う。

けれど、だからこそ、耐えられないのだ。その向こうに、マホロの犠牲があることが。

ヒマワリはいくらか躊躇い、しかし確信を込めて口を開いた。

「……どうかな、後悔するのかも。でも、魔法のある世界をこのまま生きることのほうが、絶対に後悔する。それだけは、間違いないから」

クロはそうか、と髪を掻き上げた。

「じゃあ、さっさとモチヅキ見つけねーとな。それと、魔女のところに殴り込みに行く時は、俺も行くからな。また置いていこうなんて思うんじゃねぇぞ」

「もちろん、俺も行きますよ。モチヅキさんがいかに魔法を無効化するといっても、何があるかわからないところにヒマワリさんお一人で行かせるわけにいきませんからね」

当たり前のように言う二人に、ヒマワリは思わず反論した。

「でも、本当にいいの？　成功したら……シロガネが戻ってきても、もう魔法が使えなくなるんだよ？」

「そうですね。けれどシロガネも、きっとヒマワリさんと同じことを言いますよ」

「だな。あんな胸糞悪い祭り、あいつ絶対嫌いだぜ」

「なにより、ヒマワリさんが魔法を使い続けることを苦しいと思ってしまうなら、俺はそんなのは嫌ですからね」

ヒマワリは俯いた。

思わず泣きそうになるのを、必死で隠したのだ。

彼らならきっと、反対はしないだろうと思っていた。けれど、二人がなにより憂慮したのは、世界が大きく変わることよりも、ヒマワリ自身の気持ちだった。それがひどく、嬉しい。

そのまま腕を回し、おもむろに二人に抱きついた。

アオは優しく頭を撫でてくれた。クロはちょっと鬱陶しそうに顔を顰めていたけれど、振りほどきはしなかった。クロのそれはきっと照れ隠しだろう、とヒマワリは自分に都合よく考えることにした。恐らく、そう間違いでもないだろう。


モチヅキらしき青年を見た、と語る人夫に出会ったのは、南下してアワノ半島を海沿いにぐるりと巡り、そこから西へと進み始めた頃だった。

一向に手掛かりがなく、ヒマワリもさすがに諦めかけていた矢先のことで、その人夫がふと思い出したように「そういえば、あの時の――」と語り出した時には、思わず前のめりになってしまった。

その人物は、ある時ふらりと湊に現れたのだという。

「眼鏡を作りたい、って言うんだよ。どこかに店はないかって」

せわしなく荷下ろしをしながら、男は言った。

「俺が店まで送ってやったんだ。でも、モチヅキ、なんて名前じゃなかったと思うが……なんて言ってたかな」

「その人、その後どうなったかわかりますか？」

「眼鏡ができ上がるまで、このあたりで日雇いの仕事してたよ。けど、力がさっぱりなくてなぁ。もっと鍛えたほうがいいぞって、みんな笑ってた。でも妙なことはよく知ってたよ。食材を日持ちさせる方法とか、二日酔いを一気に吹き飛ばす方法とか……ばあさんに聞いたんだって言ってたかな。いやー、あれは今でも役に立ってるよ」

ヒマワリは身を乗り出す。モチヅキだ。間違いない。

「それで？　それからその人は？」

「西のほうへ行くって、出ていったきりだ」

「具体的にどこへ行くか、言ってませんでしたか？」

「いやぁ、本人も行き先は決めてないみたいだったけどね。とにかく、王都と反対はどっちだ、って聞かれて、じゃあ西だな、って話で」

「王都と反対……」

恐らく、自分を殺そうとしたモロボシが先に戻っているだろうと考え、家に帰るわけにはいかないと判断したのだろう。逃げるなら、王都と反対へ、できるだけ遠くへ――そう考えたのではないか。名前が違うというのは、偽名を使っていたのかもしれない。

「あの兄貴から逃げるために、素性も隠してどこかに潜伏しているかもしれない、ってことか」

「それなら、西へ向かう街道沿いに進んでいきましょうか。何の痕跡も残さずに二年も逃げ続けることなどできないでしょう。どこかに手掛かりがあるはずですよ。……ヒマワリさん？」

　ぼうっとしているヒマワリに気づき、アオが心配そうに手を伸ばす。

「どうしました、具合が悪いですか？」

　大きな手が優しく額を包んだ。

「熱はないようですが」

「うん……大丈夫。ちょっと……ほっとして」

　光明が、わずかに見えたのだ。

（モチヅキは生きてる。きっと、生きている……）

　ヒマワリは大きく息をついて、空を仰いだ。

（必ず見つけ出す。だからどうか無事でいて）


「服を、買いたい」

　クロがそう仏頂面で言い出したのは、街道を進み、ひとつめの町に入ってすぐのことだった。

「もう限界だ。こんな恰好一秒でもしていたくない！」

今クロが着ているのは、先日竜の姿から人型に戻った後、船を適当に物色して勝手に拝借してきたものである。けれどそうして纏った衣服は、彼の美的センスからするとどうしても許容できないものらしい。

「クロ、一度島に戻って着替えたら？」

「どうせまた、汚れるに決まってる。だったら捨てても惜しくないもののほうがいい」

アオが首を傾げる。

「ならば、その恰好でよいのでは？」

「これはそれ以前の問題だ！　くそダサい上にかび臭い！　古着でもいいから、着るのに耐えられる服を探してくる！」

ヒマワリは肩を竦めた。着道楽な彼は、こだわりが強いのである。

「しょうがないなぁ。じゃあその間に、僕はモチヅキについて聞いて回ってくるから。二時間後に、この広場で待ち合わせね」

「おい。そんなことを言って、また勝手に一人で行く気じゃないだろうな」

眠らされたことを、いまだに根に持っているらしい。

疑わしそうに睨まれて、ヒマワリは苦笑した。

「しないよ。約束する」

「大丈夫ですよ、クロさん。俺がヒマワリさんと一緒に行きますから」

「サイン会があるって言われても、信じるなよ」

「もちろんです」

「講演会も、握手会も、全部嘘だぞ！　わかったな」

「心得ました」

　ぐっと親指を押し出すアオに少し不安そうにしながらも、クロは古着屋を探しに去っていった。

　アオは絶対に目を離さない、という風情で、ヒマワリの傍にぴたりとついてくる。どうやら、すっかり信用を失ったらしい。

「ごめんってば、アオ。もう嘘つかないから」

「はい、そう願います」

　二人は連れ立って、旅人が訪れそうな場所を回った。宿に食堂、酒場に市場——手あたり次第に聞き込んだが、モチヅキらしい人物を見たという証言はなかなか得られない。

「この町には、立ち寄らなかったのでしょうか」

「目立たないように行動していたんじゃないかな。偽名を名乗っている可能性が高いし……」

　言いながら、ヒマワリは複数の視線を感じ、さりげなく周囲を観察した。

　悪意のあるものではない。その視線はいずれもアオに向かって注がれていて、そしてひどく熱を帯びていた。

ヒマワリはぱっとアオの腕を摑むと、自分に引き寄せる。

「アオ、こっち行こう」

ぐいぐいと引っ張りながら、背後を窺う。

媚びるようにアオに近づこうとしていた女と視線が合った。ヒマワリが底冷えのする目で睨みつけると、相手はぎくりとしたように足を止めた。そのまま、アオを連れて足早にその場を離れる。

こうしてアオと並んで歩いていると、かなりの頻度でこうしたことがある。そのため、ヒマワリは常に神経を尖らせていた。

つい先ほど訪ねた宿でも、うちに泊まっていけとアオにしなだれかかって誘う女将やその娘を、無邪気な子どものふりをしてやんわり引き剝がすのはなかなかに骨が折れた。

通りの向こうで頰を染めながらひそひそと何事か話している少女たちや、馬車の窓から熱い視線を向けてくる貴婦人からアオを庇うようにしてやり過ごしながら、ヒマワリはぼやいた。

「クロも、一人で行かせるんじゃなかったな」

「どうしてです？」

「今頃、女の人に囲まれてるかも」

唇を尖らせる。

クロもアオも、外を歩けばこうして異性を魅了する存在だということをすっかり失念していた。幼い頃、彼らと一緒に買い物に出かけると、毎回女性に声をかけられていたのを思い出す。

「一応僕らは、いろいろと狙われてる身なんだからね。目立つと困るでしょ」

ただ気に入らないだけなのだが、一応それらしい理由をつけ足した。

「クロさんなら、うまく対応されると思いますよ。竜は人を惹(ひ)きつける力があるといいますから、そうしたことには慣れているはずです」

「そうだけどさぁ……」

通りの向こうがざわめき始めたのは、そんな折だった。

「大変だ！」という声が響き渡る。

「動けるやつは集まってくれ、領主様のご命令だ！　街道で土砂崩れが起きた。巻き込まれて、何人か埋まってるらしい！」

人々は騒然となり、恐れを含んだ面持(おもも)ちで予期せぬ事故の不幸を嘆いた。幾人かの男たちが声をかけ合い、緊迫した表情で駆け出していく。

「王都へ向かう道が塞がれたらしいぞ」

「それじゃあ荷が動かないじゃないか」

「どれくらいで復旧するのかしら」

「困ったな、明日出発する予定だったのに」

不安そうな声があちこちで上がる。

「アオ、クロと一緒に待っていて。僕、行ってくる」

「土砂崩れの現場ですか？」

「うん」

自然災害への対応や怪我人の救助は、魔法使いとしての義務のひとつだ。行き合えば無視はできない。

「俺も行きます」

「大丈夫だよ、逃げたりしないから」

「それもありますが、力仕事ならば俺に手伝えることもあるでしょう」

青銅人形であるアオは、普通の人間と比べれば恐ろしく怪力だ。倒木や大岩でも、片手で持ち上げられるだろう。怪しまれない程度に復旧作業に手を貸してもらうのは、確かにありがたかった。

「わかった。クロには伝言を飛ばしておこう」

ヒマワリは掌(てのひら)の上にふうっと息を吹きつける。渦を巻くようにして、光り輝く小さな鳥が現れた。「アオと一緒に土砂崩れの現場に行ってきます」と語り掛けると、魔法の鳥は鳴き声をひとつ上げて、ぱっと飛び立っていく。あとはあの鳥が、吹き込んだ言葉をそのままクロに伝えてくれるはずだ。

二人が現場に辿(たど)り着くと、狭い崖下の道が崩れ落ちてきた土砂で完全に埋没しているのが見て取れた。集まった人々が必死になって、大きな岩を動かそうとしている。その下にはひしゃげた馬車の残骸（ざんがい）があり、ほんのわずかな隙間（すきま）から人の手が覗（のぞ）いていた。

ヒマワリは外套（がいとう）のフードを目深（まぶか）にかぶって、顔を隠した。できるだけ目立たないに越したことはない。

「下がっていてください」

魔法の杖を手に進み出ると、周囲からはその姿に「魔法使いだ」と歓声が上がった。

大岩を浮遊させてどかし、下敷きになっていた馬車を覗き込む。それはすっかり潰（つぶ）れてしまい、原形を留めていない。その下で、夫婦らしき男女が重なり合うようにして息絶えていた。そんな彼らの腕に守られるようにして、幼い少年の姿が垣間見えた。意識はなくぐったりとしているが、微かに息がある。

出血が多いのを見て取り、すぐに治癒（ちゆ）魔法をかけ始めた。

「ほかにも人が？」

ヒマワリは、その場で作業の指示を出している若い男に声をかけた。

「わからない。この先もずっと土砂で埋まっているから、その可能性もあるが……」

ヒマワリは振り返ってアオを呼ぶ。

「アオ、わかる？」

「――少し先に、熱源が二つあるようです」

人ではないその硬質な目が、何かを捉（とら）えるように歪（いびつ）な光を湛（たた）えた。つまり、まだ息のある人間が二人いるということだ。

「どのあたり？」

「あの大きな木が横たわっている、後ろのほうです」

「わかった。この子をお願い。とりあえず止血はしたけど、ゆっくり運んで」

「わかりました」

アオは馬車の残骸を軽々と除けながら、そうっとその身体を引きずり出す。片手で動かせるような重さではないのだが、それも魔法だろうと人々は納得しているようで、奇異の目を向けられることはなかった。

その間にヒマワリは倒れた巨木を魔法で持ち上げ、周囲の土砂も排除していく。やがてその下から二人の男が意識を失った状態で見つかり、こちらにも急いで治癒魔法を施した。

やがて雨が降り出し、再び崩れる恐れがあるとして復旧作業の中止が言い渡された。

怪我人は全員、担架に乗せられ領主館へと運び込まれていく。ヒマワリとアオもそれに付き添って館の門を潜ろうとした時、クロの声が聞こえた。

「ヒマワリ！　アオ！」

駆け寄ってくるクロは、彼の審美眼にかなう服が見つかったらしく、先ほどまでの恰好とは雲泥の差であか抜けていた。少し型は古いが仕立ての良いシャツに古風な外套を纏っているが、それがしっくりと馴染んでいるのがさすがである。

「無事かよ？」

「うん。今夜はここに泊めてくれるってさ。明日、雨が上がったらもう一度現場に行って手伝ってくるよ」

「おい、あんまり目立つことはするなよ」

「わかってる。けど、見て見ぬふりするわけにはいかないから」

先ほどヒマワリが助けた少年が、担架で運び込まれていくのが見えた。血の気の引いていた顔には、いくらか赤みが差している。

こういう時、魔法の存在意義を考えてしまう。

通常の医術では、あの子どもはすでに息絶えていただろう。あとの二人も、本来であればもう二度と歩けなくなるような大怪我だった。それも、魔法によって適切な処置ができた。あとは医者に任せるつもりだが、それでも半月もすれば、彼らは元気に動けるようになるはずだ。

（魔法がこの世から消えれば、もうこんなふうに誰かを救うこともできなくなる）

マホロや、その他大勢を犠牲にして使役されてきたこの魔法は、忌むべきものだ。本来、人が手を出してはいけない、魔の法。

けれどそれが、誰かを救う力を持つことも、また事実だった。

そんな思いが行ったり来たりして、自分がしようとしていることは本当に正しいのかと、時折迷うことがある。それは、シロガネであった頃からずっと陥ってきたジレンマだった。

「魔法使い殿」

声をかけられて、ヒマワリは物思いからふと立ち返る。

さきほど現場で指揮を執っていた青年だった。自ら(みずか)も土砂を掻き分けて泥だらけになっており、雨に濡れたそぼった髪からは水が滴(したた)っている。

「此度(こたび)の協力に感謝する。父がそなたに礼がしたいそうだ。一緒に来てくれるか」

「父？」

「ああ、自己紹介もせず、すまない。私の名はヒビキ。領主センゴクは私の父だ」

「礼なんて結構ですよ。魔法使いの義務を果たしただけです」

「……実はそれとは別に、ひとつ相談したいことがあるのだ」

少し声を落としたヒビキの様子に、ヒマワリは眉をひそめた。

「僕はまだ独立もしていない身です。個人的な依頼を受けることはできません」

「これは個人的な話ではない。この国の未来に関わることだ」

「では、この国の宮廷魔法使いに相談するべきです」

「それができぬ事情がある。それに、この土砂崩れも……そのことに関係があるのではないかと思っている」

「？　どういうことですか」

「ともかく、話だけでも聞いてほしいのだ」

面倒なことに巻き込まれるのは御免である。

断ろうとして、しかしヒマワリはふと思いとどまった。

ひとつの考えが浮かんだのだ。

「……では、その代わりに僕のお願いも聞いてくれますか？」

「もちろん、我々にできることならば叶えよう」

ヒマワリは頷いた。

「わかりました。話を聞くだけなら。ただし、彼らも一緒に」

アオとクロを指してそう言うと、ヒビキは少し考え込んだが、やがて「いいだろう」と三人を館の中へと案内した。

「おいヒマワリ。なんで引き受けたりした。相談なんて、どうせろくでもないぜ」

クロが小声でヒマワリに言った。

「領主の力があれば、モチヅキについて情報を集めやすくなるよ。この町にやってきた痕跡はないか、見かけた者はいないか——復旧作業に関わっている間に調べてもらうことができれば、悪くない交換条件でしょ」

「なるほど。それはそうですね」

「どうだかな。人間の権力者ってのは、ろくなもんじゃねーぞ。面倒なことにならなきゃいいけど」

案内されたのは領主の執務室で、彼らを迎え入れた領主センゴクは頑健そうな初老の男であった。その面差しは、確かに息子のヒビキとよく似ている。

「此度の助力に心より感謝する。息子の話では、人の手だけでは道を開くのにどれほど時間がかかるかわからぬほどひどい状態だ。だが魔法の力があれば、数日でもとの状態に戻ると考えてよいか？」

「そうですね。雨が止めば、すぐに取り掛かるつもりです」

センゴクは安堵したように頷いた。

「あの街道は王都との間を繋ぐ重要な道だ。人も物も行き交う。塞がってしまえば民に大きな損害を与える。それに……あの道を通って王都へ急がねばならぬ御方もいる。そなたを呼んだのは、そのことで相談があるからだ」

気が重たそうに、センゴクは息をついた。

「今この館に、ある高貴な女性が滞在されている。その方は王都へ向かう途中なのだ。この町にやってきたのは、半月前のことでな」

言葉を選ぶように、彼は少し視線を彷徨わせた。

「本来であれば、すでにこの町を発っているはずだった。だが、その方は……動けないのだ」

「怪我ですか？　それとも病？」

だから魔法使いを呼んだのか、とヒマワリは思った。治癒してほしいという依頼だろう。

しかしセンゴクは、暗い表情で首を横に振った。

「いや。その方はただ――眠っている」

「は？」

ヒマワリは目を瞬かせた。

「眠り続けているのだ。半月もの間、一度も目を覚ますことなく……」

領主の話はこうであった。

高貴な女性とは、隣国の王女である。名を、キサラ姫という。

彼女はヒムカの王子との婚礼のために、王都へ向かう途中であった。しかしこの町へ入ってすぐ、突然眠りに落ちた。

そしてそれ以来、目を覚まさないのだという。

「半月も?」

それは確かに、異常である。

「何か、そうなるきっかけはあったんですか?」

「そこが問題なのだ。なんでも、侍女（じじょ）の話によれば……妖精王の仕業だというのだ」

「妖精王?」

センゴクは頷いた。

「妖精王が現れ、キサラ姫を己の妻とすると宣言し、その影を奪って逃げていったと……その侍女は主張している」

「本当に、妖精王が現れたんですか?」

疑わしげにヒマワリは尋ねた。通常、妖精は滅多に人前に姿を現すものではない。

「わからぬ。だが確かに、それ以来キサラ姫には——影がないのだ」

「どうか、姫の様子を実際に見てもらえないだろうか。魔法使いならば彼女に何が起きているか、わかるのではないか？」

ヒビキが言った。随分(ずいぶん)と魔法使いを過大評価しているようである。

魔法は、どんなことも叶えられる万能の力ではないのだ。ヒマワリは小さく息をついた。

「わかるかどうかお約束はできませんが、それでよければ」

案内されたのは、館の最も奥まった場所に建つ棟の最上階に位置する客室であった。

薄暗い部屋である。室内を照らすものは、小さな燭台(しょくだい)がひとつだけ。その中央に据えられた天蓋(てんがい)つきの大きな寝台には、長い亜麻(あま)色の巻き毛の少女が埋もれるように横たわっていた。胸は微かに上下していて、確かに生きていることが窺える。

その傍についていた年嵩(としかさ)の女が、センゴクとヒビキに頭を下げた。これが侍女らしい。

彼らから促(うなが)され、彼女はキサラ姫が眠りについた状況を、沈痛な面持ちで語り始めた。

「あの夜は……この館へ入った初めての晩でございました。ご領主様が歓迎の宴(うたげ)を催してくださり、大層賑やかで。長旅でお疲れではございましたが、姫様も楽しまれているご様子でございました。それが……いつの間にか、姫様のお姿が見えなくなったのです。私は姫様が、あとで庭を散歩したいと仰(おっしゃ)っていたのを思い出し、庭へと向かいました。姫様は気まぐれな御方で、時折そうして勝手に動き回られることがあるのです。やがて生垣の向こうから、人の話し声が聞こえてきました。枝垂れ百合の木の下に姫様のお姿が見えて、私はほっとしました。けれど……」

侍女はぎゅっと両手を握りしめる。

「姫様の傍にもう一人、誰かがいました。まるで黒い影のような男で、どんな姿をしているのかよくわかりませんでした。その者は言ったのです。『この娘を我が妃とする』――と。すると光が溢れて、目の前が真っ白になって……。男はいつの間にか姿を消していました。姫様はその場で気を失って倒れてしまい、声をかけても目を覚まされず……それ以来、こうして眠り続けておられるのです」

語りながら涙が溢れてきて、ハンカチで目元を拭う。

「その人物が、何故妖精王だとわかったんです？　姿も見えなかったのに」

「これをご覧ください」

侍女は燭台を手にして、眠れる少女の上にかざしてみせた。

「あれ以来、姫様は影を失いました」

彼女の言う通り、横たわる少女の身体は、光を浴びても影が差すことがなかった。その姿は立体感を持たず、まるで世界から切り離されたような異質さを醸し出している。

「妖精が人を攫う時、その影を奪って別の世界へと連れていってしまうのはご存じでしょう？　あの人影は、姫様を妃とすると語りました。ならばあれは、妖精を統べる王であったに違いありません」

ヒマワリは、父の傍に控えているヒビキに向き直る。

「あの土砂崩れも関係しているかもしれない、というのは、どういう意味なんですか？」

「キサラ姫が国を発ちここへやってくるまでの道中、幾度か妨害じみた出来事が起きたらしいのだ。馬車を引く馬に矢が射かけられて、突然暴走したり……」

侍女がこくこくと頷く。

「そうなのです。姫様はずっと、誰かに狙われているようでした。この結婚をよく思わない者が妨害しようとしているのか、あるいは……姫様に恨みを持つ者か」

「何か心当たりはあるんですか？」

侍女は言い淀み、やがて言葉を選ぶように話し始めた。

「その……姫様は、なんと申しますか……とても、人の心を惑わせる……御方なのでございます」

「はい？」

「お美しい姫君であるのは、見ての通りでございます。ですが、それだけではなく……幼い頃から姫様は、出会う男性たちをことごとく虜にする、不思議な魅力をお持ちなのです。姫様に心を奪われた殿方たちは山のようにおられて、ある者は己の愛を示すために全財産を投げ打って数えきれない薔薇の花を姫様に捧げて身を破滅させ、ある者は姫様のためなら死ねると宣言し本当に自害する始末。たとえ妻や子がいる身であっても、姫様を目にしますと途端に道を踏み外してしまうのです。そのため、残念ながら多くの方から……特に多くの女性から、恨みを買われておいででした。ですから、その……」

「誰かの、報復かもしれないと？」

「これまでも、そうした理由で何度も刃傷沙汰が起きました。陛下はその状況を憂慮されて、早く誰かに嫁がせてしまおうとお考えになったほどなのです。並みの男では姫様を守れないであろうと、国で一、二を争う武人を二人選び出して、決闘して勝ったほうと結婚させると命じられました」

クロがひくりと眉を寄せた。アオも何かに気づいたように、かたりと揺れる。

どこかで聞いた話だ。

「ですが、ヒムカの王子との結婚が急遽決まったことで、その決闘は取りやめに。その武人たちは、姫様を失った絶望から正気を失い、どこぞの山に籠もって今も二人で戦い続けているとかいないとか……哀れなことです」

ヒマワリたちは、無言のまま視線を交わした。

「あの、どうかなさいましたか？」

侍女が怪訝そうな顔をする。ヒマワリはなんでもないというように笑顔を作った。

「いえ……ただなんとも不憫な話だな、と」

気を取り直して、ヒマワリは眠っている少女をよくよく観察した。

確かに整った、麗しい顔形ではある。が、それだけだ。少なくともヒマワリ自身は、彼女に特段の魅力を感じることはなかった。とはいえ、それほどまでに男たちを狂わせるというのが事実ならば、天性の何かがあるのだろうか。

「あの、あまりお姿をまじまじとご覧にならぬほうがよろしいかと」

侍女が心配そうに言った。

「え？」

「姫様は今お話しした通りの御方ですので。いくらか個人差はございますけれど、長く近くにいれば皆様もまた、姫様にお心を摑まれかねません。今回ヒムカへ向かう旅路では何かあってはならぬと思い、姫様にはずっとヴェールを被っていただいておりました」

センゴクが「そうなのだ」と頷く。

「ゆえに私も姫のお顔を見たのは、こうして眠りにつかれてからの、ほんのわずかな時間だけなのだ。まぁ今のところ、この者が言うような姫の特別なお力は、私は感じぬのだがな」

どこか納得のいかないような口ぶりである。どうやらセンゴクは、キサラ姫が魔性の魅力の持ち主であることを、侍女の虚言（きょげん）ではないかといささか疑っているらしい。

侍女もそれを感じ取ったのだろう、少しむっとして言い返す。

「以前も申し上げましたが、今は眠っていらっしゃるのでその影響力が小さく済んでいるのでございます。部屋も暗くして、できるだけはっきりとお姿を見せないようにしておりますし」

「ああ、そうであろうな」

あまり機嫌を損ねると面倒だと思ったのか、センゴクは重々しく頷いた。

「ですから妖精王といえども、姫様の魅力に抗えなかったとして不思議ではございません。そもそも妖精王が姫様の結婚を妨害しようと、あの手この手で邪魔をしていたのではないでしょうか」

「土砂崩れも、道を塞いで決して王都へ辿り着けないようにするために何者かが仕組んだことかもしれないのだ。この半月、このあたりでは雨は一滴も降らなかったというのに、突然あんな事故が起きるとはどうも解せない」

　センゴクが困惑した様子で言った。

「そこでだ、魔法使い殿。姫の影を取り戻し、彼女を眠りから覚ましてほしい。魔法使いならば、妖精の呪いを打ち破る術もあるのではないか」

（なるほど。確かにこれは、宮廷魔法使いには頼めない）

　己の領地で王子の婚約者が前後不覚に陥っただけでも責任を問われる可能性があるのに、さらには輿入れがご破算になるようなことになれば外交問題である。領地を没収される可能性すらある。だからなんとかして姫を目覚めさせ、何事もなかったように王都に送り出す必要があるのだろう。

「妖精は人にも魔法使いにも決して従わない。古代からその存在は知られているけれど、この世と亘なり合う別の世界に生きる者であり、人の世の影響を受けることなく存在する者。もし本当に妖精王が彼女を妃に望むなら、魔法使いといえども手出しはできません」

「なんとかならぬのか？　代わりにどんな美女でも差し出そう」

ヒマワリは、眠り続けている少女をじっと見据えた。

「……少し時間をいただけますか。方法を考えてみます」

「無論だ。だが急いでほしい。姫は急病で滞在が延びている、と王都には知らせているが、これ以上引き延ばせば怪しまれてしまう」

領主は切迫した表情で、ヒマワリに懇願した。


雨は、次第に小降りになってきたようだった。

三人のために用意されたのは二間続きの大きな客室で、奥が寝室、手前が居間になっていた。ヒマワリは居間の大きな窓を開け、空を仰ぎ見た。この様子ならば、夜半には雨も止むだろう。

モチヅキの件はヒビキが快く請け合い、すぐに調べると約束してくれた。ひとまずこれで、この町での捜索は進めることができる。

長椅子に座ったクロが、無造作に上着を脱ぎ捨てた。

「おい、妖精王と渡り合う魔法なんかあるのかよ？　俺だって会ったことないぞ」

「クロさんでも、妖精を見たことはないんですか？」

アオが浴室からひょいと顔を出す。汚れて濡れた身体を洗おうと、早速風呂の準備をしているのだ。

「悪戯好きな小さいやつらなら、見たことはある。それでも、数えるほどだな。竜も妖精とはずっと没交渉だった。あいつらはとにかくほかの種族と交わらないし、好き勝手やってるんだよ。この世界のことには基本関わらない。気まぐれに介入したり、面白がって引っ掻きまわすことはあるけどな」

「妖精王に見初められたお姫様なんて、まさしく物語のようですねぇ」

二人の会話を聞きながら、ヒマワリは一人考え込んでいた。

眠り続けるあのお姫様。

確かに、彼女の影はなくなっていた。

けれど彼女を眠らせているのは、妖精王の力などではない。どう見ても――魔法をかけられて眠っていた。

やがて夜が更けると、ようやく雨が止んだ。

雲間から微かに、月が見え隠れしている。月明かりが薄雲を照らし、空がぼんやりと明るく輝いていた。ヒマワリはそれを確認すると、「ちょっとお姫様の様子を見てくる」とクロとアオに声をかけた。

「こんな時間に？」

クコが怪訝そうに言った。

「気になることがあって。すぐ戻るよ」

アオも心配そうにするのがわかったが、さすがにこの状況でまた一人でどこかへ消えたりしないだろうと思ったのか、ついてこようとまではしなかった。

一人暗い廊下に出た途端、ヒマワリはほっと息をついた。

本当の行先は、キサラ姫の部屋ではないからだ。

通りかかった使用人を呼び止めて厨房（ちゅうぼう）の場所を尋ね、教えられた狭い階段を下りていく。火を落とした後の少し気だるげな空気が満ちた厨房に辿り着くと、見習いらしき少女が竈（かまど）の灰を掻き出しているところだった。

ヒマワリは、すみません、と声をかける。

「ビスケットとミルクを少しいただけますか？　小腹が空いちゃって」

ビスケット数枚と瓶（びん）入りのミルクを籠（かご）に入れてもらうと、礼を言ってそのまま庭へと向かった。

雨上がりの湿った土と緑の匂いが、身体を包み込む。時折落ちてくる月明かりが、葉の上を滑る水滴を真珠のようにキラキラと輝かせ、足下を照らしてくれた。

水を吸い込んだ土の上に足跡を刻みながら、ヒマワリは時折屈み込んでは、目についた白い石をいくつか拾い上げた。さらに生垣を回り込むと、そこに目当ての花を見出す。ひとつの種から赤と白の異なる色の花が一輪ずつ咲く、喜双花（きそうか）だ。日の当たらない場所にそっと咲くこの花房を、丁寧に摘み取った。

これで、必要なものは揃（そろ）った。

庭で一番背の高い木の根元に、拾った石を丸く配置してやる。その中央に紅白の花を丁寧に重ね終えると、杖を取り出した。

雲間からわずかに顔を覗かせた月に向けて、高くかざす。やがて、淡い月影からぽつんと、一粒の雫（しずく）が降ってくるのが見えた。

月の涙だ。

それを魔法で受け止めると、そっと紅白の花びらの上に落としてやる。

あとは、待つだけだ。

太い幹を背にして腰を下ろし、ヒマワリは静かに息を潜めた。

館の住人たちは、もうすっかり眠りについてしまったらしい。夜の静寂に、虫の音だけがひそやかに響く。

やがて雨粒を煌（きら）めかせている草木の合間から、鈴を鳴らすような声が聞こえてきた。

「――あら、シロガネなの？」

ヒマワリははっと顔を上げた。

一輪の花の陰（かげ）から顔を出したのは、手のひらサイズの少女だ。その背中には、燐光（りんこう）を纏った透き通る羽が生えている。身につけているのは、黄色い花びらと青々とした葉で作られた愛らしいドレス。

一人ではない。美しい羽を揺らしながらふわりと夜の庭に浮かび上がったのは、三人の妖精であった。一人は色づいた落ち葉で作ったドレスを纏って鬼灯（ほおずき）の帽子を被り、もう一人はふわふわとした真っ白な綿毛のドレスに身を包んでいる。

彼女たちは笑いさざめきながら、ヒマワリを取り囲んだ。

「シロガネだわ」

「シロガネよ」

「久しぶりね」

「ちょっと変わったわね、シロガネ」

「前は月の光みたいな髪だったのに」

「今度の色も悪くないわ」

「なんだか小さいのね」

「縮んだの？」

「若返ったの？」

楽しそうに囁き合う彼女たちに、ヒマワリは微笑みかけた。

「よく、僕がシロガネだってわかったね」

「あら、私たちを呼ぶ方法を知っているのは、ここ三百年であなただけだもの」

くすくすと笑いながら、妖精はヒマワリの周りをくるくると舞う。タイムの香りが鼻腔をくすぐった。

先ほどヒマワリが行ったのは、近くにいる妖精を呼びよせる合図だ。彼女たちはこのあたりに住みついている妖精であり、会うのは初めてだが、彼らはいつだって人の世界を覗き見ている。すべてお見通しなのだ。

「聞きたいことがあるんだよ。アルベリヒは元気かな」

「妖精王様？　相変わらず、どこかをふらふらされていてよ」

「最近、このあたりで見かけなかった？」

「あら、お見かけしていないわ。ねぇ、見た？」

「ううん、見てない」

「西のほうで、綺麗な青い鳥を追いかけてるって噂よ」

「あら、南で黄金の鸚鵡を探していると聞いたわ」

「それって三十年ほど前じゃない？」

「そうだったかしら」

互いにああでもないこうでもないと言い合う妖精たちを眺めながら、ヒマワリはやっぱり、と思う。

あの姫を眠らせているのは、妖精ではない。

何故なら彼女からは、タイムの香りがまったくしなかった。

妖精はその独特の香りを痕跡として残していく。その王である妖精王が、何の残り香も感じさせないはずがない。

「この館で、ずっと眠っているお姫様がいるのを知っているでしょう。彼女が眠った日のこと、誰か見ていた？」

すると妖精たちは、つんと澄ました顔をして、

「どうだったかしら？」

「私ちょっと記憶が」

「このへんまで出てきてるのにねぇ」

とわざとらしく囁き合う。

おもむろにヒマワリは、籠からビスケットとミルクの瓶を取り出した。

「思い出せそう？」

途端に、妖精たちはわっと歓声を上げた。

嬉しそうに羽を揺らし、一斉に籠に飛びつく。

「あのね、魔法使いがいたわ」

「見たことない男よ」

「あの子に魔法をかけてから、慌てて町を出ていったわ」

言い終えるや否や、妖精たちはミルクの瓶に顔を突っ込み、ビスケットに齧りついた。

（魔法使い……）

旺盛な食欲を披露する妖精たちを眺めながら、ヒマワリは考え込む。

ならばあの姫が眠っているのは、やはり魔法によるものなのだ。影を奪うという偽装までして、わざと妖精の仕業にみせかけているらしい。

（一体、何のために？）

ともかく魔法であれば、時間をかければ解除の方法は見つけられるはずだ。

「ありがとう。助かったよ」

ヒマワリは空っぽになった瓶と籠を手に、妖精たちに別れを告げた。満足した様子の妖精たちは、燐光を残して姿を消す。けれど見えなくなっただけで、まだそのあたりに潜んでこちらの様子を窺っているに違いない。彼らはそうして人間をこっそり眺め、時折悪戯しては反応を楽しむのが大好きなのである。

そろそろ部屋に戻らなくては、クロたちに怪しまれてしまう。ヒマワリは足早に、来た道を戻り始めた。しかし屋敷の入り口までやってきたところで、ふと足を止めた。

闇(やみ)の向こうから、女性の甲高(かんだか)い悲鳴が響いてきたのだ。

「――誰か！」

助けを求める声。そして、何かが砕けるような音。

「助けて！　姫様が……！」

ヒマワリは駆け出した。それは間違いなく、キサラ姫の眠るあの部屋のある棟からだった。

階段を駆け上がり、廊下を突っ切っていく。目的の部屋に辿り着くと、扉に体当たりするようにして中に転がり込んだ。

窓際で、真っ青な顔の寺女が喚(わめ)いていた。

「誰かが……誰かが姫様を連れ去ろうとしたんです！」

彼女の足下には、割れた壺の破片が散乱している。

「私がうたた寝している隙に……！　壺を投げつけてやったら、窓から逃げて……！」

悲鳴を聞きつけ、衛兵が二人姿を見せた。その後ろから、ヒビキが飛び込んでくる。

「何の騒ぎだ!?」

「ヒビキ様！　一体この館の守りはどうなっているんです!?　これ以上、姫様の身に何かあったら……ああ……！」

侍女はむせび泣きながらヒビキを詰った。

ヒマワリは身を乗り出して、窓の外を覗き込む。

人影はすでに、どこにも見当たらなかった。


クロはまたしても不機嫌だった。

あの夜以来、キサラ姫の寝室の前には、交代で兵士が二人立つようになった。ヒマワリは毎日土砂崩れの現場に赴いては、ほかに巻き込まれた者がいないか捜索にあたり、積もった土砂の撤去を進めていた。しかしここへきて連日雨が降り続くようになり、緩んだ斜面が再び崩れ落ちるなどして、作業は度々中断していた。今日でもう五日目になる。

以前シロガネに聞いた話では、魔法自体を操ることと、魔法で物質を操ることには大きな違いがあるらしい。己の魔法で生み出したものならば思うがままにできても、現実に存在する物質を大量に魔法で動かす、というのはどんな手練の魔法使いであっても一瞬で成せるものではないのだ。特に、今回の土砂のような明確な形のないものは、扱いが難しいようだった。

日が暮れて帰ってくると、ヒマワリはいつも真っ直ぐに姫の寝室へと向かった。彼女にかけられた魔法を解析し、毎日少しずつ解きほぐす、という作業を繰り返しているのだ。

ヒマワリはクロたちに、「あれは妖精じゃなく、魔法使いの仕業だよ」と確信を持った口ぶりで語った。何故そう思うのか詳しいことは何も話さなかったが、それからは毎日、かけられた魔法を解くことに集中している。

「もしかしてあいつも、あのお姫様の魔性の魅力とやらの虜になったのか？」

クロがそう怪しむと、アオは首を傾げた。

「そうなんでしょうか」

「毎晩毎晩、遅くまであの部屋に入り浸りだろ」

「魔法を解くためですよ」

「あいつももう子どもじゃねぇ。仮にもひとつの部屋に、男と女がいるんだぞ」

「侍女さんも一緒ですし」

「なんであんなに一生懸命なんだよ？　モチヅキを探してたんじゃないのか、俺たちは？　あの小娘がどうなろうが、関係ないだろ」

「ですが代わりに、モチヅキさんについて領主さんが町中を調べてくれてるんですよね？」

ことごとく論破され、クロは仏頂面で長椅子にどかりと身を沈めた。

「ヒマワリのやつ、まだ子どものくせにもう色気づいたのかよ。しかも、ただ寝てるだけの女に誘惑されるなんて……」

「おや。さっきは、子どもじゃないと言ってましたよ」

「…………」

「人ではない俺にはよくわかりませんが、クロさんはどうですか？　あのお姫様を見ると、心が動きますか？」

「少なくとも俺は、何も感じない」

「では、俺たちにはわからない魅力が彼女にはあるのでしょうか。もしも眠っているだけでヒマワリさんが恋をしてしまったというなら、目を覚ました時には一体どうなるのでしょう」

「いずれにしろ、あのお姫様はこの国の王子と結婚する予定なんだろ」

「ヒムカの王子ということはつまり、ヒマワリさんの兄弟、ですよね」

「……そうなるな」

「彼女は、ヒマワリさんの義理の姉妹になるということですか。そう考えると、なかなか不思議なご縁ですよねぇ」

「ヒマワリのやつ、実は何か知ってるんじゃないだろうな」

「何か、とは？」

「自分の生まれについてだよ。それで、あの小娘に入れ込んでるのかも……」

「！　なるほど。兄弟の婚約者に募らせる秘めた想い！　対抗心も重なりその衝動は一層強くなり、愛憎渦巻く戦いが始まる……！　物語ではありがちな展開ですね！」

アオの斜め上をいく想像力に呆れながらも、クロは微かに不安に駆られた。まさか本当にそんなことになって、その結果ヒマワリがこの国を滅ぼすという結末になったりはしないだろうか。

そこへ疲れた顔のヒマワリが戻ってきたので、二人は口を噤んだ。

「ただいま」

「ヒマワリさん、お疲れ様です。お食事は？」

「あんまりお腹空いてない」

眠たそうに目を擦りながら、クロの隣にとすんと腰を下ろした。疲れた、と言いながらぐったりと背もたれに寄りかかる。

「眠いならさっさとベッドに入れ」

「んー……」

「おい、ヒマワリ。ここで寝るなよ」

クロが肩を摑んでヒマワリを揺すっていると、ドアを叩く音がした。ヒビキが「少しいいか？」と顔を出す。

ヒマワリは億劫そうに身体を起こし、「どうぞ」と彼を招き入れた。

「街道はあと少しで通行が可能になりそうだ。まこと、そなたの働きには礼を言う。──姫の件はどうなっている?」

「順調ですよ。まだ眠っていますが、明日には目を覚ますでしょう」

「明日? 本当か!?」

「ええ。このまま問題なく僕の魔法が完成すれば、ですが」

「そうか……」

ほっとした様子で、ヒビキは言った。

「父上もこれでようやく、胸を撫でおろされるだろう。……だが、妖精王はそれで諦めるのか? 妖精の怒りを買うと恐ろしいことが起きるというが、まさか我が家に呪いをかけられるようなことはあるまいな」

キサラ姫が眠りから覚めない理由が妖精の仕業でないことを、ヒマワリはクロとアオ以外には話していなかった。犯人は恐らく、妖精の仕業に仕立て上げることで己の存在を隠そうとしている。犯人が魔法使いであると看破したことが広まれば、姫にさらなる危害が及ぶ可能性があった。だからヒマワリは、ひとまず妖精の仕業であるという現状の認識はそのままにしておいて、「眠りから覚ます魔法をかけてみます」ということにしたのである。

「それについてはご安心を。対策は考えてありますから」

それらしい保護魔法をかけて、これで妖精は近づけない、と言っておけばいいだろう。

「それならよいが……。ああ、そうだ。頼まれていた尋ね人の件の、報告が上がってきた」

「！　何かわかりましたか？」

「いや。今のところ、いずれの門衛もそれらしい人物を見た覚えはないと言っている。宿や食堂、酒場といった旅人が出入りしそうな場所にも、心当たりのある者は申し出るようにと通達を出してあるが、こちらも収穫はないようだ」

「そうですか……」

　モチヅキはこの町には来ていないのだろうか。あるいは二年前に訪れていたとしても、それを覚えている者はもういないのかもしれない。

「まだ、すべて調べ終えたわけではない。またなにかわかれば知らせよう」

「ありがとうございます」

　退室するヒビキを見送ると、ヒマワリは意気消沈し、再び椅子にだらりと身体を預けた。

「ヒマワリ。あのお姫様の目が覚めたら、どうするつもりだ？」

「どうって？」

「どこまで面倒見る気だよ。誰に恨まれてるのか知らないが、犯人を暴いて守ってやる義理はないぜ」

「うん……」

　重たそうな瞼(まぶた)をなんとか持ち上げながら、ヒマワリは生返事した。

「でも、ああいうの、嫌なんだ……」

こてん、とクロの肩に頭をもたせかける。

「自分の身体が……自分の意志とは……関係なく……誰かの支配下に……あるなんて……」

途切れ途切れにそう言って、やがてヒマワリは微かな寝息を立て始めた。

「ヒマワリ、おい」

ヒマワリは何かごにょごにょと言ったが、結局それきり動かなくなってしまった。疲れ切っているらしい。クロは仕方なく、自分に寄りかかっている身体を抱え上げた。昔と比べ、すっかり重くなった。

きっとヒマワリは、あの暁祭のことを思い出していたのだろう。これまで依り代にされてきた魔法使いたち。己の意志とは関係なく、無理やりにその身体を奪われた。ヒマワリもまた、あと一歩でそうなるところだったのだ。

ベッドに寝かせてやると、その寝顔を眺めながらアオが言った。

「確かに、ああいうのは、嫌ですよね」

ふと、目の前にいる青銅人形のことを考える。

かつては人の命令に従うだけだったはずの人形。アオは感情を持ったことで廃棄されたというが、それ以前はきっと、己の意志などというものと関係なく動かされていただろう。

「お前も、嫌だったのか?」

あまりアオの過去について尋ねたことはない。だから、詳しいことはよく知らない。

けれど彼もまた、自由を求めた結果、こうして今ここにいるのだろうか。

アオは少し不思議そうな顔をした。

「はい？」

「青銅人形は、人間に使役されてたんだろ？」

「ああ……」

首を傾げる。

「どうでしょう。記憶がないので」

「なんだその政治家みたいな発言は」

「あれ、言ってませんでしたっけ？　俺、過去に稼働していた頃の記憶が、抹消されているんです」

クロは驚いた。完全に初耳である。

「抹消？　なんで……」

「廃棄される時に、すべて初期化されたんです。残っているのは、予め搭載される基本情報だけです」

「だってお前、たまに『昔はこうだった』とか話してなかったか？」

「基本情報が膨大なので。世界情勢、各国の勢力図、主要な人物の名と肩書、兵器の詳細……いずれもこの目で見たことのように把握しています。ですから、当時存在していたクロさんの一族についても、実際に会ったことがあるかはわかりませんが、どんな様子だったかは知っていますよ」

　あまりに意外な話で、クロは戸惑った。

「それ……シロガネは知ってたのか？」

「はい。どうにかして昔の記憶を蘇らせることはできないだろうかと、いろいろと調べていたようです」

　アオは首を捻った。

「もしかしたら命令通り動くことを拒んで、それが問題になって廃棄されたのかもしれませんね。従順でない人形は、危険な存在でしかないでしょうから。当時のことは覚えていませんが、少なくとも今なら間違いなく嫌だと思いますし。……でも、そう思うのは、シロガネの影響でしょうか。シロガネはとても、自由でしたから」

　ヒマワリに布団をかけてやりながら、アオは微笑んだ。

「だからもしシロガネがここにいたとしても、あのお姫様を放っておいたりはしなかったでしょう。ヒマワリさんは、シロガネと似ています」

「そうかぁ？」

　二人はヒマワリの寝顔を覗き込んだ。

「確かに、昔に比べればもう子どもではありませんね……。そのうちもっと大きくなって、いずれは結婚して、子どもが生まれたりするのでしょうか」

　そう言われると、少しもやもやした。

シロガネは、生涯妻を持たなかった。家族はクロとアオだけだった。

けれどヒマワリは、シロガネとは違う。

（ヒマワリはいつか、俺たちより大事な相手を見つけるんだろうか）

その時、ヒマワリはあの島から出ていくだろう。そうしてまた、クロとアオは取り残される――。

「ヒマワリさんの子どもが大人になって、またその子どもが生まれて、そうして命が繰り返していくなら、俺たちは永遠にヒマワリさんと一緒にいられる気がしませんか」

アオの言葉に、クロはぽかんとした。

思いもよらぬ内容だったからだ。

「……そういう考え方も、あるのか」

「シロガネが最期に言っていたでしょう。『変わることで永遠になる』――ずっと変わらない俺たちとは違って、人はそういうものなのかもしれません。百年後も五百年後も千年後も、ヒマワリさんの子孫を見守っていくのなら、それも楽しそうじゃありませんか？」

クロは否定も肯定もせず、横たわるヒマワリを見つめた。

金の髪の少年は、すっかり深い眠りに沈み込んでいた。

夜が更け、館の中が静まり返っても、クロはなんとなく眠れずに酒を呷っていた。

明かりを落とした部屋の窓際で、月明かりに照らされる中庭を見下ろしながら、ぼんやりとグラスを傾ける。

(アオがあんなことを言うから……)

ヒマワリがいずれ、自分の家族を作ったら。

ホズミが結婚した時のめちゃくちゃな気分を思い出して、胸の中がざわついた。

ヒマワリが西の魔法使いのもとへ旅立った時は、それが彼にとって最良なのだと自分に言い聞かせた。寂しさは覚えても、それでいいのだと思えた。出ていくようにクロがけしかけたのもあったから、なおさらだ。

けれどヒマワリが完全に自らの意志で島を去り、二人との別れを選ぶ日を思うと、複雑だ。その隣には見知らぬ女がいる。きっと明るく朗らかで優しく、そして美しい女。クロたちとは違い、ヒマワリと生の長さが同じ、彼と同じ時を生きることのできる人間。偶然や成り行きではなく、ヒマワリが己で選び取り欲した相手。

その時には、喜んで送り出すべきだ。ホズミの時のように拗ねてひねくれてひどい言葉を浴びせることなど、もうしない。それは心に決めている。

けれど、素直に喜べるかどうかは我ながら怪しい。

どうやら百年経っても、自分はあまり成長していないらしかった。

クロはまだ、ヒマワリという人間を失うことが怖い。ホズミやシロガネを失った時のように。

（アオのほうが、よっぽど大人だ）

クロが起きているから、とアオは椅子に座ったままの恰好で休止状態に入っている。眠ることのない青銅人形も、常に稼働し続けると本体に負荷がかかりすぎるので、こうして時折、短時間動きを完全に止める。そもそもアオのエネルギー源は太陽光で、それを体内に取り込むことで動くことができる。ここ数日は曇り(くも)や雨が続き、そのエネルギーも不足気味だ。できる限り無駄な消費をしないよう、こうして眠る時間が増えていた。

休止状態のアオは本当にぴくりとも動かないので、まさに精巧な人形に見えた。つい忘れがちだが、彼は生き物ではないのだ。人が作り出した構造物。こうしてみると、改めてそう感じる。この中に感情が生まれ心があるという事実は、まさに奇跡だ。

（記憶がない、か……）

長い付き合いだというのに、今までまったく知らなかったことに、微かに罪悪感を抱いた。クロも自分の過去について詳しく話したりはしていないからおあいこではあるけれど、複雑な気分である。

ヒマワリが終島にやってきた時、アオはすぐに彼を受け入れようとした。ただの好奇心ゆえだと思っていたけれど、今思えばそれは、記憶を失くしたヒマワリに自分を重ねていたのかもしれない。

クロは息をつき、グラスを置いて立ち上がる。そろそろアオを起こして、自分も横になろうと思った。

ふと、視界の端で、何かが動いた気がした。

窓の外を覗き込む。

目を凝らすと、両手で大きな荷物を抱えた人影が、暗い庭の中を足早にすり抜けていくのが見えた。その荷物が人の形をしていると気がついて、ぎくりとする。

見覚えのある長い巻き毛が、ゆらゆらと揺れていた。

キサラ姫だ。

「アオ、起きろ！」

声を上げながら、勢いよく窓を開け放つ。

鈴のような音を立てて、アオがゆっくりと瞼を開けた。しかし休止状態からはっきりと意識を取り戻し動き出すためには、いくらか時間がかかる。アオの加勢はすぐには期待できない。

クロの声に目が覚めたのか、寝室からヒマワリが寝ぼけ眼(まなこ)で顔を出した。

「……クロ？　どうしたの？」

「犯人が動いた！」

言うや否や、クロは窓から飛び出しひらりと庭に着地した。

あのお姫様がどうなろうが、正直どうでもいいのだ。けれど、ヒマワリは彼女を救おうと、あれほど力を尽くしている。それを無下にされるのは、我慢ならない。

「衛兵！　中庭だ！　賊が姫を連れて逃げるぞ！」

館中に響き渡るように声を張りあげながら、逃げていく人影の後を追う。

相手はクロの声に焦ったようだが、人一人を抱えて走る動きは速さと機敏さに欠けた。

クロは徐々に距離を詰めていき、ほどなくして、その背中にあと一歩のところまで迫った。

「待て、この野郎！」

地面を力いっぱい蹴ると、相手の頭をめがけて回し蹴りを叩き込む。くぐもった悲鳴を上げて倒れた男の腕から、眠りこけている少女が投げ出された。

クロは勢いのままに男の上にのしかかると、その首根っこを摑んで、顔を覗き込んだ。

ところが、暗闇の中で苦悶の表情を浮かべるその顔が見知ったものだったので、驚いて動きを止める。

「お前……」

クロの下で呻いているのは、領主センゴクの息子ヒビキであった。

「お前が犯人だったのか？　妖精の仕業に見せかけたのも……」

「ち、違う……！」

ヒビキは喚いた。

「私じゃない！」

「じゃあ、これはどういうことだよ。この小娘を、どこへ連れていくつもりだったんだ？」

「違う、私にただ……」

投げ出されたままいまだ眠り続けているキサラを見つめ、切なげに顔を歪める。

「彼女が……恋しくて！」

「…………あ？」

ヒビキは悶えるように頭を抱えた。

「眠っている彼女を見た瞬間から、彼女のことが頭から離れないんだ！　彼女を愛してる、誰よりも……！　彼女が王子のもとに嫁ぐなんて、耐えられない！　だから……目が覚める前に隠してしまおうと……それだけで……」

クロは呆気にとられた。

どうやら彼もまた、この姫の魔性の魅力に憑りつかれた哀れな男の一人であるらしい。

「彼女が狙われているというなら、私が守ってみせる！　だから――」

それ以上言わせず、クロはヒビキの顔を思い切り殴りつけた。

もんどりうって地面に転がる姿を睨みつけ、クロは吐き捨てる。

「何が守るだ。抵抗もできない状態の女に、勝手なことしてんじゃねぇよ」

鼻血を流しながらひいひいと泣いているヒビキは無視して、倒れているキサラの傍に膝をつく。柔らかな芝生の上に転がり落ちたため、怪我はなさそうだった。

クロはその身体を、慎重に抱き起こした。自分の身に何が起きたかも知らず、彼女は相変わらずすやすやと眠っている。

「クロ！」

「クロさん！」

ヒマワリとアオが駆けつけてきて、その状況に目を丸くした。

「ヒビキ殿？　どうして――」

「この小娘に懸想して、自分のものにしたくなったらしいぜ」

何が起きたか察したらしいヒマワリは、表情を険しくした。

「ヒビキ殿、どうやってキサラ姫を連れ出したんですか？」

厳しい声で問いただされ、ヒビキは恐々と顔を上げる。涙と鼻血でぐちゃぐちゃである。

「彼女には、僕が保護魔法をかけておいたんです。危害を加えることも、部屋から連れ出すこともできないようにしてあったのに」

膝をつきヒビキの顔を覗き込むと、ヒマワリは確信をもった口ぶりで尋ねた。

「誰か、あなたに協力した人間がいますね？」

「…………」

「魔法使いですね。誰ですか？」

「それは……」

ヒビキは言い淀む。

「し、知らない……よくは知らない。けど、私を助けてくれると言って……私と彼女の幸せを願うと……」

「その魔法使いこそが、姫を狙っていた者かもしれません。今どこに？」

「わ、わからない。本当だ！　姫を部屋から連れ出したところで、別れて……」

恐らく、とっくに逃げた後だろう。

するとどこからともなく、小さな笑い声が上がった。

「見たわよ、私たち」

鈴を転がすような、軽やかな声。

「逃げていったわ」

「仲間がいたわ」

「魔法使いよ」

闇の向こう、草花の合間から淡い輝きがふわりと飛び出してきた。軽やかに羽を揺らすその姿に、クロは思わず目を瞠る。

「妖精……？」

二百年生きたクロにとって、妖精に出会うのは初めてではない。けれど、滅多にないことだった。彼らはそれほどに、人前に姿を見せない。

ヒマワリは立ち上がり、彼女たちに声をかける。

「そいつがどこへ行ったかわかる？」

「わからないわ」

「魔法の道を作って消えちゃったもの」

「そのお姫様が、王都へ来ると困るんですってよ」

「そう言ってたわ。そうよね？」

「うん、そう」

ヒマワリは眉を寄せた。

「王都へ来ると困る……？」

妖精と平然と会話しているヒマワリに、クロは違和感を覚えた。まるで、そんな状況に慣れているような様子である。

「『来る』——ということは、犯人は王都にいる誰か、ということでしょうか？ すると、キサラ姫が母国で買った怨恨によるものではなく、ヒムカ側の妨害工作かもしれませんね」

初めて見たであろう妖精に目を輝かせながら、アオが言った。彼は興味津々に妖精たちに手を伸ばしてみたが、美しい羽は弾けるような笑い声とともに、するりと逃げていってしまう。

「つまり、ヒムカ国でこの結婚に反対している誰かがいる、ってこと？」

そこへ衛兵とセンゴクが姿を見せたので、妖精たちはぱっと草陰に逃げ込んでしまった。蹲り泣いている息子に気づくと、センゴクは驚いて「一体何があったのだ」と駆け寄ってくる。

「犯人はどこだ？ 捕まえたのか？」

「センゴク殿。姫を攫った犯人は、目の前にいらっしゃいますよ」

ヒマワリが事の次第を説明する。

その内容にセンゴクはみるみる蒼白になり、信じられないという表情で喘いだ。

「ヒビキ、お前、まさか……」

「父上！　どうかお願いです！　キサラ姫を、我が妻に！」

父の足元に這いつくばると、ヒビキは泣きながら縋りついた。

「私は心から、姫を愛しているのです！」

「ヒビキ……」

「お願いです、姫をどうかこのまま、ここに……！　眠ったままでもよいのです！　傍にいてくれさえすれば！」

恥も外聞もなく懇願する息子に、センゴクは呆然と立ち尽くしている。

「彼女なしでは、生きていけない……生きていけない……！」

悲痛な叫び声だった。実際その言葉に、嘘はないのだろう。ヒビキは両手で顔を覆い、激しく慟哭する。

「まさかことに……魅入られたというのか……あの姫に……！」

震える拳を握りしめ、センゴクは泣き崩れている息子を見下ろした。

「父上、どうか……！」

「なんという……なんという、愚かなことを！」

パン！　と頬を打つ乾いた音が、夜の庭に響き渡った。

ぶたれた頬を庇いながら、ヒビキは涙に濡れた顔を上げる。

「ち、父上……」

「この馬鹿者を部屋へ連れて行け！　厳重に見張り、一歩も外へ出すな！」

暴れるヒビキを、兵士たちが押さえ込む。

「嫌だ！　あああ、姫、キサラ姫！　キサラ姫……！」

悲哀を帯びたヒビキの叫びが、夜の庭に虚しくこだました。いくら呼びかけても、キサラは眠ったまま応えることはない。彼は髪を振り乱し泣き叫びながら、ずるずると引きずられていった。

「なんということだ……！　こんな……陛下に一体、どう申し開きすれば……！」

頭を抱えたセンゴクは真っ青な顔でふらりと倒れそうになり、周囲の兵が慌てて彼を支える。センゴクが堅実で真面目な領主であることは、その言動や彼の命に率先して従う領民たちを見ていれば察せられた。そんな彼にとって、息子の犯した罪は信じがたく恐ろしいものだろう。

「センゴク殿、姫は僕が部屋にお連れしますので、どうかお休みください。今後のことは、明日の朝にまた」

「う、うむ……」

一気に老け込んだようなセンゴクは、ヒマワリに促されるがまま、兵士に伴われよろよろと覚束ない足取りで館へと戻っていった。その後ろ姿は妙に小さく映り、さすがに憐れだった。

隠れていた妖精たちが、それを見計らったようにぴょこんと舞い上がる。彼女たちが羽をひらひらとはためかせる度、美しい燐光が闇の中に軌跡を描いた。クロの腕の中で眠るキサラの周りをくるくると回り、笑い声を上げながらその顔を覗き込む。

「この子が眠り姫？」

「妖精王様がお手をつけたの？」

「あら、違うわ。これは魔法で眠っているだけよ」

するとと妖精の一人がおもむろに、つんと彼女の鼻を指でつついた。

途端に、火花が散ったように、光の粒がぱちんとはじけ飛ぶ。

クロはその眩さに、思わず瞬きを繰り返した。

すると、これまでどこかぼんやりとした印象だったキサラが、妙にくっきりと目に飛び込んできた。

（なんだ……？）

やがて、その理由に思い至った。月明かりに照らされたその身体が、黒々とした影をしっかりと芝生の上に落としているからだ。

（影が……戻った）

キサラが、微かに身じろぎした。

瞼が震えたと思うと、やがて夢見るような望洋とした瞳が、抱きかかえているクロを見上げた。長いまつ毛に囲まれた瞳は、星空のように輝いている。それまで人形のように生気がなかったキサラだが、その輝きは彼女に命が宿った証に見えた。

その様子を見ていたヒマワリは、肩を竦めると妖精たちに不満そうな顔を向ける。

「なんだ。簡単に解けるなら、そう言ってくれればいいのに」

からかうように、妖精たちはくすくすと笑った。

「だめよシロガネ。私たちは気まぐれなんだから」

その言葉に、クロははたとして動きを止めた。

（シロガネ……？）

確かにそう言った気がした。

どういうことだ、と問いただそうとした時、腕の中で小さく声が上がった。

「誰……？」

キサラが、ぼんやりとした様子でクロを見上げている。

目が覚めてみたら、見知らぬ男に抱きかかえられているのだ。驚いて当然である。

突然眠らされ勝手に攫われ、散々な状況に置かれた少女だ。警戒されないよう、クロはできる限り優しく聴こえる、余所行きの声音を作った。

「あんたは魔法でずっと眠らされていたんだ。起きれるか？」

「…………」

キサラは何も言わず、じっとクロを見つめる。

「おい、大丈夫か？」

もしや、かけられた魔法の影響で、意識が正常に戻っていないのだろうか。

キサラはクロの問いかけには答えず、やがて、ほうっと吐息を漏らした。

「なんて、美しいの……」

すっと手が伸びてきて、クロの頬に触れた。

「!?」

「あなたの名前は？」

「え？　……クロ」

「ク、ロ……」

その名を口にして頬を染めながら、うっとりと夢見心地で淡い微笑を浮かべる。その微笑みが、これまで数多(あまた)の男たちを惑わせてきたに違いなかった。

キサラは瞳を潤ませながらこれ以上ないほど恍惚(こうこつ)の表情を滲(にじ)ませ、確信に満ちた声を上げた。

「見つけたわ。私の……運命の人！」


翌朝、侵入者の魔法によって気を失っていた侍女は、目を覚ましたキサラを見てむせび泣いた。

「姫様！　よかった……ああ、本当によかった……！」

「大袈裟(おおげさ)ねぇ」

これまでの経緯を聞いても、事の重大さをまったく感じていないかのようにのほほんとしたキサラは、柔らかく微笑みながら侍女の背を摩った。

土砂に埋まっていた道もようやく人や馬車が通れるようになり、キサラを王都へと送り届けるためにセンゴクは忙しく準備に奔走していた。ヒビキは謹慎を言い渡され、当面は館を放逐されることになったらしい。息子相手では、罰としてそれが限界だろう。

「私を眠らせた相手？　さぁ、知らない人だったわ。お庭で初めて会ったのよ。暗くて顔もよく見えなかったわ」

眠りについた夜のことを問いただしても、キサラは庭で会った相手をまったく覚えていないという。そのため、彼女を狙う真犯人の手がかりは、すっかり途切れてしまっていた。

しかし何より大きな問題は、それとは別にあった。

「私、わかったの。ずっと探し求めていたのはあなただったんだわ。クロ様、あなたを愛しております。永遠に、あなただけを」

臆面もなくそう言い放つキサラに、クロは呆気にとられていた。

ヒマワリは顔を引きつらせ、アオはかたかたと揺れている。

目を覚ましてからというもの、キサラはすっかりクロに夢中なのだ。

「あんたはこれから、ヒムカの王子と結婚するんだろう」

「ええ。そうなのです。ですから、私を攫って逃げてくださいな」

とんでもないことをあっけらかんと言い出したので、侍女が金切り声で制止した。

「姫様！　なんということを！」

「だって、私は彼を愛しているし、彼も私を愛しているんだもの。しょうがないでしょう?」

「おい。誰があんたを愛しているって?」

「恥ずかしがらないで。わかっていますから」

どうやら本気でそう思っているらしい。諭すように言って微笑むキサラに、クロは怒鳴りつけるのをなんとか堪えていた。

そして渋面を作り深々とため息をつくと、きっぱりと言い放った。

「俺はお前みたいな小娘に興味はない。さっさと王都へ行って、結婚してこい」

「私の幸せのために、身を引こうとしてらっしゃるのね。でも、思い違いをしています。私の幸せは、あなたとともにあることですわ」

話が通じない。

ヒマワリは二人の間にずいっと割り込んだ。キサラに向かって、にこりと笑顔を作る。

「キサラ姫、残念ながら彼はあなたに何の感情も抱いていません。どうかもうお忘れください」

「そんなはずないわ」

強く抗弁するでもなく、キサラはただ本当に、そう思っているという風情である。

言い含めるように、ヒマワリはっきり、言葉を区切った。

「彼は、あなたのこと、なんとも、思っていないんです。一切、まったく、絶対に、未来永劫、永遠に！」

　キサラはにこりとする。

「そんなはずありません」

「真実です。受け入れてください」

「だって、私を愛さない殿方なんていないもの。でも、私が彼らを愛したことはなかった。こんなにもたくさんの人が愛を捧げてくれるのに、どうして私の愛する人は現れないのかしらとずっと思っていたわ。けれどようやく見つけたの、私の愛を贈る相手が。こんな気持ちは初めてよ」

　頬を染め、うっとりとクロを見つめる。

「あんたは王都へ向かう、俺たちはもうここを出ていく。それで終わりだ。じゃあな」

「では、私もあなたとともに行きますわ」

「無理です」

　ヒマワリがすげなく言い渡す。

　するとキサラは、何かに気づき得心したように微笑んだ。

「ああ……あなたも私を愛しているのね？　だから彼と私の間を邪魔をするのね」

　頬がひくひくとする。

　言葉の通じない獣と話しているようだ。

クロを背後に庇いながら、じりじりと彼女から遠ざかる。

「あなたに興味なんてありません」

「恥ずかしがっているのね」

「考え方が前向きですね。どっちかっていうと嫌いな部類です」

「おかしいわ。そんな人、今までいなかったもの」

「いい経験になったようで」

ヒマワリとキサラが見えない火花を散らしている間に、アオがこそっとクロに囁いた。

「ヒマワリさんは、どうやら彼女のこと好きではないようですね」

「なによりだ。この小娘、だいぶ厄介だぞ。早いところずらかろう」

そこへセンゴクが訪ねてきて、明日にも街道は開通するだろうと恭しく、同時に警戒した面持ちでキサラに告げた。今のキサラはヴェールを被っていて、顔をはっきりと見ることができない。それでも及び腰なのは、何があるかわからないと恐れているからだろう。彼の息子は眠る彼女の傍にいただけで、あれほどに魅入られ、道を踏み外したのだから。

「どうぞご出立のご準備を。王都で殿下がお待ちでございます。——ヒマワリ殿には、まこと世話になった。探し人の件だが、結局それらしい者を見たり聞いたりした者は見つからなかった。それにどこの宿帳の記載にも、モチヅキという名は見当たらない。役に立てずに申し訳ないが……」

「いいえ。調べていただきありがとうございます。少なくとも、この道を通っていないことがわかれば、ほかのルートが検討できますので助かります」

「この先も探し続けるのか？」

「はい」

「そうか。しかしさすがに、手掛かりが少なすぎるのではないか。モチヅキという名の、眼鏡をかけた黒髪の青年。これだけの情報で探すのは、正直なところ難しいだろう」

「ええ。ですが、どうしても見つけないと」

「――モチヅキ、ですって？」

　キサラが可愛らしく首を傾げた。

「それって、あのモチヅキのこと？」

「え？」

　ヒマワリはぎょっとして、彼女を振り返る。

「眼鏡で黒髪の、魔法使いだけど魔法が使えない、妙な生活の知恵をたくさん知っている、あのモチヅキ？」

「知って……いるんですか？」

　キサラは笑いながら、こくりと頷いた。

「ええ。髪のうるおいを保つ方法とか、しゃっくりを止める方法とか、いろいろ教えてくれてとってもためになったわ。あなた、モチヅキを探しているの？」

　ヒマワリは思わず前のめりになる。

「知っていることがあるなら教えてください！　どこで会ったんですか!?」

「あら……」

キサラは少し、考える素振りを見せた。

そして、クロにちらりと視線を向ける。

「教えて差し上げてもいいけれど……その代わり、私のお願いをきいてくれるかしら？」

「願い？」

なにやら不穏なものを感じる。

ヒマワリの中で、警戒心が頭をもたげた。

「一体、どんな願いですか？　──クロはだめです、あげませんからね！」

「俺は物かよ」

不愉快そうにクロが口を出す。

すると、キサラはにっこりと微笑んだ。

「違うわ。この先の道中、私を守っていただきたいの」

「は？」

「だって私、誰かに狙われているのだもの。犯人は捕まっていないし、怖いわ。危険よ。そうでしょう？」

「それは領主様が護衛を──」

「あなた方が、私を守ってくださいませ」

そう言ってクロに飛びつくと、腕をするりと絡ませて身を寄せた。

「私を無事に王都まで送り届けてくださいな。そうしたらモチヅキのこと、教えて差し上げますわ」

四封印

その山に棲(す)むココノエ様は、村を守ってくださるのだという。

トキワは幼い頃から祖母にそう言い聞かされていたから、山の麓(ふもと)に建てられた祠(ほこら)の前を通る時には必ず手を合わせたし、決して余裕のある暮らしではなかったけれど、それでも自分の食べ物を切り詰めてでも捧げ物を供えてきた。

山から流れ出す川の水は村の田畑を潤し、水車を回して粉を挽(ひ)き、飲み水にも洗濯にも使う、日々の生活に欠かせない水源だ。それはココノエ様がそのお力で、枯れることのない水を作り出しているからだという。

透き通る美しい清流はまた、トキワにとっては鏡代わりでもあった。水面に映る己の顔を眺めながら、記憶のない両親はどんな人であったのだろうとよく夢想した。

肩にかかる銅(あかがね)色の髪は、太陽の光に照らされると秋の夕暮れ時の空のように輝くので気に入っている。目はヘーゼルで、瞳孔(どうこう)を囲む虹彩(こうさい)は黄色味を帯びて花弁のように広がっており、瞳の奥に向日葵(ひまわり)が咲いているようにも見えた。父や母も、自分に似た髪や目を持っていたのだろうか。

トキワが八歳の時、その川が真っ赤に染まった。

ココノエ様がお怒りなのだ、と村人たちは恐れ慄(おのの)いた。怒りを鎮めなければ村は滅びると古老は語り、すぐさま大量の供物が用意された。それを祠ではなく山中まで運び入れ、直接ココノエ様に差し出して、怒りを鎮めてくださるよう祈りを捧げるのだ。

その供物の中に、トキワも加えられた。

川に異変が起きるのは、これが初めてではなかった。古老によれば数十年に一度、こうして川が赤く染まることがあり、その度に子どもを一人捧げてきたという。するとココノエ様は、再び清らかな水をもたらしてくれたのだった。

村はずれに祖母と二人きりでひっそりと暮らすトキワは、常に浮いた存在だった。母はこの村の出身だが、外へ働きに出て、やがてトキワを身籠って戻ってきたという。父親が誰なのかは、祖母にも語らなかった。

トキワは不名誉な子として村人たちから蔑みの目で見られたし、同じ年頃の子どもたちも彼女に近づこうとはしなかった。厄介者のトキワは、供物として差し出すのにうってつけだ。祖母は泣いていたけれど、それでも村人たちに連れていかれるトキワを取り返そうとはしなかった。名誉なことだと思いなさい、と祖母は言った。そう自分に言い聞かせているようにも見えた。

青々とした山の中腹には巨大な大岩が鎮座していて、そこにぐるりと古びた麻縄が回され、色とりどりの布が吊るされている。手足を縛られたトキワは、穀物や果物などと一緒にこの岩の上に並べられた。村人たちは大きな火を焚き、けたたましく笛を吹き鳴らし太鼓を叩いて祈りを捧げると、やがて松明を掲げながら静々と山を下っていった。

彼らの足音や息遣いが消えると、しんとした静寂が訪れた。

トキワは横たわったまま、頭上で揺れる木々をぼうっと見上げるしかなかった。やがて山全体が夜の帳に包まれ始めると、冷えた空気に身体を震わせた。

こうしていれば朝には、冷え切って死ぬのだろうか。そうしてこの魂(たましい)がココノエ様のもとへ辿(たど)り着き、やがて川は元通り美しい姿を取り戻すのだろうか。そうなれば村の人たちも少しくらいトキワのことを思い出して、あの子はいい子だった、と思ってくれるかもしれなかった。

大きなものを引きずるような音が闇(やみ)の向こうから聞こえてきたのは、トキワがそんなことを考え始めた頃だった。

ずるずると何かが斜面をうねり、ゆっくりと移動するような気配がする。トキワは視線を彷徨(さまよ)わせた。月も出ていない夜だった。山を包む暗闇は果てしなく、深く厚く続いている。

その闇の中に、赤々と輝く炎がぼうっと浮き上がる。ひとつではない。いくつもの炎の玉が、ゆらゆらと揺れていた。

炎だ、と思ったのも束の間、やがてそれがまったく異なるものであることにトキワは気づいた。

目だ。大きく爛爛(らんらん)とした、真っ赤な目。

九対の赤い目が、物欲しそうにトキワを見下ろしている。

獣(けもの)の群れか、と思ったが、そうではなかった。

九つの長い鎌首をもたげた巨大な蛇(へび)が、天を覆(おお)うようにその身をくねらせトキワを覗(のぞ)き込んでいるのだ。

（ココノエ様――）

トキワは息を詰めた。

まるで小山のようにそそり立つその姿は現実味がなく、この世の生き物とは思えなかった。シューシューと音を立てて大蛇が口を開くと、太く鋭い牙が剝き出しになった。

ようやくトキワは悟った。この大蛇に喰われるのだ。供物として隣に並べられた食べ物と自分は同等の存在であるのだと、今更ながらに理解する。

ココノエ様が怒りを鎮めてくれれば、村はまた恵みを享受して平和に暮らしていける。自分が、ココノエ様に喰われれば――。

しかしトキワの胸に急速に湧き上がった恐怖は、そんなしおらしい考えを一瞬で蹴飛ばして、本能に働きかけた。

気がつくとトキワは、迫り来るその燃えるような目を、容赦なく潰していた。

雄たけびを上げ、大蛇は苦しげに身をくねらせる。

トキワは、魔法使いだ。

祖父母も母も、魔法使いの家系ではない。ならばきっと、名も知らぬ父親が魔法使いであったに違いなかった。

けれどその事実は、決して知られないようにしなさい、と祖母からきつく言われていた。

後から思えば、祖母にはトキワの父親が誰なのか、おおよそ察しがついていたのかもしれない。それが魔法使いであったとなれば特定が可能で、そしてトキワの存在が明らかになれば困るような相手だったのかもしれなかった。

トキワは誰からも魔法の使い方を教わることがなかったし、人前では絶対に魔法を使ってはいけないと言い聞かされた。だから時折、ほんの少し、人目のない山中でその力を操っては、一体どんなことができるのかと試していた。

わかったのは、連続して魔法を使うことは難しいということだ。遥か彼方から流れ込む力で身体が満たされると、魔法を行使することができる。物を動かしたり、あるいは炎を作り出したり。しかしその力は、すぐに果ててしまう。だから、わずかな力でどれだけのことができるのかと、何度も試してみた。

トキワは大蛇の目のたった一点を、針の孔のように魔法で貫いた。そして己を縛めている縄に微かな切り込みをあちこちに入れると、あとは己の腕と脚の力で引きちぎる。

残った八対の赤い目が、怒りを映して燃え盛った。

がたがたと震えながら岩を飛び降り、必死に走って逃げた。大蛇は恐ろしいほどの速さでその身を這わせ、想像以上の俊敏な動きを見せて彼女を追いかけてくる。

残りの目も潰そうと、振り返りざまに一対ずつ狙って魔法を放った。一つ、二つ——しかし、逃げ惑いながらの攻撃はひどく難しい。ようやく三つの首の目を潰したところで、トキワはつまずいて斜面を転がり落ちた。

息を切らし、ばくばくと弾けそうなほどの動悸に震えながら、土にまみれた顔を上げる。

赤い目が視界を掠めたと思った瞬間。大きく広い口が視界を覆い尽くし、鋭利な長い牙の先端が鼻先へと落ちてきた。

喰われる、と思った瞬間。

その首が、ぐにゃりとおかしな角度に曲がった。

「――!?」

牙はトキワの傍すれすれを通過して、空を食んだ。

残りの首が警戒するように、一斉に同じ方向を振り仰ぐ。山全体を震わせるような、威嚇の咆哮が響き渡った。

その赤い視線の先に、人影が浮かんでいるのをトキワは見た。

暗い夜空を背にしたその人物は、見たこともないほど美しくキラキラと光る杖を手にしていた。その煌めきを反射するように淡く輝く銀色の髪が、闇の中で彼を彩っている。

「切り落とすつもりだったのに。効かないのか」

不満そうにそう呟く。

魔法使いだ、と思った。

噂に聞く、本物の魔法使い。こんな山奥の小さな村に魔法使いがやってくることなど滅多にないから、自分以外にはその存在を目にしたことがなかった。

トキワは恐怖も忘れて、目を瞠る。

（なんて、綺麗なんだろう）

大蛇は怒り猛っていた。美しい魔法使いに突進し、九つの首が雪崩のような勢いで牙を繰り出していく。輝く杖から放たれた光がその鱗に突き刺さるが、硬い鱗を持つ巨体はなんら痛痒を感じないのか、その勢いは一向に衰える気配がない。彼を無惨に食いちぎるまで気が済まないというように、首を縦横無尽にくねらせ襲い掛かる。

その様子に、魔法使いは微かに表情を曇らせた。そして、九つの首の合間を縫うようにして俊敏に牙を掻い潜ると、トキワに向かって手を伸ばした。

「！」

彼の腕に抱えられ、トキワは空へと舞い上がった。

追ってきた頭のひとつに対し、杖から雷のような激しい光が落とされた。するとその頭は狂おしげに揺らぎ、やがて力を失ったようにずるりと首を落下させた。

今更ながら、トキワは心配になった。自分もまた恐怖のあまりココノエ様を魔法で傷つけてしまったけれど、怒りを鎮めるはずがさらに怒りを買ってしまったに違いないのだ。

これでは、村は助からない。

「あの……あの、ココノエ様を、殺さないで」

震える声で懇願するトキワを、魔法使いはちらりと見た。

「ココノエ様は村を守ってくださるんです。私、そのお怒りを鎮めないといけないのに
……」

「あれはただの、太古の生き物だ。村を守っているわけじゃない」

「え？」

「確かに神として祀(まつ)り上げられるほどに異質で、この山の土にも水にも、やつの生態が影響している。けど、やつが怒っているから川が赤くなったわけじゃないよ」

「でも、今までも何度もあったって……昔から、子どもを捧げてきたって……」

「それはきっと事実なんだろうね。でも、子どもを差し出したことと川がもとに戻ったことに、因果(いんが)関係はない。こうした現象はほかの川でも時折見られるし、時間が経(た)てばそのうち元通りになるのさ。そこに理由を作って安心したい連中が、人の命を犠牲にして、何かした気になっていただけ」

　魔法使いは苦々しげに、歪(ゆが)んだ笑みを大蛇に向けた。

「僕、生贄(いけにえ)とか、大っ嫌いなんだよね」

　その口ぶりは軽いのに、トキワには彼が、怒りと絶望を飲み込んでいる気がした。

　魔法使いは小さな洞(ほら)を見つけると、トキワをその中へと押し込んだ。

「噂を聞いてきたけど、間に合ってよかった。君はここに隠れていて。あいつの頭じゃこの奥まで届かないはず」

　トキワは思わず声を上げた。

「ココノエ様を、殺すんですか？」

「残念ながらあれは、魔法では殺せない生き物のようだ。けど、このまま放っておくわけにはいかない」

　魔法使いは再び宙に舞い上がり、その高みから大蛇を睥睨(へいげい)した。

大蛇の身体は彼の魔法を受けて傷だらけではあったが、いずれも致命傷とはなっていない。しかしその傷口からは、何かどろどろとした液体が溢れ出している。流れ落ちた体液が大地にしみ込むと、じゅっと音を立てて草木を枯らし、土を黒く染め上げた。

「血が毒なのか？　どこまでもはた迷惑なやつだな」

呆れたように言って、魔法使いは杖を構えた。

眩い輝きが溢れ、大蛇を包み込んでいく。今にも彼に襲い掛かろうとしていた大蛇は、ぴたりとその動きを止めた。その輝きは美しく編まれたレースのような、あるいは手の込んだ刺繍のような繊細な模様を描き、大蛇の巨体を包み込むように取り巻いていく。

大きく開けた口はそのままに、大蛇は急速に凍りついていった。身をくねらせたその姿は、今にもまた襲い掛かってきそうである。しかし薄い膜を張ったように色褪せた身体は、完全に静止していた。赤く燃え上がっていた大きな目はその輝きを失い、火を落とした竈のごとく暗く沈んで見える。

「殺すことはできないけれど、封じることはできる。周囲に結界も張っておこう。今後何人も、彼を眠りから覚ますことのないように」

魔法使いは潰れた目を持つ頭に気づくと、じっと顔を寄せてしげしげと眺めた。

「これ、君がやったの？」

大蛇の目を指さしながら振り返る。

トキワはびくりと肩を震わせた。そして、おずおずと小さく頷いた。

「へぇ……見事だな」

彼は感嘆し、やがて結界を張り終えると、抱き上げるようにしてトキワを洞から出してくれた。そしておもむろに彼女の前に膝をつき、目線を合わせる。

「僕はシロガネ。君の名前は？」

「……トキワ」

「トキワ。この村には魔法使いはいないようだけど、君は誰かに魔法を教わっているの？」

トキワは首を横に振った。

「魔法は、使ったらだめって――おばあちゃんが」

「なるほど」

シロガネは少し考え込む。

「トキワ。このまま、魔法と無縁に生きる道もあると思う。けれど君は魔法使いだ。その事実は変わらない。もし君が望むのなら、いい魔法使いの師を紹介しよう。魔法の使い方を正しく学ぶことができる。その場合、この村を出ることになってしまうけれど。……どうかな？」

脳裏に浮かんだのは、泣きながらも、トキワを助けようとすることもなく見送った祖母の姿だった。

あそこにはもう、トキワの居場所はない。

何より、ココノエ様に捧げられたはずのトキワが村に戻れば、一体どんな仕打ちを受けるかわからなかった。大蛇が封印されたと知っても、むしろ罰当たりなことだと責め立てるかもしれない。

シロガネは静かに、彼女の答えを待っている。

彼がトキワを救おうと伸ばした大きな手は何より頼もしく、そして、闇の中で光り輝いて見えた。世界を切り開き、あらゆるものを突き抜けるような風が、トキワの内に吹き込んだ気がした。

自分も、あんなふうになれるだろうか。いつか自分も、誰かを勇気をもって救い、助けることができるだろうか。

そうなれたらいい、と思う。

「ここを——出ていきます」

シロガネは優しい微笑みを浮かべる。

差し出されたその温かな手を、トキワは握りしめた。

背後を振り返る。

封印された大蛇の彫像が大樹のように聳え立ち、山肌に深い陰影を刻んでいた。


イト国王女キサラ一行は結婚のためヒムカの王都を目指し、街道を順調に進んでいた。

花嫁を囲む列の中には現在、ヒマワリとアオ、クロが護衛という名目で加わっている。

モチヅキを知るというキサラから、彼の手掛かりを得るためだ。

その道中、ヒマワリはひどく苛立っていた。そもそも、交換条件とはいえ彼女の要求を呑んで諾々と付き従うこと自体が、正直気に入らない。キサラの目的はクロだ。彼を逃すまいと、わざとヒマワリたちを傍に留め置こうとしているのだ。

けれど、苛立ちの理由はそれだけではなかった。

そのキサラが、ことあるごとにクロにべたべたとまとわりつくのである。

そもそも出発する時から、その兆候は大いにあった。

「クロ様、どうか一緒に馬車にお乗りになって」

腕を引いて己の馬車へと誘おうとするキサラを、ヒマワリは容赦なく引き剝がした。

「姫。護衛が馬車に乗るなど不敬ですし、何よりあなたはこの国の王子の妻となる御方。ほかの男と馬車で二人きりであったなどと知れれば、大問題です」

慇懃無礼な笑顔でクロを己の背後に押しやるヒマワリに、キサラは首を傾げた。

「つまり、あなたも乗りたいの？」

(言ってねーよ)

貼り付けた笑顔がひくりと引き攣る。

「僕たちは馬車を外から護衛します。王都へ着いたら、モチヅキについて教えてくださると仰いましたよね？　いいですね、約束ですよ？」

「王都へ着いたら、私はほかの男と結婚させられてしまうのです。クロ様、どうか私の傍にいてくださいませ。そして攫ってください」

最後の余計な一言にうんざりしたように、クロがため息をつく。

「俺はヒマワリに同行しているだけだ。こいつがあんたの護衛をするっていうから、ここにいる。それ以上のことを俺に求めるな」

「さぁさぁ、もう出発ですよ！　早く馬車へ！」

ヒマワリはぐいぐいとキサラを馬車に押し込んで、問答無用に扉を閉めた。キサラが諦めずにガチャガチャと扉を開けようとするので、絶対に開かないよう魔法をかけてやる。

馬車の中からは泣き声と、クロを呼ぶ悲愴な声が漏れてくる。げんなりした様子のクロを引っ張って、ヒマワリはできるだけ馬車から離れると、列の最後尾に陣取った。

「結婚直前に婚約者以外の男と恋に落ちるお姫様……禁断の愛！　まさに物語のような展開です！　そういう時はですね、結婚式に乱入して花嫁を奪い去るのがセオリーですよ、クロさん」

面白そうにしているアオとは対照的に、ヒマワリは頬を膨らませる。

「それは両想いの場合！　あのお姫様が勝手に盛り上がってるだけなんだから、全然違うよ！　ねぇ、クロ？」

すると、クロは話を聞いていなかったのか上の空で、なにやらキサラの馬車を注視している。ヒマワリは慌てて、彼のシャツを引っ張った。

「ちょっとクロ。まさか本当に、あのお姫様のこと好きになったりしてないよね？」

「はぁ？」

「ああいうのが好みなの？　結婚式に乗り込むなんて、僕、絶対反対だからね！　残された新郎がどれだけ惨めで恥ずかしいか考えてごらんよ！　参列者たちだって忙しい中時間を割いて来てるっていうのに、それを無駄にさせて本当に迷惑だよ。人として最低だよ！」

「するかよ。なんなんだよその各方面への配慮は」

「だって、妙に悩ましく見つめてるじゃん」

「ああ……」

クロは少し考えるようにして顎を摩った。

「あのお姫様、竜の血が入ってるんじゃねーかと思って……」

「え？」

「眠っている姿を見ただけで、あの領主の息子は恋に狂った。それだけでなく、男たちは一目あの小娘を見ただけで、引き寄せられるように魅入られるって話だろ。さすがに、人間にしては異常だ」

「なるほど。竜の一族は、人を魅了する力があるんですよね」

「キサラ姫に、竜の血が流れてるってこと？」

「そうだとしても、相当薄まってると思うけどな。何代も前の祖先に、竜の血を引く誰かがいたのかもしれない。その事実すらすでに忘れ去られているくらい、昔のことなんだろう。人との交配で竜の特性はほとんど消え去っていたところに、先祖返りのようにして人を惹きつける力だけが強く現れた……ってとこか」

「けれど、必ずしもすべての人に影響するわけではないのでしょうか。ヒマワリさんは、キサラ姫に魅力を感じないんですよね？」

「全然」

それは間違いなかった。

（そもそもクロのことだって、竜だから好きなわけじゃない）

もちろん、初めて会った時に目にした、あの孤独で美しい黒竜の姿に惹かれたのは事実だけれど。

その後も、キサラは諦めなかった。

食事の折には必ずクロのもとへと寄ってきては隣に陣取り、宿泊先では一緒の部屋がいいと駄々をこね、立ち寄った町を見物したいと言っては強引にクロを引っ張っていく。

「まぁ、これはなぁに？　こっちは？　あら、ここからは湖が見えて素敵ね！　ねぇクロ様、ご覧になって、早く早く！」

キサラはクロを伴って町に出ると、ヴェールを被って小さな市場を歩き回りながら、物珍しそうに露店を覗き込んだ。そういう時、クロは迷惑そうな顔はするものの、彼女を断固拒むこともしない。それは彼の中で、失った同族への郷愁がそうさせるのかもしれなかった。少しでもその残り香を感じるキサラを、突っぱねることができないに違いない。

その様子がまた、ヒマワリには面白くないのである。

「まぁ、あの赤い屋根のおうち、可愛らしいと思いません？　クロ様と一緒に暮らすなら、あんな家がいいわ。そこで、私とクロ様によく似た可愛い子どもたちと一緒に、永遠に幸せに暮らすの」

勝手に妄想して勝手にうっとりしているキサラに、二人の後ろにぴたりとくっついてきたヒマワリは刺すような視線を向けた。

「クロ様によく似た男の子と、私によく似た女の子……きっと世界一可愛いに決まってます。ねぇクロ様、子どもは何人欲しいですか？」

腕を絡めて身を寄せてくるキサラに、クロは勘弁してくれというように顔を顰めた。

「お前はヒムカの王子と結婚するんだ。そこで好きなだけ子どもを産め」

「見てクロ様、とってもいい香り！　私、あの薔薇が欲しいわ！」

話を聞いていない。キサラは通りかかった花屋の前で、嬉しそうに薄紅色の薔薇を手に取る。

「クロ様はどのお花がお好き？　お好きな食べ物は？　季節は？」

「はぁ？　そんなこと聞いてどうする」

「あら、だってクロ様のことがもっと知りたいのですもの」

「――クロは花にはあまり興味ないんですよ」

ヒマワリは二人の間にずいっと割り込んだ。

「まぁ僕は、一緒に向日葵の種を植えたことがありますけどね？　ちなみに、食べ物だったら肉はレアが好きだし、ワインは白より赤派。寒がりだから冬は苦手で、それにキラキラ輝くものが好きで部屋にたくさん溜め込んでいて——ああ、僕はクロと一緒に暮らしていたので、当然彼の部屋には何度も入ってるんです。一緒に寝たこともありますし？」

　ふふん、と勝ち誇ったように胸を反らす。

　まくしたてるヒマワリに、キサラはその敵意をはっきりと感じ取ったらしい。こちらもつんと顎を反らし、牽制するように微笑む。

「あーら、そうですの。でも、あなたに聞いてませんわ」

「ああ～、失礼。姫にとっては何の意味もない情報でしたね！　余計なことを申し上げました。王都へ着いたら、もう一生会わない相手だというのに」

「うふふ、クロ様が好きなものは今後、私だけになるのですもの。ほかのことなんてどうでもいいですわ」

「……いい加減、現実に目を向けましょう、姫。何度も言っていますが、彼はあなたのことなど露ほども心に留めていないんです。諦めてください」

「これは運命だもの。誰にも私たちを引き裂くことなんてできないわ。ね、クロ様？」

「クロ！　もう、びしっと言ってやってよ！」

　焦れたように二人が振り返ると、いつの間にかクロの姿は消えている。

　慌てて周囲を見回すと、クロは通りの向こうにある宝飾品店の窓をじっくりと覗き込んでいた。そこには、煌びやかな首飾りや指輪がずらりと飾られている。

キサラははっとして目を輝かせ、恥じらうように両手で頬を包み込んだ。

「まぁ！　クロ様が私のために、指輪を選んでくださっているわ！」

「いいえ、あれはただの習性です」

「お揃いだわ、きっとお揃いなんだわ！　私を驚かせたくて、内緒で準備を……！」

クロがいそいそと店内に入っていく。それを追いかけようとするキサラの行く手に、ヒマワリは断固として立ちふさがった。

「邪魔しないでちょうだい！　このままここで、二人だけの結婚式を挙げるのよ！」

「妄想もここまで来ると才能ですね！　さぁ、もう馬車へ戻りますよこの脳内お花畑姫！」

連れ帰ろうと腕を摑むと、途端にキサラはさめざめと泣く真似を始めた。

「ああ！　誰か、誰か助けてください……！　この人が私に、酷いことをするんです！」

途端に吸い寄せられるようにして、なんだなんだと町の男たちが集まってくる。ヴェールを被っていても、泣いて縋るという行為により彼女の影響力が及んでいるらしい。

ヒマワリはぎりぎりと歯嚙みしながら、キサラを睨みつけた。

「卑怯な真似を……！」

「きゃあ、怖ーい！　クロ様ぁ、助けてー！」

「ぬあぁぁあぁ」

ヒマワリが怒りに震えていると、店からクロが出てくるのが見えた。

一人ではない。アオがしかめ面を作って、彼の首根っこを摑んでいる。

「クロさん、だめです。これ以上の無駄遣いは許しません」

「放せよ！　いいだろ、ちょっとくらい！」

「いいえ。シロガネの残してくれた蓄えがあるとはいえ、好き勝手に散財していてはいずれ破産します。我々の人生設計は、超長期スパンなんですからね」

「お前こそいつも、無駄遣いしまくってんだろーが！　同じ本何冊も買い込みやがって！」

「何冊もではありません！　読む用と保存用は必須なんです！　ファンの常識ですよ！」

「知るか！」

二人が言い争いながら行ってしまうので、完全に忘れ去られたヒマワリとキサラは慌てて追いかけた。

それ以後の道中も、ヒマワリはキサラとクロの傍にじりじりしながら張りつきつつ、二人が近づきすぎないよう割って入ることを忘れなかった。自分の優位性を示そうと躍起になるヒマワリに、キサラもまた負けじと対抗する。互いに牽制し合いながらバチバチと火花を散らす二人をアオは面白そうに眺め、クロは辟易しながら距離を取っていた。

異変が起きたのは、山をひとつ越えて一息つき、次の町を目指す人気のない道でのことだった。

「――助けてください！」

一行の前に突然、一人の女が飛び出してきたのである。

護衛の兵士たちが慌てて剣を抜き、馬車を背にして立ちふさがった。すでに予定は遅れに遅れている。これ以上キサラに何かあっては大問題だ。

兵士たちは厳しい声で誰何（すいか）した。

「下がれ！　何者だ！」

「どうかお助けください！　お願いいたします！」

「下がれと言っている！」

見れば、彼女は満身創痍（そうい）だった。簡素な衣服はあちこち赤黒い血で染まっていて、額（ひたい）の傷は血が凝固し始めた様子が生々しい。

力尽きたようにその場に蹲（うずくま）る女性を引っ立てようとする兵士たちを、ヒマワリは「待ってください」と制止した。

「怪我人です。僕が治療します」

騒ぎに気づいたキサラが、「何事なの？」と窓から顔を出す。しかし血まみれの女性を見るや否（いな）や、驚いてすぐに引っ込んでしまった。

「この怪我はどうしたんですか。何があったんです？」

ヒマワリは治癒（ちゆ）魔法をかけながら、労（いたわ）るように優しく尋（たず）ねた。

女性は疲れ切った様子で項垂（うなだ）れている。

「村が……私の村が……」

「誰かに襲われたんですか？」

盗賊にでも襲撃されたのだろうか。

すると女性は、かたかたと震え始める。

「あれは……あれは……あんなもの、見たことがないわ……あんな、化け物……！」

「化け物？」

怯える女性は、悲鳴のような声を上げた。

「蛇よ……！　首が、九つもある、山のように大きな蛇が現れて……！」

ヒマワリはぎくりとした。

（首が九つ……？）

「家を押し潰して、村の人たちを次々に食べていったんです……！　逃げられた人がどれだけいるかわからない……父さんも母さんも、無事かどうか……！」

わっと泣き出し、両手で顔を覆う。

「ずっと昔、大魔法使いシロガネによって山奥に封印されていたはずなんです！　それなのにどうして……！」

ヒマワリははっとして、遠くに聳える山を振り仰ぐ。

その風景に、記憶が鮮明に蘇ってきた。

シロガネが非魔法使いを探し求める幾度目かの旅の中で訪れた、小さな山間の村。幼い少女が生贄として捧げられようとしていた、あの夜。

闇夜に咆哮を上げる九つの首を持つ大蛇の姿が、ありありと思い出された。

（あの時の封印が、解けた？）

彼が施した封印の魔法は、時間が経てば勝手に解けるというようなものではない。

本当に今、あの大蛇が暴れ出したというならば、それは何者かが意図的に封印を解いたに違いなかった。シロガネ自らが構築した封印を解くなど、並みの魔法使いには不可能である。できるとすればそれはシロガネと同等の力を持つ者、つまり四大魔法使いクラスでなければ難しいはずだ。

「お願いです、どうか助けてください！　みんなを……助けて……！」

「その巨大な蛇が現れたのは、いつのことですか？」

「昨日の夜です。私はすぐに逃げて、山に入って身を潜めていました。明け方からずっと歩き続けて、ようやくこの街道まで……」

（誰かがあの大蛇を解放した……そしてその相手は、まだ近くにいるかもしれない）

治癒を終えると、ヒマワリは立ち上がった。

「キサラ姫。彼女を連れて、この先の町へ向かってください」

キサラは恐る恐るというように、再び窓から顔を覗かせた。話は聞こえていたらしく、ひどく怯えている。

「どうするつもりなの？」

「彼女の村へ行ってきます。危険なのでこの道は封鎖して、誰も近づかないようにと町の守備隊に伝えてください」

山へ入ろうとするヒマワリに、当然のようにクロとアオが続く。

キサラが焦ったように声を上げた。

「お待ちになって、クロ様！」

彼女は扉を開けようとして、しかしそれが開かないので、何度もガタガタと取っ手を動かした。ヒマワリの魔法によって閉ざされているのだ。

するとキサラは突然、窓からがばりと上半身を乗り出した。細い身体を窓枠の間から滑らせ、髪を振り乱し頭から地面に落ちるように這い出してくる。

「きゃあああ！　姫様！」

慌てて侍女が彼女を支え、ついに長いスカートの裾まで脱出に成功した。そのあまりに突飛な行動に、ヒマワリたちは呆気にとられ足を止める。

侍女が慌てて「後ろを向きなさい！」と兵士たちに声をかけた。その姿をはっきりと目にしてしまえば、第二のヒビキが生まれてもおかしくない。急いでヴェールを被せようとするが、キサラはそれを煩わしげに振り払い、乱れた髪を直すことすらせずクロに駆け寄った。

「クロ様はどうか、私と一緒においでくださいませ！　危険です！」

「何度も言わせるな。俺はヒマワリがいるからここにいるんだ。こいつが行くなら、俺も行く。あんたはさっさと戻るんだ」

　クロは「行くぞ」とヒマワリとアオに声をかけ、彼女に背を向ける。

「行かないで！」

　キサラはその背中に飛びついた。

「どうしてもというなら、私も一緒に行きます！」

　クロに抱きついて離れようとしないキサラを、ヒマワリは容赦なく引き剝がす。

「嫌よ、放して！」

「早く、彼女を馬車に！」

「私も行くわ！」

「だめです。さぁ、早く連れていってください！」

　顔を背けた兵士たちに引きずられながらも、キサラは必死にクロに向かって手を伸ばした。

「クロ様！　クロ様ぁ……！」

　馬車に押し込められてもなお、キサラは叫び続けていた。

　三人はその声を背中越しに聞きながら、逃げるようにそそくさと山道へと入っていく。

　アオが感心したように嘆息した。

「キサラ姫は、本当にクロさんのことがお好きなんですね。危険な場所でも一緒に行きたいくらい」

「いや、あれは何も考えてないだけだろ」

「ねぇクロ。本当はやっぱり、彼女のこと気に入ったんじゃないの」

「なんでそうなる」

ヒマワリは唇を尖らせた。

「だって抱きつかれても振りほどかないし。僕がくっつくと、邪魔とか暑苦しいとかすぐ怒るくせにー」

クロは面倒くさそうに頭を振って、それ以上何も言わなかった。

ヒマワリはおもむろに手を伸ばすと、右手でクロ、左手でアオの腕をとり、自分に引き寄せた。両腕を絡ませて、ぎゅっと力を込める。

「おい、なんだよ」

「？　どうしました、ヒマワリさん」

先ほどまでとは異なり、ヒマワリは真剣な面持ち（おもも）ちで言った。

「――あのね、僕が逃げてって言ったら、ちゃんと逃げてね。封印を施すっていうのはつまり、倒すことができない相手ってことなんだ。シロガネでも倒すことができず、封じるしかなかった存在が、この先にいる」

あの大蛇には、魔法で致命傷を与えることができなかった。

今度もまた無事に封じることができればいいが、今の自分はあくまでヒマワリであり、シロガネではない。記憶は持っていても、当時とは魔法の経験値も練度も異なる。万が一のことがあれば、クロとアオを守り切れるか不安だった。

少し考えて、アオが頷いた。

「わかりました。その時は、ヒマワリさんを連れて逃げます。ね、クロさん」

「逃げること考える前に、倒すこと考えろよ。だいたいなんだよ、首が九つの大蛇って。聞いたこともねぇな。俺が炎で炙るか？」

「古代から生きている、忘れられた存在かもしれませんね。俺が首を全部引きちぎりましょうか」

二人の言いぐさに、ヒマワリは思わず笑った。

不思議と、何とかなる気がしてくる。

山道を分け入りながら、あの夜の記憶の欠片が徐々に形を取り始めるのを感じた。月のない夜、祭祀を行う村人たち、巨大な九つの首、そして――生贄として捧げられた少女。

大蛇の目を見事射貫いたあの少女は、今頃どうしているだろうかとふと考えた。魔法容量はかなり小さいというのに、それを操る精度がとても高く巧みだったのを思い出す。

あれからすぐに知り合いの魔法使いに預け、それきり会うことはなかったけれど、果たしてどんな魔法使いになっているだろう。

（名前は……なんといっていたっけ？）

ふと、記憶の断片が、妙に胸をざわつかせた。

けれど、それがなんなのかはわからなかった。

「二人とも、ひとつ注意して。封印を解いた誰かが近くにいるかもしれない。そしてシロガネの封印を解けるのは、四大魔法使いくらいのはずだよ」

「つまり四大魔法使いの誰かが、その村にいるかもしれないってことか？」

「僕らをおびき寄せるための罠かもしれない。油断しないようにね」

「逆に好機かもしれません。この場で始末してしまえば、もう煩わされずにすみますからね」

物騒な打ち合わせをして山を登り、ようやく辿り着いた小さな村は、傾斜したほんのわずかな土地にへばりつくようにできた集落だった。

ほとんどの家屋が倒壊し、その上を何かが蛇行したような跡がある。人の姿はなく、しんと静まり返っていた。わずかに広がる畑も荒らされ、無事であった粉ひき小屋の水車が常と変わらぬ様子で淡々と回る姿だけが、そこに本来あった営みを侘しく主張していた。

ヒマワリは警戒しながら杖を取り出すと、生存者はいないかと村の中を見て回った。

「動いた跡が、さらに山の上に続いてる。一通り暴れ回ったあと、ねぐらへ戻ったのかな」

「眠くなったのかもな。さぞや、腹いっぱいになったんだろうぜ」

吐き捨てるようなクロの言葉に、血まみれで助けを求めてきた女性を思い出す。家族を残してきたと、ひどく心配していた。

（けど、この様子では、もう……）

「クロ様ぁ〜！」

突然響いたその甘ったるい声に、ヒマワリたちは驚きの視線を交わした。

揃って、恐る恐る振り返る。鬱蒼とした山道から軽やかに姿を現したキサラが、嬉しそうに手を振っているのが見えた。

「ああ、よかった！　ご無事でしたのね！」

安心したように微笑みながら、こちらへと駆けてくる。

「なんで……」

ヒマワリは思わず喘いだ。

最初、何かの見間違いか、幻でも見ているのかと思った。けれどその姿は確かに、生身の実体を伴っている。彼女の背後を確認しても、従う者は誰もいない。

一人で来たのか、と信じられない思いだった。ここまでの道のりは、決して楽なものではない。山道を歩くことなど慣れているはずもないお姫様が、たった一人でそれを越えてきたのだ。恋の熱に浮かされているだけと思っていたが、恐ろしいほどの執念と情熱である。一体どうやって麓へ戻せばいいのか、とヒマワリは頭を抱えた。

クロとアオも、呆気にとられている。

キサラは疲れた様子も見せず、意気揚々とクロに向かって一直線に駆け出した。

「クロ様！　心配しましたのよ！」

ふと、キサラの後方で、何かが動く影が見えた気がした。

ヒマワリはそれを彼女を追いかけてきた護衛の兵士たちだと思い、ほっと胸を撫でおろした。やはり、一人で来たわけではないのだ。それならば、早々に連れて帰ってもらえばいい。

しかし、重いものを引きずるような異音が地鳴りのように響くのに気づいた途端、はっと息を呑んだ。

「キサラ姫、伏せて！」

キサラはきょとんとして足を止めた。

大きな黒い影が、背後から彼女を覆い尽くす。急に暗くなったことが不思議そうに、キサラは頭上を仰ぎ見た。

彼女を見下ろすように、巨大な蛇が頭をもたげていた。

悲鳴を上げることすらできずにいるキサラは、硬直したまま立ち尽くしている。大蛇の口が切り裂かれたように大きく開き、鋭い牙が閃いた。

ヒマワリは瞬時に攻撃魔法を放つ。その衝撃に仰け反って、大蛇が後退した。間髪を容れず飛び出したアオが、動けずにいるキサラを抱え上げる。急いで引き返そうとするその後方で、木々の合間から大蛇の首が続々と覗き始めた。

新たに山に生えた大木のごときその首は、全部で九つ。それぞれに輝く真っ赤な目が、逃した獲物を見据えている。

ただし、九つある頭のうち、いくつかの目は潰れていた。

あの時シロガネが封印した大蛇に違いなかった。

「お前、なんでこんなところにいるんだよ！」

アオに抱えられてきたキサラに向かって、クロは苛立たしげに声を荒らげた。

キサラは突然の出来事に目を丸くしながらも、

「クロ様が心配だったのです！」

と悪びれずに訴えた。

「お前が来て、どうこうなるわけないだろ！　誰も止めなかったのかよ、くそっ！」

するとキサラは、つんと澄ました顔をする。

「あら、私が本気を出したら、私の言うことがきけない男の人なんていませんわ」

つまり、彼女の魔性の魅力で黙らせてきたということらしい。侍女だけでは、彼女を止め切ることはできなかったのだろう。

その全容を顕(あらわ)にした大蛇は、ずるずると巨体を蠢(うごめ)かせながらこちらへと迫っていた。村人を喰い尽くしたというのならすでに満腹であってもおかしくないのに、それほどに人の肉を求めているのだろうか。長く眠っていたせいで恐ろしく腹が減っているのか、あるいは頭が九つなら、胃袋も九つあるのかもしれなかった。

ヒマワリは杖を構え直す。

（もう一度、封印するしかない）

突然、首のひとつがあらぬ方向にきゅっと向いた。

その視線の先で、小さな影が跳ね上がる。

「うわぁぁぁ――――！」

剣を手にした青年が、大蛇に勢いよく斬りかかった。

しかしその刃は硬い鱗に弾かれてしまい、青年はすぐさま飛び退った。追ってきた大蛇の牙を躱しながら、必死に逃げ回る。しかし諦めることなく、再度大蛇に挑もうとその隙を窺っていた。

たった一人で大蛇に立ち向かうその青年は旅装であり、村人には見えなかった。剣の腕はあるようだが、しかし通常の剣ではあの大蛇の皮膚を貫くこともできないだろう。魔法ですら難しいのだ。

このままでは、彼も食われてしまう。

「危ない！　下がって！」

ヒマワリは青年に頭から齧りつこうとした大蛇の首を、魔法の障壁で押しとどめた。

「今のうちに！　早く！」

青年が息を切らしながら、こちらを振り返った。

その時、ヒマワリはおや、と思った。その顔にどこか、見覚えがある気がしたのだ。

すると青年もまた、何かに気づいたように「あっ」と声を上げた。

「キサラ姫……！　どうしてここに!?」

キサラは驚いたように、あら、と目を丸くする。

「モチヅキ。あなたこそ、何故こんなところにいるの？」

ヒマワリも、そしてクロもアオも、ぎょっとして青年に目を向けた。

「モチヅキ……!?」

青年は「えっ！」と素っ頓狂な声を上げる。

「クロさんに、アオさん！　ええっ、どうして……」

そしてヒマワリに視線を止めると、少し迷って、「もしかして、ヒマワリ?」と聞き覚えのある声音で言った。

「モ、モチヅキ……?」

ヒマワリは戸惑った。

モチヅキは、記憶の中にあった彼とはすっかり別人のようだった。

線が細く、階段を上るだけで息を切らしていたひ弱そうな非魔法使いの少年は、今では見違えるように逞しくなっていた。背が随分と伸びたし、衣の上からもその身体がよく鍛えられていることがわかる。それに何より、あの大きな眼鏡が消えていることが、雰囲気の違いを際立たせていた。

けれど、記憶にある優しげな面影は確かに残っていて、懐かしさに頰を緩ませるその表情は、これがあのモチヅキであると確信させるものだった。

クロが思わず叫んだ。

「いや、別人かよ！」

「成長期って、すごいですね」

アオも感心したように見入っている。

しかし、モチヅキを見つけた喜びに浸る余裕はなかった。

大蛇が音を立てて迫ってくる。ヒマワリは作り出した魔法の壁をさらに広げて、大蛇の行く手を遮った。壁を維持できるのはそう長い時間ではない。それでも、キサラたちを逃がす時間くらいは稼げる。

「モチヅキ！　キサラ姫を連れて、今のうちに逃げて！」

「だめだよ、あの大蛇は僕が止める！」

「無理だ！　シロガネですら、倒すことができなかったんだよ！」

「でもこうなったのは全部、僕の責任なんだ！」

「責任？」

「あの大蛇の封印を解いたのは……僕なんだよ！」

苦しそうに顔を歪めて、モチヅキは言った。

ヒマワリははっとした。

確かに、魔法を無効化してしまうモチヅキならば、封印を解くことが可能に違いない。恐らく触れるだけで、シロガネの魔法を打ち消してしまったはずだ。

（つまり、四大魔法使いは絡んでいないのか？）

モチヅキは悲愴な表情で、剣を握りしめる。

「こんなことになるなんて思わなかったんだ。ただ、頼まれて――」

「頼まれた？」

誰に、と尋ねようとしたところで、大蛇が牙を剝いて甲高い声を上げ、九つの頭で代わる代わる魔法の障壁に体当たりし始めた。その牙が、ばりばりと嚙み砕くようにして壁を破壊していく。

「話は後だ！　とにかく逃げて！」

モチヅキに万が一のことがあってはならなかった。もしも彼を失えば、魔女に対抗する方法を失うことになる。

「でも、どうするつもりなんだ!?　あいつは剣でも斬れないし……対抗できる魔法はあるの？」

ヒマワリは首を横に振る。

「魔法じゃあいつに決定的な打撃を与えることはできないんだ。だから、もう一度封印を――」

言いかけて、ヒマワリは口を噤んだ。

そして、まじまじとモチヅキの顔を眺める。

「モチヅキ！」

「な、何？」

「頼みがある。君なら……抜けるはず！」

ヒマワリはその手に光を宿らせると、一振りの剣を空から取り出す。

マサムネが島へと持ってきた、誰にも抜けない聖剣ムラクモ。

もし抜ければ、この世に斬れないものはない。

それが、本当ならば。

「この剣でなら、あの大蛇も斬れるはずだ。この剣には強力な魔法がかけられていて、これまで誰も抜くことができなかった。だけど、君なら抜けるはずだ、モチヅキ！」

モチヅキは戸惑ったように、差し出されたムラクモを見つめた。

氷が打ち砕かれたような硬質な音が、辺り一面に響き渡った。ついに防御壁が破られたのだ。

崩れ落ちていく七色の魔法の欠片の向こうから、赤い目玉がぬうと覗き込み、ヒマワリたちをひたと捉えた。

キサラの悲鳴が聞こえる。

「モチヅキ！　剣を！」

「……！」

モチヅキが、柄に手をかける。

そして――するりと、剣を引き抜いた。

太く力強い刃が姿を現す。それは長い年月眠り続けていたとは思えぬほど、まるで磨き上げられた直後のように眩く美しかった。同時に、ぞっとするほど妖しい殺気をその身から立ち昇らせていた。痛いほどひりついた空気に包まれ、思わず総毛立つ。まるで青白い怒れる炎が剣を取り巻いているように、ヒマワリの目には映った。

剣身には、煌めく文字のようなものがいくつも刻まれている。その文字が、炎のように揺らぎ始めた。

突如として、鋭い光が弾ける。衝撃が波のように押し寄せた。叩きつけられるような突風に、ヒマワリは必死に踏みとどまろうとするが、じりじりと後退ってしまう。それは轟々と唸るように、土煙を高く高く舞いあげていく。

「モチヅキ！」

呼びかける声は、風の音にかき消されてしまった。

視界が遮られ、何も見えない。ヒマワリは無我夢中で手を伸ばした。しかしそれは空を切るばかりで、何も確かめることはできなかった。

「モチヅキ……！」

返事はない。

やがて徐々に光がしぼみ始め、朦々と立ち込める真っ白な土煙がようやく薄くなっていく。ヒマワリはぎゅっと目を凝らし、必死にモチヅキの姿を探した。前方のもやが完全に晴れ、剣を手に佇むモチヅキの姿が現れた。ヒマワリはほっと胸を撫でおろす。

しかし、彼の目の前に見たこともない大男が立ちはだかっていることに気づくと、さっと緊張が走った。

男は、異様な風体であった。

その顔には、びっしりと入れ墨が彫られている。入れ墨は全身に及んでいるのか、袖から覗く手の甲にも同様に、独特の文様が見えた。獅子の鬣のように跳ねあがった灰色の髪、太く力強い鼻梁、厚い唇は白く塗られ、動物の牙を加工した大きな耳飾りをつけている。布越しでもわかる鍛え上げられた身体に、緻密な刺繍が施された美しい衣を纏っている。その姿には、見る者を圧倒させる威厳と貫禄が漂っていた。

明らかに、人ではない。

モチヅキもまた、突如として現れたこの人物に呆然としているようだった。

謎の男は、静かに目を瞑っていた。だがやがてその瞼を、億劫そうに開き始める。

彼は確認するように何度か瞬きをすると、ゆっくりと、己の前に佇むモチヅキを見下ろした。そしてその手にあるムラクモに視線を止めると、よく響く深く低い声で言った。

「――我を解放したのは、お前か」

「えっ？」

「あ、あのぅ……」

モチヅキは戸惑い、おろおろとしている。

「その剣を抜き、我を外へ出した。そのようなことができる者は、現れぬと思っていたが……」

その言葉に、モチヅキはあたふたと手の中の剣を示す。

「僕はその……この剣を抜いた、だけですが」

助けてくれ、というようにモチヅキがヒマワリに視線を向ける。

大蛇がシューシューと音を立ててこちらを窺っているのに気づき、男は不快そうに眉を寄せた。

「ようやく外に出たと思えば、何故ハイドラがこれほど猛っているのだ」

すると、彼は有無を言わさず、モチヅキの持つ剣を奪い取った。

「あっ……！」

慌てて取り返そうとするモチヅキに対し、男は黙っていろというように大きな手を開いて突き出した。

「この剣は、我でなければ扱えぬぞ」

言うや否や、男はぱっと地面を蹴った。

そこからは、一瞬の出来事だった。

彼が振るう大剣は、軽々と大蛇の首を切り落とした。長い首の上にひょいと乗ったと思うと、たやすく次の首を落とす。大蛇と絡み合いながら舞うようにして、彼はあちこちへと跳び回った。ひとつ、ふたつ、みっつ——瞬く間に、首の数は減っていく。

気がつけば、その場には切り離された九つの頭が転がり、流れ出たどす黒い血は小さな村を浸すように広がっていた。

血まみれの剣は、一振りするとその血が洗い流されたように輝きを取り戻す。初めに目にしたあの刻まれた文字が、その剣から消え去っていることにヒマワリは気づいた。

男は息が上がる様子もなく、置き去りになったような大蛇の胴を踏みつけるようにして、己の成した結果を平然と見下ろしている。

「近づくなよ。この血は毒だ。触れれば死ぬ」

その様に圧倒されながらも、ヒマワリは尋ねた。

「あなたは……誰ですか」

恐ろしいほどの覇気が、この男の体中から漲っている。今この場を支配しているのは、間違いなく彼であった。

「我が名はバトラズ。青き山の王」

(青き山の王……)

マサムネの言葉を思い出す。この剣の持ち主であったという、古代の王の異名である。大陸において誰より武に秀で、無敵の軍隊を動かしたという、最強の王。

「長らく剣に封じられてきたが、ようやく解き放たれた。礼を言おう。そなたの名はなんという」

尋ねられ、モチヅキはびくりとする。

そして、どうしたらいいのか、と躊躇うようにきょろきょろとしてから、意を決したように答えた。

「あっ、あの、モチヅキ……です」

「モチヅキ。感謝する。この恩は必ずや返そう」

バトラズはヒマワリが手にする杖に目を向けると、じわりと湧き上がるような不敵な笑みを浮かべた。それは喜びのようであり、同時に、憎悪の塊のようでもあった。

「お前――魔法使いだな？」

手にした剣を向けられ、ヒマワリは身構えた。

明らかに、殺気が漂っているのがわかる。

「あの女はどこだ」

「女……？」

「我を封じた張本人だ。あの――魔女は、どこにいる」

怒りを含んだその声は、びりびりと大気を震わせた。

「我が国は滅んだ。我が肉体も滅んだ。魔女が、すべてを滅ぼしたのだ！」

剣を摑む手を見下ろす。

「ここにあるのは、もはや形だけ――」

ふと、彼の姿が蜃気楼のように揺らいだ。

歪んだ身体が崩れ落ち、紫の煙となって霧散する。立ち昇ったその煙は、するすると吸い込まれるようにして剣の中へと消えていった。その代わりというように、あの光る文字が再び剣身に浮かび上がってくる。

持つ者を失い、音を立てて地面に落ちた剣から、声だけが響いた。

「くそっ……まだこの形に慣れぬゆえ、長く姿を保てぬ。少し眠るぞ。――モチヅキ！」

「え、うわっ、は、はい！」

「鞘に納め、決してその身から離すな」

それきり、剣は黙り込んだ。どうやら、言葉通り眠ったらしい。

モチヅキは躊躇いながらも、恐る恐る剣を拾い上げて鞘に納めた。

ヒマワリは額の汗を拭い、ふうと息をつく。

ひやりとした。あと一歩で、首を掻き切られそうな勢いだった。

（魔女に国を滅ぼされた、青き山の王……）

——我を封じた張本人だ。

では、彼を剣に封じたのは本当に、魔女その人なのだろうか。

いずれ彼と話す必要がありそうだった。けれどひとまず、剣の中に再び収まってくれたようでほっとする。

ヒマワリは、村の惨状を見回した。

残されたのは、無惨な大蛇の死骸だけである。切断された首から流れ出た血は周囲の草木を枯らし、その土地を黒く染め始めていた。

大蛇は打ち倒され、モチヅキも見つかった。しかし、この村の住人たちのことを思うと暗澹たる気分になる。

ヒマワリは、キサラを庇うようにして身を寄せていたクロとアオに声をかけた。

「……生き残った人がいないか、探しに行こう。山の奥に逃げ込んでいるかもしれない」

可能性は少ないかもしれないが、それでも望みをかけたかった。

するとキサラが「あら」と声を上げた。

「この村に、人はいないわよ」

「え？」

あまりにきっぱりと言い切るので、ヒマワリは困惑した。

「どういう意味ですか、キサラ姫」

「あら、だって、私あなたたちが行ってしまった後、町からやってきた人に行き会ったの。この村で大変なことが起きていると伝えたらね、その人、ここは少し前に疫病が流行って廃村になったって言うのよ。だから私、おかしいわと思って、それで急いで追いかけてきたのよ」

キサラは胸を張る。

「廃村？　でも、あの女性は……」

「そうそう、彼女ね。気がついたら、姿が消えていたのよ。変でしょ？　だから私、クロ様になにかあったらと思ったら、いてもたってもいられなくて」

モチヅキは呆然として、「そんなはず……」と呻いた。

「だって、この村の人たちは、あの大蛇に喰われて……」

ふと、何かに気づいたように口を噤む。

「……いや。悲鳴が聞こえたんだ。助けを呼ぶ声も。それで急いで駆けつけたら、もう誰もいなくて……だから……そうだ、僕は……村人の姿を、一人もこの目で見ていない……」

　モチヅキは、自分の言葉に愕然としている。

「モチヅキ。さっき言っていた、頼まれたっていうのはどういうこと？」

　ぎくりとしたように、モチヅキは表情を硬くした。

「それは──」

　突如、クロがキサラを突き飛ばす。

　鋭い勢いを帯びた矢が、彼女の胸をめがけて飛んできたのだ。

　矢は外れて行き過ぎたが、突然生き物のようにくるりと反転した。そして再び、キサラめがけて襲い掛かる。キサラが悲鳴を上げた。

　魔法によって操られているに違いなかった。ヒマワリは杖を向け、ぎりぎりのところで矢を粉々に打ち砕く。

　ほっとしたのも束の間、暗い林の向こう側からもう一本の矢が現れ、音を立てて視界の端を横切っていくのが見えた。それは一直線に、モチヅキに吸い寄せられるように飛んでいく。

「モチヅキ！」

　心臓が跳ねるのを感じた。矢自体は魔法で造られたものではなく、物理的に存在している。魔法を無効化するモチヅキであっても、当たれば致命傷となってしまう。

　モチヅキの前に飛び込んだアオが、片手で矢を叩き落とす。キィン、と硬質な音とともに跳ね返り、そのまま地面に深く突き刺さった。

ヒマワリは身を翻しながら炎の渦を作り上げると、矢が放たれた方角へと向かって広範囲に放った。あの林の中に犯人がいるはずだ。逃げ道を塞ぐように絶え間なく業火を降らせていく。

煙が立ち昇る林から炙り出されるようにして人影がひとつ、高く空へと飛び出してきた。手には杖。魔法使いだ。

その顔を見て、ヒマワリははっとした。

キサラ一行の前に血まみれで現れた、あの若い女性だった。つまり、そう装っていただけの偽者だったのだ。

「彼女だ！」

モチヅキが指をさして声を上げた。

「彼女なんだ。僕に、あの封印を解いてほしいと言ったのは！　この山の神が悪い魔法にかかっていて、このままだと村が滅んでしまうって。だから封印を解く方法を探していて、僕が魔法を無効化することを知って、それで封印を解いてほしいって……！」

「――つまり、最初から全部罠だったのか？」

ヒマワリは冷ややかな殺気を纏わせ、己の杖を彼女に向けた。

「ずっとキサラ姫を狙っていたのに、お前か？　妖精の仕業に見せかけて彼女を眠らせたのも？」

女は無言のまま、杖を高くかざした。

地上から呼び寄せられるように、数えきれない黒い粒がひたひたと舞い上がってくる。それは大蛇の血だまりから吸い上げられるようにして浮かび上がった、無数の血の雫（しずく）だった。

――この血は毒だ。触れれば死ぬ。

バトラズの言葉を思い出し、ヒマワリははっとした。

「みんな下がって！」

恐ろしい死の雨が、ヒマワリたちに向かって一斉に降り注いだ。

ヒマワリは防御壁を張ろうと、すぐさま魔力を発動する。しかし全員を守るほどの大きさの壁を作り上げるには、わずかに間に合わない。

（まずい――）

その瞬間、どん、と大地を震わせるような音を立てて、視界を覆うほどの巨大な影が伸びあがった。突如現れたゴーレムが、その巨体を盾（たて）にして、ヒマワリたちを庇うように覆いかぶさったのだ。

「アオ……！」

本来の姿に戻ったアオの鋼鉄の背中に、大量の血が打ちつける音が響いた。

ヒマワリは急いで、防御壁を組み上げていく。その魔法の障壁でアオの本体すべてを包み込むと、慌てて彼に駆け寄った。

「アオ、大丈夫？　どこかに異常はない？」

青銅人形の鋼鉄の身体は、一般的な毒に害されることはない。けれど、アオの身体に使われている金属になんらかの影響――例えば腐食や錆び――を引き起こさないとも限らなかった。何しろ、未知の毒なのだ。竜の炎すらはねつける彼の身体でも、損傷を受ける可能性はゼロではない。

アオは「大丈夫です」と落ち着いた声で答えた。

「今のところ本体の構造や機能に変化は見られません。――とはいえ気持ちのいいものではないので、早々にお風呂に入りたいですね」

どす黒い毒の血にまみれながらもいつも通りのアオに、ヒマワリは安堵して思わず苦笑した。

一方、突然目の前に現れたゴーレムを見上げ、モチヅキは信じられない、というように呻いている。

「せ、青銅人形……？　嘘……本物？」

やがて血の雨は、ぷつりと降り止んだ。

ヒマワリはさらなる攻撃に用心しながら、しばらく身構えながら様子を窺った。どうやら相手はすでに逃げ去ったようで、その気配はもうどこにも感じられなかった。

壁を消し去りながら、ヒマワリは臍を噛む。

あの魔法使いの標的は恐らく、初めからキサラだったのだ。キサラを殺すために、モチヅキを利用して大蛇を蘇らせた。しかしそれが失敗し、なりふり構わず矢を射かけた。同時に用済みとなったモチヅキも、口封じに殺そうとしたのだろう。

（やっぱり誰かが、キサラ姫を狙っている）

ヒムカ国でこの結婚に反対している誰かがいるのでは、という予想は、そう的外れではないのかもしれない。その人物は魔法使いを使役できる立場にある、あるいはそもそもすべて、いずれかの魔法使いによる企てなのか――。

ヒマワリはキサラを振り返った。さすがに不憫に思ったし、形ばかりに請け負った護衛の任とはいえ、危険に晒してしまったことは事実だ。これほどあからさまに命を狙われ、さぞ怯えて震えているだろう。

と思ったのだが。

見れば彼女は、どさくさに紛れてクロに抱きついたまま、うっとりと彼の胸に頬を寄せている。

ヒマワリは、ひくりと口の端を歪ませた。

なんだったら、自分が彼女を始末してやろうか、と思った。

五　呪われた王子

キサラ姫が、もうすぐ王都へ辿り着く——その知らせを聞いたユメノは、不愉快そうに椅子から立ち上がった。

「宮廷魔法使いが、これほどに役立たずばかりとは思いませんでした」

苛立ちを滲ませたその低い声は決して強いものではなく、王族らしい威厳を兼ね備えた落ち着いた口調である。しかし、部屋の空気をぴりりと凍りつかせるには十分だった。

跪いている三人の魔法使いは、身を硬くしていた。

ヒムカ国には王に仕える宮廷魔法使いが、常時十人前後召し抱えられている。その長であるクヌギは髭を生やした五十過ぎの男で、主にユメノが直接指示を与えてきた人物だ。彼より一歩下がって、部下である魔法使い二人が小さくなって俯いている。

コツコツと足音を立てながらゆっくりとクヌギの前に移動すると、ユメノは手にしていた象牙の扇で、彼の顔を容赦なく打った。その音は、沈黙の続く室内に意外なほど大きく反響した。

「そもそも、彼女をこの国へ入れないようにと命じたはずです。時間はたっぷりとあったというのに、一体何度失敗したのかしら」

「——申し訳ございません」

クヌギは沈痛な面持ちで頭を垂れた。その頬には一筋の赤い線が浮かび、血が滲んでいる。しかしユメノは眉ひとつ動かさず、冷ややかに彼を見下ろした。

ユメノの異母弟であるアヤと隣国の王女との縁談が持ち上がったのは、魔法界における一大イベント、通称『魔法比べ』が終わったすぐ後のことだった。各国の王族や大使が現地で顔を合わせる中、アヤはイト国の国王に取り入り、首尾よく娘婿候補となって帰国したのだ。アヤから報告を受けた父王は、息子が自らもたらしたこの急な縁談に対し、いくらか慎重な様子だった。しかし重臣たちとの協議の末、イト国との間で使者や書簡のやり取りを重ね、やがて正式に二人の結婚が決定した。

自らを他国の王に直接売り込むなど、生まれが卑しいと品性も卑しい、と思う。

正妃の娘であるユメノとは異なり、アヤの母親は侍女上がりの妃で身分が低い。その母親もすでに亡くなっているため、アヤには力ある後ろ盾がなかった。本人もそれを自覚しているからこそ、イト国の王女を手に入れることで己の立場を固めようとしているのだ。

ユメノはアヤよりも二歳上だ。そして、正妃の産んだただ一人の娘である。順序からしても、その身分の高さからしても、彼女こそがいずれ父王の跡を継ぐのが順当だった。この国では、女王が即位した例もある。

しかし宮廷内では、ユメノよりもアヤを支持する者の声が、日増しに強まっているのだ。

(わたくしが――女だから)

ユメノはぎりりと唇を噛んだ。

母は王子を産みたいと心から願っていた。お前にはいつか弟ができるのよ、と幼いユメノに何度も語りながら、必ずそうなるはずと己に信じ込ませているようだった。

そんな思いとは裏腹に、ユメノが生まれて以降、父が母の寝室を訪れることはなかった。

二人の結婚は祖父である前国王の意向により決められたもので、父には母を想う気持ちなど最初からなかったのだろう。結婚当初こそ義務として夫の務めを果たしていたが、母がユメノを身籠ると、役目を果たしたとばかりに見向きもしなくなった。

「お前こそがこの国の女王となるべき人間なのよ。お前には誰より、その権利があるのだから……！」

やがて母は、ユメノの耳元にそう囁くようになった。

母の実家はこの国でも指折りの大貴族だ。彼らの支持があれば、ユメノが女王となることも不可能ではない。そしてユメノが正式に王太子となれば、父王の母への態度も必然的に変わるはずだ。

母はきっと、その時を待っている。彼の目に、もう一度はっきりと己が映る日を。

訪れる者のない部屋で毎日欠かさず化粧を施し、父が好きな色を身に着けている母の姿を思い返す。その背中を見る度、ユメノは彼女に託されたものを噛みしめてきた。

（わたくしこそが、この国の王よ）

血縁以外にも、ユメノを支持する者たちはいた。

例えば、目の前にいる魔法使いたちだ。

アヤは昔から魔法使いを毛嫌いしており、宮廷魔法使いたちとは距離を置いている。アヤが王位に就けば自分たちの立場が危うくなると危機感を抱いた彼らは、現国王同様に魔法使いを重用するユメノを推しているのである。

それでもなお、身分も低く年下のアヤが王位継承者として目されているのは、ただ彼が男であるからにほかならなかった。何故(なぜ)か多くの者にとって、その人物が王の器(うつわ)であるのかよりも、男であることのほうがよほど重要であるらしい。

アヤがイト国という後ろ盾を得れば、ユメノにとってさらに厄介(やっかい)な相手となる。キサラ姫との結婚は、なんとしてでも阻止しなくてはならなかった。

ユメノは、一人離れて影のように佇(たたず)んでいる男に声をかけた。

「陛下にとってのあなたのような存在が、わたくしも欲しいものだわ、オグリ」

東の魔法使いオグリは、恐縮するように頭を垂れた。

陰気な雰囲気の小男である。自分の腹心の魔法使いには、できれば若く美しい者を据えたい、とユメノは胸の内で思った。

「恐れ多いことにございます」

「あなたが宮廷魔法使いの筆頭であった頃、陛下は誰よりもあなたを信頼していたものね」

「陛下とは、長いお付き合いでございましたので」

オグリとヒムカ王セキレイが出会ったのは、まだセキレイが王子であった頃だという。

前王の第二王子であったセキレイは、本来であれば王位に就く立場ではなかった。王太子であった兄が、目障(めざわ)りな弟を殺そうと謀略を巡らせたりしなければ。

命を狙われ城を追われ、味方もなくたった一人放浪することになったセキレイは、窮(きゅう)地(ち)に陥(おちい)った。その放浪先で出会い、彼を助けたのがオグリである。

オグリは予知魔法を得意とする魔法使いだった。そして彼は、セキレイこそが未来のヒムカ王であると予言し、兄王子との戦いを傍で献身的に支えたのである。セキレイが兄を討ち、やがて王位に就いた後、オグリはその功績を認められ宮廷魔法使いとなった。以来、セキレイは彼を最も信頼し、その助言に重きを置いてきたのである。

「最初から、さっさとキサラ姫を殺してしまえばよかったのよ」

悩ましげに額に手を当てて、ユメノは嘆いた。

キサラがヒムカ国内で命を落とせば外交問題となる、と主張する魔法使いたちの言葉に耳を傾けたのが間違いだったのだ。

命は取らずに足止めし、駆け落ちに見せかけて失踪させる——そんな回りくどい方法を取った結果、計画は失敗に終わった。業を煮やして殺せと命じると、彼らは自己保身に走った。魔法使いが手を下したと露見しないよう小細工を弄して、山奥に封印されていた化け物を解き放ちキサラを襲わせようとしたらしい。けれど、これもまた失敗した。

このままクヌギに任せていても、埒が明かない。そう見切りをつけ、ユメノはオグリに助言を求めようとこの場に呼び寄せていた。

「聞けば、いずれも随分とお粗末な計画だな、クヌギ。ユメノ様が私をわざわざお呼びになるわけだ」

オグリは聞こえよがしにため息をついた。

「そもそも大蛇の封印を解いたとて、姫が自ら危うい場所に近づく可能性など限りなく低かったであろうに。此度（こたび）は偶然に助けられたようだが、目論見（もくろみ）が杜撰（ずさん）すぎるのではないか」

クヌギはむっとした。

「もちろん、それは想定していました。大蛇を麓（ふもと）へおびき寄せるか、あるいは姫一行の命を奪ってから大蛇のもとへ運び、すべては化け物の仕業だと偽装する予定だったのです。ただ、あの魔法使いが突然護衛に加わったので計画を変更し、まずは姫から引き離そうと……」

「いずれにしろ、失敗しては元も子もない。そもそも、あのモチヅキという男のこと、見つけたのなら何故私にすぐ報告しなかった」

「それは、すべて片（かた）がついてからと思い……」

「見つけ次第、私のもとへ連れてこいと命じたはずだ」

ユメノはその聞き覚えのない名に、内心密かに首を傾（かし）げた。もしかしたらクヌギの報告の中に出てきたかもしれないが、どうでもよいことは聞き流してしまっている。けれど、オグリがこれほどこだわるのなら、重要な人物なのだろうか。

「モチヅキというのは、何者なの？」

「魔法使いの家系に生まれながら、魔法を使う力を持たずに生まれてきた男でございます」

「魔法が使えない？　そんな者を探してどうするの」

「私はかねてより、ある魔法使いを探しておるのでございます。それはユメノ様の未来にも関わる危険な人物です。モチヅキがその者と接触する未来が視（み）えたため、手がかりとしてこちらの手の内に収めておくつもりでした。――それを、お前たちの程度の低い企てに勝手に使いおって！」

オグリに叱責され、クヌギは悔しそうに顔を歪ませた。

この男は、オグリが四大魔法使いとなった後に宮廷魔法使いの長の座に就いた。ところが、王はいまだにオグリを頼りにしており、相談事も宮廷魔法使いにではなく、赤銅の峯に持ち掛ける。それがクヌギの自尊心を傷つけ、王に対する失望を深める原因となっていた。こうしてユメノに近づいたのも、彼女を王位に就けて己の影響力を高めるためだ。

恐らくそのモチヅキとやらについても、意図的に報告しなかったのだろう。彼はオグリを出し抜こうと、常に隙を窺っているのだから。

「結果的に目的は果たせた。だがクヌギ、そなたの命令違反については厳しく――」

「ああ、もう、そんなことはどうでもいいわ！」

ユメノは苛立たしげに、魔法使いたちの会話を遮った。

「一体、どうするつもりなの？　このままでは予定通り、アヤとキサラ姫が結婚してしまう。そうなれば、重臣たちの多くはアヤを後継者として推すわ。わたくしも、そしてお前たちも、この国に居場所を失うことになるのよ！」

扇を握る手がわなわなと震えた。

「城へ入る前になんとしてでも、彼女を殺して」

「恐れながら、それは難しいかと」

　クヌギの後ろに控えていた若い女の魔法使いが、恐る恐る口を開いた。

「キサラ姫の傍に従っている魔法使いが、相当に腕が立つのです。まだ年若い少年ですが、生半な方法ではうまくいかないでしょう」

「宮廷魔法使いは、優秀な人材が集まっているのかと思っていたわ。それだけ雁首を揃えて、たった一人の魔法使いに敵わないというの？　どうやら、お前たちへの報酬は高すぎるようね」

　クヌギが、心外だという顔で声を上げる。

「もちろん、我々全員が全力でかかれば、抑え込むことは可能でしょう。ですがそれでは、こちらの正体を晒すことになります」

　クヌギはちらちらとオグリの様子を窺いながら、自分の意見を通そうと必死に熱弁を振るった。

「我らが動いたとなれば、その背後にユメノ様の存在があることを嗅ぎつける者が出てくるでしょう。そのような事態は避けなければなりません。なにより、陛下のお膝元であるこの王都でキサラ姫が命を落としたとなれば、イト国は声高に我が国を非難し賠償を求めてくるはずです。あるいは戦に発展するかもしれません。今後ユメノ様が王位に就かれるためにも、慎重な対応が必要です」

「ではどうするの。このまま黙って、結婚式を眺めていろと!?」

「――殺せないのであれば、逆に駒としてはいかがでしょう」

そう言ったのはオグリだった。

「駒？」

「キサラ姫です。彼女を殺すのは難しい。それならば……彼女に、殺、させればよいのでは？」

「殺させる？　誰を……」

「ユメノ様にとって本当に排除すべき御方は、キサラ姫ではございません。そうでございましょう？」

ユメノの瞳が、冴え冴えとした暗い光を帯びた。

「つまり、それは……」

「キサラ姫は、アヤ殿下の最もお傍近くに侍ることになります。彼女ならば、よい駒となりましょう」

ユメノはオグリの意図を理解した。

どうやら自分は、キサラを邪魔に思うあまり彼女をなんとかせねばという考えに憑りつかれ、すっかり近視眼的になっていたらしい。

（そうよ。わたくしの敵は、キサラ姫ではない）

アヤがこの世からいなくなれば、と考えたことは一度や二度ではない。

食事に毒を盛れば、あるいは狩りの最中に事故を装って――と、具体的に夢想したことは幾度もある。けれどそれはいつも、苛立ちを紛らわせるための気休めにすぎなかった。

実際に彼に手を下そうとしたことはない。

ただしその理由は、血の繋がった弟への情などではなかった。

アヤに何かあれば、真っ先に疑いの目が向けられるのは確実にユメノである。証拠はなくとも、宮廷で噂しない者はないであろうし、それは確固たる事実として密やかに語り継がれるに違いなかった。そうしてユメノの名誉に傷がつけば、母はどれほど嘆くだろう。なにより、あんな身分の低い異母弟を、高貴なるユメノが脅威として認めたなどと思われるのは、彼女の矜持が許さなかった。

ユメノが女王となるならば、それはほかに候補者がいなかったからではない。誰よりもユメノこそが、この国の君主にふさわしいからであるべきだ。

だからこそアヤには、死よりも屈辱と敗北を与えたかった。堂々と彼に勝利し、その地位を得たかった。

けれど、このままアヤがキサラ姫と結婚するのを黙って見ているわけにはいかない。もはや、手段を選んでいる場合ではなかった。

ユメノはごくりと喉を鳴らし、身を乗り出してオグリに問いかける。

「でも……どうやって？」

「キサラ姫は、このご結婚に納得していないご様子。なんでも、ほかに心を寄せる殿方がいるのだとか。そのお気持ちを、上手く煽ってやればよろしい。下手人が他国の姫君となれば、事がユメノ様に波及することもありません。あくまであの姫が恋に狂い、衝動的に行ったことにすればよいのです」

オグリが軽く顎をしゃくると、女の魔法使いがおずおずと懐から小さな茶色の瓶を取り出した。中には何か、黒い液体のようなものが入っている。

「こちらは、先だって封印を解いた大蛇の血でございます」

ユメノは思わず身を引いて、扇で口元を覆った。

「汚らわしい。何故そのようなものを見せるの」

「これは強力な毒でございます。いくつかの生き物に試してみましたところ、その身に触れただけで数時間後には死に至りました。口にせずとも、皮膚接触によって命を絶つ猛毒でございます」

その説明に、ユメノは前のめりになる。

「つまりそれを……アヤに？」

「アヤ殿下も、自らの後ろ盾として迎え入れた婚約者を無下にすることはありますまい。アヤ殿下に近づき、彼の身に着けるものに一塗りするだけでよいのです。その程度のことであれば、キサラ姫にも簡単なことでございましょう」

「けれど、もし失敗したら――」

「万が一失敗し露見したとして、下手人が己の婚約者であり、イト国の後ろ盾を得るための道具となれば、アヤ殿下も事を公になさらないはずです。恐らく内々に処理して、なかったことにするでしょう。それが最も、己の利となることですから。そういったことには敏い御方です」

ユメノは恐る恐る、その瓶を手に取った。

確かに、こそこそと陰で毒を盛るよりも、キサラ姫であればアヤのすぐ傍で確実に事を成せる可能性が高い。何よりアヤは、彼女を疑ったりはしないだろう。邪魔な余所者に邪魔な身内を殺させる——それは合理的で、己の手を汚さずに事を成す最適な方法に思えた。

同時に、それが自分にとって、そしてヒムカにとっていかほどの利益となるかも計算する。イト国の姫がヒムカの王子を殺害したとなれば、イト国王に対して強い立場で責任を問うことができる。今後ヒムカは、あらゆる交渉を優位に進めることができるだろう。

「人を動かす時、最も重要なのは、動機があることとです。金を積むよりも、脅すよりも、その者にとって真実その相手が邪魔な存在であり、殺すことで利があることが大切なのですよ。そうであればこそ、自ら進んで事を成し遂げてくれます。その点、キサラ姫はうってつけの御方です」

得意そうにそう語るオグリは、実際そうして誰かの命を奪ってきたのかもしれなかった。けれど、ユメノにとって彼の罪などどうでもいいことだ。

「けれど、キサラ姫の傍にいるその魔法使いというのは？　こちらの動きに気づかれはしない？」

「その魔法使いは、王都へ入ったところで殺します」

「オグリ様。先ほども申し上げましたが、あまり目立ったことをすれば——」

口を挟むクヌギに対し、オグリはどうということはない、というように軽く手を振った。

「ユメノ様。むしろ此度は公に兵を動員し、宮廷魔法使い総がかりで事に当たるべきです。その魔法使いを消せば、ユメノ様の立場はより強固なものとなりましょう」

「？　どういうこと？　邪魔な魔法使いを排除するだけでしょう」

オグリは首を横に振った。

「いいえ、ユメノ様。実はその魔法使いこそが、私がかねてより探していた者。かつて陛下が死を命じ、そして取り逃がした罪人なのです」

その意外な答えに、ユメノは微かに眉をひそめた。

父王は魔法使いを重用している。そんな彼が死を命じるとは、果たしてどれほどの罪を犯したのだろうか。

「陛下が？　その魔法使いは、一体何をしたの？」

するとオグリは、口にするのも厭わしいというように、低く声を潜ませた。

「あの者は破滅を呼ぶ、呪われた王子――あなた様の、もう一人の弟君でございます」

街道の先にヒムカ国の王都が姿を現しても、モチヅキはひどく打ち沈んだ様子で、ヒマワリと目を合わせようとはしなかった。キサラの乗る馬車を取り囲むように進む一行の中で、できる限り距離を置こうと、後方を行くヒマワリとは逆に先頭集団に交ざっている。

その後ろ姿を遠目に眺めながら、ヒマワリは小さくため息をついた。

新たな襲撃を警戒しながらも、一行は王都まであと一息というところまで無事に辿り着くことができた。それ自体は喜ばしいことだ。

けれどヒマワリとしては、非常に不本意であった。

モチヅキは見つかった。これ以上、キサラの護衛を続ける必要などない。

ところが、である。

当のモチヅキが、キサラを王都まで護衛すると頑強に主張したのだ。

「あんなことがあったのに、このまま行かせるなんてできるわけないじゃないか！　キサラ姫は命を狙われてるんだよ!?　それに今回のことは、僕が口車に乗せられて封印を解いたせいで、彼女を危険な目に遭わせてしまったんだ。僕には、彼女を守る責任がある！」

そう言って、勢い込んでキサラに向き合った。

「キサラ姫、どうかご安心ください。僕が必ず、姫をお守りしますから！」

「ありがとうモチヅキ。心強いわ」

当のキサラは自分の置かれた状況をわかっているのかいないのか、にこにこと頷いている。そして気軽な調子で、

「お願いね？」

とモチヅキの手をきゅっと握った。

途端に、モチヅキの顔は真っ赤に染まり、身体は氷漬けの魔法をかけられたように硬直してしまった。

「うっ……あぅっ、ふぁいっ……！」

モチヅキお前もか、とヒマワリは心の中で吐き捨てた。

「モチヅキさんは、キサラさんとお知り合いだったんですね？」

アオが尋ねる。

モチヅキはアオに対し、少しだけ緊張した面持ちを浮かべた。アオの正体が青銅人形であることを知って以来、ずっとこんな調子だ。決して口外しないと約束してくれたし、怖がっているとか嫌悪しているとかではなく、むしろ伝説の存在に出会えてひどく感激しているらしい。

同じくアオの正体を知ったキサラには、念のためクロから呪いをかけてもらった。口外すれば彼女の命はないが、キサラは嬉しそうに、「クロ様が言うな仰るなら、もちろん死んでも言いませんわ。うふふ、二人だけのひ、み、つ、ですわね？」と宣った。ほかの者の存在は忘れ去られているらしい。

「はい。僕、しばらくイト国にいたので」

「おい、そこだよそこ！　お前この二年、何してたんだよ!?」

「そうだよモチヅキ。僕らずっと探してたんだよ。家には妹さんしかいなくて……」

ヒマワリはこれまでの経緯を、簡単に説明した。リマ家を訪ねたら、モチヅキとモロボシが行方不明になっていると知ったこと。モチヅキの父は亡くなり、母も家を出て、一人になってしまったウキハを西の魔法使いに預けたこと。そして、行方不明になっていた調査船を見つけたこと。

ただし、何故モチヅキを探していたのか、その理由についてはひとまず伏せた。この話は、不用意に口には出せない。

モチヅキは己の家族の状況を知り、ショックを受けているようだった。そうして、恐る恐るというように尋ねる。

「あの……兄さんは？　僕の兄さんも、調査船に乗っていたはず……」

「モロボシは生きてるよ」

「兄さんに会ったの？」

モチヅキはさっと青ざめた。

「うん。モチヅキを海に落としたって、自白したよ」

「……そう」

モチヅキは暗い表情で俯いた。

「終島(はてじま)から家に帰ってから、僕の扱いはすっかり変わったんだ。両親は僕が大魔法使いの弟子になったって大喜びで、あちこちで自慢するようになって、だからもう前みたいに病気のふりして隠れて暮らしたりすることはなくなった。僕もシロガネ先生の弟子になるのが楽しみで……今思えば、浮かれてたと思う。あんなふうに大事にされて、家族の一員として扱われたのは初めてだったから、嬉しくて。でもそれが、兄さんは気に入らなかったんだと思う。あの調査団に加わることが決まって、僕は兄さんと肩を並べられるのが心底嬉しかったんだ。でも、兄さんは違った。あの夜……」

モチヅキはぎゅっと拳を握りしめた。

「兄さんは怒ってた。僕は相変わらず、魔法が使えない。それなのにどうして、お前が大魔法使いの弟子なんだ、おかしい、自分のほうがふさわしい、って……」

大きく息を吐き出す。

「気づいたら海に真っ逆さまだよ。大魔法使いの弟子なら魔法を使って自力で上がってこい——兄さんがそう言ったのが聞こえたけど、僕はやっぱり魔法が使えないから。それで、そのままひたすら流されたんだ。海で遭難した時に助かる方法を、昔おばあちゃんに教えてもらったの思い出してさ。無理に泳ごうとしないで、とにかく力を抜いて仰向けに浮いてろって」

アオが唸った。

「さすがモチヅキさんのおばあ様です。素晴らしいお知恵ですね。以前教えていただいたおばあ様直伝の茶渋を綺麗に取る方法、今も活用させていただいてますよ」

「本当ですか？　おばあちゃんも喜ぶだろうな」

「それで？　そのまま陸まで流れ着いた、とか言わないよな」

知恵袋の話は遮り、クロが話を急かす。

「まさか。流されるままになっていたら海賊船が通りかかって、それで引き上げてもらったんです」

「海賊船？　ひどい目に遭わなかった？」

「それがさ、びっくりなんだよ！　その海賊船、昔終島に行った時に僕を乗せてくれた、あの船だったんだ！　みんなすごく懐かしがって歓迎してくれて！　こんなことってあるんだなぁって！」

「それは……すごいな」

ヒマワリは本気で感心した。モチヅキはなんだかんだ、妙に運を呼び寄せるところがあるのかもしれない。

「それからしばらく彼らの船に乗せてもらって、適当な港で下ろしてもらったんだ。けど、もう家には帰れないと思って……」

腕を組んで話を聞いていたクロが、肩を竦めた。

「だろうな。帰れば、自分を殺そうとした兄貴と顔を合わせることになる。まぁ実際には海の上で石になってたから、そんな心配はなかったけどな」

「それを知っていたとしても、帰れないですよ。改めて気づいたんです。魔法が使えない僕のことを、兄や妹がずっと疎ましく思っていることは知ってました。でも、あんなふうに……殺意を持たれるほどだなんて思っていなかった。僕は結果的に元気に生きているし、兄を告発するつもりなんてなかったけれど、もう以前のように一緒に暮らすのは無理だと思ったんです。向こうも、それを望まないでしょう。それで王都から離れようと思って、結果的に隣のイト国へ」

「ご苦労されたんですね。モチヅキさん、すっかり様子が変わっていて驚きましたよ。とっても逞しくなられましたよね。それに、眼鏡がありません」

アオはしげしげとモチヅキを上から下まで眺める。少し恥ずかしそうに、モチヅキは笑って頭を掻いた。

「目は、もともとそこまで悪いわけじゃなかったので。いつも家に閉じこもって本ばかり読んでいたから、近くのものを見る時は眼鏡があったほうがよかったんですけど、今はあまり必要ないから」

「本を読まなくなったんですか？」

「兄との一件で、身に染みたんです。魔法が使えない僕は、ひどく弱い存在だって。だから、どうにかして強くなりたいと思って。魔法が無理なら、身体を鍛えるしかないでしょう？　それでイト国で最強と名高い剣士に頼み込んで、弟子入りさせてもらったんです。それからは、ずっと修業に明け暮れていました。身体を動かしていると、眼鏡はむしろ邪魔ですから」

ヒマワリたちは、ん？　と一瞬止まった。

「イト国の……最強の剣士？」

「うん。タケチ様という方でさ、本当にお強いんだよ！」

「…………」

「どうしたの？」

顔を見合わせる三人に対し、モチヅキは不思議そうにしている。

ヒマワリは低く呻き、思わず頭を抱えた。

「最初の最初に、最大の手掛かりが懐に飛び込んできてたなんて……」

「え？」

「ううん、気にしないで……。ええと、それで、イト国にいたんだよね？　じゃあそこで、あの封印を解いてほしいと依頼されたってこと？」

「ああ、それはその、ちょっと違くて……」

ちらりとキサラのほうに視線を向ける。彼女はすでに離れた場所で侍女と話し込んでいたが、モチヅキはその姿をうっとりするように見つめた。

「──運命の恋に、落ちたんだ」

瞳を潤ませ、蕩けたような笑みを浮かべる。

重症だ。

「タケチ様が王宮へ呼び出されたことがあってね、僕もお供したんだ。そこで彼女に出会って、すべてが変わったよ。一国の王女と僕じゃ釣り合わないのはもちろんわかってたけど、恋する気持ちに抗うことなんてできっこない。そうだろう？　僕のことをよく知ってほしくて、こっそり修業を抜け出しては何度も彼女に会いに行ったんだ。それで、タケチ様には破門を言い渡されたよ……」

「だろうね」

「それで吹っ切れて、キサラ姫にはっきりと僕の想いを伝えたんだ。彼女は嬉しいと言ってくれた。でも、応えられないって。覚悟はしていたけど、辛くて……」

思い出しているのか、世界の終わりのような沈痛な面持ちで項垂れる。

「彼女の傍にいるのが辛すぎて、着の身着のまま旅に出たんだ。そのうち、気づいたら足が勝手に故郷に向かってた。実家には帰れないけど、遠くから様子を見るだけでも、って……そうしたら、国境のあたりで声をかけてきた女性がいたんだ」

「それが、例の魔法使い？」

「うん。僕が魔法を使えないことは、兄さんから聞いたって言われた。今思えば、ほいほいついていくなんて本当に軽率だったよ。ただ、人から頼られるなんて初めてだったからさ……あなたにしかできないことだ、あなたの力が必要だ、なんて言われて舞い上がっちゃったんだ……。本当に馬鹿だなぁ、僕」

「モチヅキのこと、頼りにする人はちゃんといるよ」

ヒマワリは言った。

「ウキハは、モチヅキの帰りを待ってる」

モチヅキは情けなさそうに笑った。

「ええ？　本当に？　いつも僕のこと、ゴミを見るみたいに蔑んでたんだけど……」

「家族がみんないなくなって、本当に心細そうだったよ」

「ウキハが……そっか……可哀相なことをしたな。早く帰ってあげればよかった」

モチヅキはふと、首を傾げた。

「ところで、ヒマワリたちはどうして僕を探してたの？　もしかして……シロガネ先生が帰ってきたの⁉　それで僕を、ついに弟子に⁉」

期待に目を輝かせるモチヅキに、ヒマワリは少し後ろめたい思いで否定した。

「違うんだ。モチヅキ。探していたのは……つまり僕も君に、頼みがあるからなんだよ」

「頼み？」

「うん。――君にしか、できないことなんだ」

そうしてヒマワリは魔女について、そして暁祭の真実を語った。

永遠に生き続ける魔女、彼女を生かし続けるために捧げられる依り代、この世の魔法がすべてその残酷な仕組みによって存在していること、そしてまさに自分が依り代として差し出されそうになり、危うくこれを逃れたこと。

もちろん、自身がシロガネの生まれ変わりであり、現在依り代となっているのがかつての親友マホロであることまでは口にしなかった。その事実はいまだ、クロやアオにすら話していない。

ヒマワリがその長い話を語り終えると、モチヅキは蒼白な顔で黙り込んだ。

ショックを受けて当然だったので、ヒマワリはできる限り優しく声をかける。

「君の力が必要なんだ、モチヅキ」

困惑の色を浮かべるモチヅキの瞳が、ぼんやりとヒマワリの姿を映す。

「君の魔法を無効化する能力は、魔女に対抗しうる大きな力だ。一緒に来てほしい」

「一緒にって……どこへ……？」

「魔女のもとへ。彼女をこの世から消し去るんだ。これ以上の被害者を生み出さないためにも」

「消し去る、って……」

モチヅキは頭を抱えた。

「え？　だって、その魔女がいなくなったら……魔法はどうなるの？」

「何が起きるのか、実際には誰にもわからない。扉の向こうから流れ込む魔力が、この世界に無秩序になだれ込んでしまうのかも。そうならないよう、開いた扉を閉める必要がある。そして魔法を媒介する魔女がいなくなれば、魔法使いはもう魔力を操れない。この世から、すべての魔法が消えることになる」

改めて言葉にすると、ヒマワリはその事の大きさを改めて感じた。しかし、引き返すことはできない。

約束したのだ。マホロを救い出すと。

「魔女に対抗する方法を、ずっと探してきた。魔法を無効化する非魔法使い――君こそが最後の希望なんだ、モチヅキ。君なら魔女を止められる。そして、開けてはならなかった扉を閉ざすことができるはず。お願いだ、力を貸してほしい」

モチヅキは混乱しているのか視線を激しく彷徨わせ、息苦しそうに浅い呼吸を繰り返した。

「……どうして」

震える声で呟（つぶや）く。

「ヒマワリは、僕の気持ちを、わかってくれてると思ってたのに……」

「え？」

「どうしてそんなことが、言えるの……」

様子がおかしかった。

ヒマワリは心配になって、彼の肩に手をかける。

「モチヅキ……？」

その手を容赦なく撥（は）ね退（の）けられ、ヒマワリはたじろいだ。

顔を上げたモチヅキの表情は、怒りと失望に満ちていた。その瞳には、涙が浮かんでいる。

「僕は！　魔法使いになりたい――魔法が、使えるようになりたいって、ずっとそう思ってきたんだ！　できる限りの修業もしたし、誰よりも勉強だってしてた！　みんなが軽々と魔法を操るその姿を、羨（うらや）ましく恨めしく横目に見ながらね！　この世で僕ほど……この僕ほど、魔法を渇望する人間はいない！　そうだろう？　なのに……その僕に！　君は、この世から、魔法を消し去れっていうのか!?」

これほど感情的に声を荒らげるモチヅキを見るのは、初めてだった。

ヒマワリは呆然とし、かける言葉を見失ってしまった。

魔法をこの世から消し去る——この大それた計画に、簡単に首を縦に振ってくれるとは思っていなかったけれど、それでも、こんなにも激しい拒絶が返ってくるとは思っていなかったのだ。

それきり、モチヅキはヒマワリを避け続けた。そうして一切口をきくこともないまま、一行は王都へと辿り着いたのである。

モチヅキの言うことは、理解できた。

危険を冒してまでたった一人終島へやってきた、彼の姿を思い出す。魔法は彼が憧れ続け、求め続けたものだ。魔法を得るためならば、彼はどんなことだってしただろう。

その魔法を、ヒマワリは、モチヅキなら、と思っていたのだった。

けれどヒマワリは永遠に消し去ろうと言っているのだ。

彼ならば、それでも助けてくれるのではないか。モチヅキは優しいから。彼ならきっと、あんな惨い仕組みで成り立つ魔法をよしとしないと、信じていたから——。

（都合のよすぎる期待だったかな……）

ヒムカ国の王都を囲む城壁が、もう間近に迫っていた。

話しかける隙も与えられぬまま、ここまで来てしまった。

キサラを城まで無事送り届ければ、モチヅキも気が済むだろう。そうしたら、もう一度説得を試みるしかない。

最悪の場合、キサラにモチヅキを説得してもらうことも最終手段として考えていた。クロが彼女に口添えを頼めばきっと聞き入れてくれるだろうし、モチヅキも彼女の言葉なら耳を貸すかもしれない——とても癪だが。その場合、キサラが代償としてクロに何がしかの要求をしてきたらどうしようか、と考える。

（言いそう。代わりに一緒に逃げて、とか。それが無理ならせめて思い出が欲しい、とか……）

うっかり想像してしまい、恐ろしく苦いものを口にしたように顔を歪めるヒマワリに、アオが不思議そうに尋ねた。

「ヒマワリさん、お腹でも痛いんですか？」

「すこぶる元気だよ」

そのどすの利いた声に、アオは真意を図りかねて困惑しているようだった。

城門の前には、ずらりと整列する兵の群れが待ち構えていた。キサラを出迎えるために配置されているのだろう、一行に向かって整然と敬礼する。

「ようこそヒムカへ、キサラ姫。陛下が城にてお待ちでございます」

騎乗した指揮官が挨拶し、数名の兵士とともに一行を城壁の内へと先導する。残りの兵士たちは門の両脇に展開してその身を壁とするように、直立して花嫁の馬車を見送った。

ところが、キサラが門を通過し終えた途端、見計らったように突如兵士たちが動いた。雪崩を打ったように門の前に移動すると完全に入り口を封鎖し、一斉に音を立てて腰に佩いた剣を抜く。その切っ先は、一行の最後尾についていたヒマワリに向けられていた。

クロとアオがその不穏な空気に反応し、ヒマワリを庇(かば)うように前に立ちふさがった。

馬車に続いて門を潜っていたモチヅキが、驚いてこちらを振り返る。キサラが慌(あわ)てて馬車を止めさせ、窓から顔を出して叫んだ。

「何事なの!? 私の……イト国の護衛に、無礼な真似は許しませんよ!」

しかし彼女の声に、耳を貸そうとする者はいない。

居並ぶ兵士たちの壁が割れたと思うと、その間からもったいぶったように、ゆっくりと人影が現れた。全部で九人。いずれも、杖を手にした魔法使いだ。

髭を生やした魔法使いが、ヒマワリに杖を向けた。

「西の魔法使いの弟子、ヒマワリだな」

「……あなたたちは?」

「我らはヒムカ国にて、宮廷魔法使いを拝命している」

ヒマワリは注意深く彼らを観察した。皆、何かあればすぐにこちらを攻撃できるよう身構えている。

「なるほど。それで、これはどういうことでしょうか?」

「陛下より、そなたを捕らえ処刑せよとの命令が下された」

「罪状は?」

「反逆罪だ」

ヒマワリは困惑した。これは一体、どういう罠なのだろう。

「残念ながら反逆を企てるほど、こちらの国に興味ありませんが」

「ヒマワリ、とは偽りの名であろう」

ヒマワリは微かに、眉を揺らす。

「本来の名はスバル——そうだな？」

ヒマワリは完全に意表を突かれた。一体何故、その名前をこの男が知っているのだ。

クロが男の言葉を遮るように、「やめろ！」と叫んだ。

「殺せ！　この国を滅ぼすと予言された呪われた王子だ！　決して逃がすな！」

魔法使いたちが、一斉にヒマワリを取り囲む。

ヒマワリは、胸の鼓動が高まるのを感じた。

終島へ辿り着く前の記憶が、脳裏をよぎる。

誰かに追われていた。母と一緒に。

（予言……？　呪われた王子……？）

九本の杖から魔法の輝きが溢れ出す。それらは過たず、ヒマワリただ一人を狙い定めていた。どれかひとつでもまともに受ければ、一瞬で命が断たれるであろう強力な攻撃魔法。

動揺していたヒマワリは、反応が遅れた。すぐに杖を取り出し、防御魔法を展開すべきだった。クコとアオを守らなければ　　。

そう思った時、目の前に立つ二人の姿が、蜃気楼のように大きく揺らぐのを感じた。クロは黒竜に、アオはゴーレムに、その身を変化させようとしているのだ。

「だめだ！　クロ！　アオ！」

こんな衆目の前で、二人の正体を晒すわけにはいかない。

ヒマワリは両手を伸ばして、二人に飛びついた。

一瞬にして熱せられたかのように、眩い光を幾重にも放ち、三人の姿が輝く。

次の瞬間、前後左右から叩きつけられた魔法の衝撃が彼らを覆い尽くし、弾けるような音と風が四方に飛び散った。

土煙が舞い上がり、視界が遮られる。

兵士たちは爆風に顔を覆い、魔法使いたちは目を凝らして、煙の向こうに倒れ伏す罪人の姿を探した。

しかし、やがて彼らの視界が開けた時、三人の姿は完全に消え去っていたのだった。


アーチが幾重にも続く長い石の回廊を、アヤは険しい表情で足早に進んでいった。

目的の部屋に辿り着くと、ノックもせずに扉を無遠慮に開いた。

椅子にかけて向かい合っていた二人の人物が、こちらを振り返る。一人は、異母姉であるユメノ。そしてもう一人は、かつてこの国の宮廷魔法使いであったオグリ——東の魔法使いである。

ユメノは、アヤに対しうっすらと笑みを浮かべた。

この姉とは犬猿の仲だ。普段からほとんど会話を交わすこともないし、時折公の場で顔を合わせれば嫌味で陰湿な言葉をかけられるだけだから、できるだけ相手にしないようにしている。けれど、今はそれどころではなかった。

「どうしたの、アヤ。あなたの花嫁が到着したというのに、出迎えもせずにこんなところで何を――」

「あの者が、現れたと聞きました」

姉の言葉を遮るように、アヤは強い口調で言った。

「誰のこと?」

「――『呪われた王子』です」

言葉に出すのも汚らわしい、というように吐き捨てる。

魔法比べで出会った魔法使い。父と同じ、その金の髪。彼がアヤの異母弟であり、おぞましい予言を受けた破滅をもたらす存在であると知り、アヤは自らの手で彼を消そうとした。将軍イチイに命じた襲撃はことごとく失敗に終わったが、オグリの助言を受けてあの少年を油断させ、捕らえることには成功した。今思えば、あの時すぐに殺しておけばよかったのだ。

だがオグリは、もっと良い方法があると囁き、彼をどこかへと連れ去っていった。

そして、オグリは失敗した。詳しいことは何もアヤには語ろうとしなかったが、彼に逃げられたのだということだけは確かだった。

　今度こそあの忌まわしい魔法使いの息の根をこの手で止め、その首を父王に捧げてみせる――そう心に誓い、密かに彼の捜索を続けさせていた。しかし手掛かりはなく、行き詰まりを感じたアヤは、別の方策を模索していたところだった。

　そこへ、彼が王都に現れたという驚きの知らせが入ったのだ。しかもそれをいち早く察知したのはユメノであり、彼女の指示によって兵と宮廷魔法使いが動員されたという。

「ええ、そうよ。オグリが知らせてくれたの。王都へ入る前に対処できて、何よりだったわ。さすがは四大魔法使いね」

　オグリが恭しく頭を垂れる。

　アヤは苛立って、オグリを睨みつけた。何故自分ではなくユメノに知らせたのか、と怒鳴りつけたいのを堪える。

「姉上の独断で、兵を動かしたと聞きましたが」

「ええ」

「まずは陛下に報告し、そのご判断を仰ぐべきでしょう」

「そんな余裕はなかったのよ。あの者は、もうすぐにでもこの王都に足を踏み入れようとしていたのよ。急いで対処しなくては危険だったわ。ヒムカが滅ぼされるのを、黙って見ていろというの?」

　嘘だ、とアヤは心の中で罵った。ユメノは自分の手柄にしたくて、あえて報告せずに行動したのだ。

「なるほど。ですが……聞けば、結局その者を取り逃がしたとか」

アヤは蔑むような笑みを浮かべる。

平静を装いながらも、ユメノの眉がわずかに揺れるのを見逃さなかった。

「それほど勝手な真似をした上に、肝心（かんじん）の罪人を捕らえられなかったとは。陛下は一体、どう思われるでしょうね」

「破滅の予言を持つ者の力は、どうやらわたくしたちの想像を超えているようです。恐ろしいことにね」

あくまで涼しい顔を作って、ユメノは扇を開き揺らめかせる。

「行方を追わせているから、そのうちに炙（あぶ）り出せるでしょう。それと、西の魔法使いを召喚するよう魔法の塔に要求します。あの者の師だそうだから、逃げ込んでいる可能性があるわ。オグリ、あなたからも掛け合ってちょうだい」

「かしこまりました」

「そもそも、何故オグリがここにいるのです。もう、我が国の宮廷魔法使いではないというのに」

「確かに私はもう、ヒムカの宮廷魔法使いではございません。ですが、長年陛下にお仕えした身。この国に関する恐ろしい未来が見えたため、僭越（せんえつ）ながら警告を、と思い参りました」

「それならばまず何よりも、陛下に申し上げるべきではないのか？　姉上ではなく」

アヤの主張は無視して、ユメノは椅子からゆっくりと立ち上がった。

「さぁ、わたくしはこれから、陛下にご報告に行かなくては。状況を知らせろとせっつかれているのよ。ああ、そうだわ。こういう状況だから、本日予定していたキサラ姫と陛下の謁見(えっけん)は中止にするとの仰せよ。また後日改めて挨拶の場を設ける、と」

「……！」

アヤは拳を握りしめた。

父王との謁見は、アヤの妃となるキサラ姫のお披露目を兼ねた場となるはずだった。アヤとイト国の結びつきを宮廷内に喧伝(けんでん)するため、そして何より王が自ら彼女を歓迎すれば、彼がアヤを重んじているのだと示すことになる。それが中止となれば、逆にアヤのこともイト国のことも軽視していると言われているようなものだ。

「アヤ。あなた、いつまで花嫁を放っておくつもり？　彼女をないがしろにすることは、イト国を軽んじるということ。隣国との友好関係を保つことも、王子としての務めですよ」

アヤはそれ以上何も言わず、勢いよく踵(きびす)を返した。

悔しいがユメノの言う通り、キサラ姫をなおざりにすることはできなかった。己の後ろ盾を得るために選んだ結婚相手である。

キサラ姫と直接会ったことはない。噂によれば美しい姫だというが、どうでもいいことだった。アヤが妻にしたいのはイト国の王女であって、不美人であろうが構わない。自分の立場を有利にしてくれる手駒でさえあってくれれば、容姿や性格に難があろうとも問題ではない。

謁見が中止となり、キサラ姫は用意された部屋で休んでいるという。アヤが己の来訪を伝えるよう命じて扉の前で待っていると、侍女が申し訳なさそうな表情を浮かべて戻ってきた。

「申し訳ございません、殿下。姫は大層お疲れで、横になっておられます。先ほどの騒ぎもあり動揺されていて……恐れ入りますが、ご挨拶はまた後日とさせていただきたい、との仰せでございます」

アヤは頷いた。

「長旅でさぞお疲れであろう。それに、物騒な事件が起きたようで、すっかり驚かせてしまったな。どうかゆっくりと休むようにと伝えてくれ」

「かしこまりました」

キサラの部屋を後にしながら、これで最低限の義務は果たした、と安堵する。あとは何か、適当な贈り物を届けさせて機嫌を取っておけばいいだろう。

アヤはそのまま、父の執務室へと足を向けた。このままではすべて、ユメノに主導権を握られてしまう。あの忌まわしい異母弟の首は、必ずや自分の手で父のもとへと届けなければならない。

「殿下！」

将軍イチイに呼び止められ、アヤは振り返った。

「イチイ。ちょうどいい、お前も来い。これ以上、姉上に好き勝手されるわけにはいかない。なんとしてでも、姉上より先にやつを見つけなければ」

「殿下、そのことで朗報が」

イチイは声を潜め、周囲に誰もいないことを確認する。

そしてそっと、アヤの耳元に囁いた。

「トキワの――あの者の、母親の居所がわかりました」

「!」

アヤは息を詰めた。

かつて、アヤの母を絶望に追いやった、魔法使いの女。王の寵愛(ちょうあい)を一身に受け、そして呪われた王子を産み落とした魔女。

「本当に、その女か?」

「偽名を使っておりましたが、間違いございません」

「ならばやつは、その女のところに逃げ込んでいるのか?」

「いいえ。現状、姿を見せてはおりません。ですが、今後接触する可能性はあるかと」

アヤは一瞬のうちに考えを巡らせた。

そして、口の端に勝ち誇ったような笑みを滲ませる。

「……これで、姉上を出し抜けそうだ」

「殿下？」

「その女を連れてこい、イチイ。母親が罪人として処刑されると聞けば、やつもこのまま隠れているわけにはいくまい」


キサラはベッドの上で一人、身を震わせながら泣きじゃくっていた。

すべてが、突然のことだった。

ヒムカ国の王都へと入った途端、何故か兵に囲まれたクロたちは、忽然と姿を消してしまったのだ。

彼のことを思うと、胸が引き裂かれそうな気分になる。涙が溢れて止まらない。

これまでのキサラには、恋とはどういうものかがわからなかった。

気がつけば、いつだってみんなキサラに恋をしていた。花に引き寄せられる蜜蜂のように、ただそこにあるだけで、彼女を取り巻く男性たちは溺れるようにキサラに愛を囁き始める。妻や恋人のある身であろうと関係なく、誰もがキサラの虜だ。

そうしていつしか、あらゆる妬み恨みを買うようになっていた。

けれどキサラは、そんな彼らの言動に心を動かされたことはない。キサラへの想いが叶わないことに絶望して命を絶つ者がいても、あるいは嫉妬に狂った女がどんな刃傷沙汰を起こそうとも、それが日常で、そしてどこか別の世界の出来事のようだった。

一体何故、皆あんなにもうっとりと頬を赤らめ瞳を潤ませるのか。どうしてあれほどまでに泣き叫び、死を選ぶのか。

求婚者は数えきれなかった。しかしキサラはいかなる男にも心惹かれたことはない。恋というものを、したことがなかった。決闘の勝者にキサラを与えると父王が宣言した時も、どこか他人事のようだった。命がけでキサラを得ようとする男たち。誰かの妻になるのだと思っても、特に心が弾むこともない。

ヒムカ国の王子に嫁ぐことが決まってからも同じだ。父からは、結婚相手は凛々しく聡明であると聞かされたが、きっと今度も心動かされることはないのだろうと思った。気持ちは凪いで、静まり返っていた。

だからクロに出会った瞬間、世界がひっくり返ったような気分だったのだ。

これほどまでに、胸が高鳴ることがあるのだろうか。彼の姿が目に入る度、頬が熱くなった。その声を聞く度、目が合う度、身体が震えた。

これが運命なのだ。彼に出会うために生まれてきたのだ。そう確信した。

城門で起きた出来事は、わけがわからず戸惑うばかりだった。わかったのは、クロが姿を消してしまい、そして自分は愛してもいない王子と結婚しなければならないという、目の前の現実だけである。

婚約者であるアヤ王子が、部屋を訪ねてきたらしい。クロ以外の男と結婚するつもりなどない。具合が悪いと言って追い返した。けれど、いつまでもそうして逃げ切れるはずもなかった。

　なんとか逃げ出せないかと侍女に相談しても、馬鹿なことを仰らないで、と困ったように窘(たしな)められるだけだった。

　それからはもう毎日、臥(ふ)せって泣くばかりである。

　そんなキサラの部屋に訪問者があったのは、この城へ入って三日目のことだった。

「ユメノ王女がお見舞いにいらっしゃっています」

　侍女の言葉に、寝室で横になっていたキサラはそっけなく答えた。

「帰ってもらって。気分が悪いと伝えてちょうだい」

「ですが……」

「誰にも会いたくないの」

　侍女は困った様子で、渋々部屋を出ていった。しかしやがて騒がしい声が近づいてきたと思うと、扉が開いて見知らぬ女性が顔を見せたので、キサラはびっくりした。

「お加減が悪いと伺(うかが)って、心配していましたのよ。ですが、思ったよりお元気そうでよかった」

　にこやかに近づいてくる女性に、侍女が「困ります」と取り縋(すが)る。しかし相手は気に留める様子もなく、つかつかとキサラのすぐ傍まで歩み寄った。

「初めまして。わたくしはヒムカ国第一王女、ユメノと申します。お会いできて光栄ですわ、キサラ様」

「……これがヒムカの流儀でいらっしゃるの？　病人の寝室に押しかけて……」

キサラが思わず咎めると、ユメノはくすりと笑った。

「わたくしたち、姉妹になるんですもの。家族を心配するのは当然でしょう？　――まぁ、泣いていらっしゃったの？」

キサラの赤い目と涙の跡を見て、ユメノは嘆くように扇で口元を隠した。

「もうすぐ結婚式を控えた幸せな花嫁に、涙は似合いませんわ。何か悩みがおありなのですか？」

「………………」

「わたくしも一国の王女。キサラ様のお立場はお察しいたします」

ユメノがキサラの手を取り、耳元に顔を寄せた。扇の向こうで、優しく囁く。

「この結婚に、納得なさっていないのね？」

「…………」

「もしかして、どなたかお慕いしている方がいるの？」

「！」

はっとしてキサラは顔を上げた。

同情を滲ませ、ユメノは「まぁ」と嘆息する。

「お辛いでしょうね」

「ユメノ様……」

「わかりますわ。……実はわたくしも、叶わぬ恋をしているのです」

「え……」

「身分違いゆえに、結婚はできないとわかっているのです。それでも、諦めきれない……。いずれは、わたくしも父の決めた相手に嫁ぐことになるのでしょう。それが王の娘として生まれた運命ですもの」

　キサラは、じわりと涙が浮かぶのを感じた。

　この人は、自分と同じなのだ。立場も、境遇も。きっと誰よりも、この気持ちをわかってくれる。そう思った。

　不安そうに見守っていた侍女を下がらせると、二人きりになった部屋で、キサラは深く息をついた。

「……仰る通りですわ。私、心から愛する方がおりますの。毎日その方のことを考えては泣いております」

　再び涙が滲んでくる。

「ああ、ユメノ様。あの城門での騒ぎがどうなったか、ご存じありませんか？　あの時、兵に囲まれた者たちは無事なのでしょうか」

「ではあの中に、あなたの想い人が？」

　キサラは頷く。

「そうですか。……今も逃亡中とだけ、聞いておりますわ」

「逃げた……では、生きているのね。ああ、よかった！」

キサラは俯き、両手で顔を覆って泣き始める。

「私の運命の相手は、あの方なのです。きっと前世から決まっていたんだわ。どうしようもないんです」

「弟との結婚は、あなたにとっては苦痛なのね」

ユメノの手が、慰めるように優しくキサラの背中を撫(な)でてくれた。

「でも、あなたとアヤの結婚は、すでに国同士が決めたこと。あなたがどんなに拒否したとしても、覆(くつがえ)ることはないでしょう。万が一あなたが恋人と手を取り合って逃げ出すようなことがあれば、すぐに追手がかかるわ。何より、ヒムカ国とイト国の間に大きな亀裂が入ってしまう。それをきっかけに、戦(いくさ)が始まるかもしれない」

「ああ、私どうしたら……」

「……ひとつだけ、方法があるわ。あなたが追われることも、国同士がいがみ合うこともなく、結婚を破談にできる方法が」

キサラは涙に濡れた目を見開いた。

「本当ですか？　一体、どうやって？」

するとユメノは、小さな硝子(ガラス)瓶を取り出すと、テーブルの上にことりと置いた。

「これは？」

「毒よ」

キサラはきょとんとした。あまりに予想外の答えに、現実味を感じられなかった。

「あの……あの、何故、そんなものを？」

「これは、ある生き物の血よ。この毒が恐ろしいのは、ただ触れるだけでその人物が死に至るということ。そして、解毒の方法はないわ」

生き物の血、という言葉に、キサラは怯えたように小瓶を見つめる。

「結婚は、当事者が存在するから成立するものよ。でも、相手がいなくなれば、当然話はなくなる。我が国には残念ながら、王子はアヤ一人だけ。ほかに、あなたの結婚相手になる男子はいません」

キサラは話が呑み込めずにいる。

「あの、どういう……」

「アヤが死ねば、あなたは自由だと言っているのよ」

「し、死ぬ……？」

「この毒を、アヤの触れるものに塗っておくの。毒はすぐには効かないわ。徐々に全身に広がって、やがて息絶える……。婚約者であるあなたからの贈り物なら、アヤは何の疑いもなく身に着けるはずよ」

「……！」

ようやくユメノの意図を悟り、キサラは動揺した。

「そ、そんな。そんなこと……」

「アヤがいなくなれば、あなたは結婚せずに済む。そうなれば、国に送り返されるはずだわ。あなたの恋人のことは、わたくしが探し出してあげましょう。城を出たら、二人でどこか遠くへ逃げたらいいわ。行く当てがなければ、わたくしがよき場所を手配します」

キサラは身を乗り出した。

「ほ、本当に……？」

「ええ」

「で、ですが、殺すなんて、そんな……」

「ほかに方法はないのよ。アヤはね、あなたをただの道具だと思っているわ。イト国の後ろ盾を得るための道具。あれは冷たい男よ。結婚すれば、ひどい扱いを受けるのは目に見えている。わたくしは、あなたを救いたいのよ。――見て」

ユメノはおもむろに袖をまくり上げる。その細い腕には、うっ血した痕が広範囲に広がっていた。

「アヤにやられたの」

「え……？」

「アヤは昔から短気で、すぐ暴力を振るうわ。わたくしのことも、機嫌が悪いとこうして……。しかも、人からは見えない部分を狙うのよ。陛下の前では従順な王子を演じているけれど、その本性を知る者は皆、アヤが王位に就くことを危ぶんでる」

キサラはぞっとした。そんな恐ろしい男と結婚するなど、どう考えても耐えられない。

「そんな……」

「これはね、あなたのためだけじゃない。我が国のためでもあるの。わたくしはきっと、このままだとアヤに殺されてしまう。正妃の娘であるわたくしは、アヤにとって邪魔な存在なんだもの」

ユメノは涙を浮かべていた。

「ユメノ様」

「わたくしでは、近づけば警戒されてしまう。これは、あなたにしかできないことなの、キサラ様」

「わ、私……」

ユメノは縋るように、キサラの手を握りしめた。

「お願い。わたくしを、この国を、助けてちょうだい。そうすればわたくし、あなたのためにどんな助力も惜しまないわ……！」


クロとアオが遠巻きにこちらの様子を窺っているのを感じながらも、ヒマワリはむっすりと黙り込んでいた。

王都へ入る寸前、突然兵士と魔法使いに囲まれた三人は、ヒマワリの魔法によってあの場から逃げ去った。咄嗟(とっさ)に使ったのは、シロガネであった頃に考案した、魔法の道を通らずに移動する特殊魔法である。

ただしこれはわずかな距離の移動のみ可能で、終島まで飛ぶようなことはできない。起点となるものが何もない場所から任意の場所への人体の移動は極めて危険で、この魔法を実行できるのはシロガネだけだ。過去に幾度か使ったことはあるが、その術式はどんな魔法書にも載せていない。ヒマワリとしては初めての試みだったし、失敗する可能性もあった。そのため、あまり遠くへ飛ぶのは危うかった。

そこでヒマワリが選んだのが、この場所——モチヅキの実家、リマ家の屋敷である。ウキハは現在金色の谷間にいるし、その際使用人には暇を出している。モロボシは弟の殺人容疑で身柄を拘束されているはずなので、当面ここは空き家である。一時身を隠すにはうってつけだ。

すでに日が暮れ始めていた。沈む太陽の差すような光を受けて、庭の木々は黒々とした影を長く伸ばし、ベンチの上で膝を抱えているヒマワリの陰影も刻一刻と濃くなっている。先日ここを訪れた際に咲き誇っていた薔薇(ばら)は、もうすっかり枯れてしまっていた。手入れをする者のいなくなった秋の終わりの庭は、落ち葉の乾いた音だけが寂しげに響いている。

アオが、恐る恐るといった様子でヒマワリに近づいてきた。

「あの、ヒマワリさん。中へ入りませんか？　冷えてきましたし……」

「…………」

返事をしないヒマワリに、アオは困ったように立ち竦む。するとクロが腕組みして、ヒマワリの目の前に仁王立ちになった。

「おい。いつまでそうしてる気だよ」

「………」

「一生口きかないつもりか？」

「……どうして、言ってくれなかったの」

ヒマワリは顔を背けた。

「僕が、ヒムカ王の子で、この国を滅ぼすって予言された存在だって——知ってたんでしょう」

二人は、困ったように顔を見合わせている。

「僕がヒムカへ行くのを止めようとしていたのも、そのせいだったんだね。おかしいと思ってたんだ」

「それは……」

「いつから知ってたの？　最初から？　あの時——僕が終島に最初に来た時、大きな船が島を取り囲んだよね？　あの船……あれはヒムカの船だった。あれは、僕を追ってきてたんじゃないの？」

「ヒマワリさん、あの時は……」

「本当はあの時以外にも、追手が来てたの？　僕が気づかなかっただけ？」

「島に来たのは、あれきりだ」

観念した様子で、クロが息を吐いた。

「俺が呪いをかけて追い返した。国に戻って、お前は死んだと報告させたから、それで終わりになるはずだったんだ」

「どうして」

ヒマワリはきゅっと顔を上げて、二人を睨みつけた。

「どうして黙ってたの」

「お前は子どもだった。しかも記憶がない。こんな話、できるかよ」

「いつまで黙ってるつもりだったの！　僕の……僕自身のことなのに！」

アオがそっとヒマワリの前に屈み込み、その手を優しく取る。

「すみません、ヒマワリさん。言わないほうがいいと思っていたんです。知ってしまえば、ショックを受けるだろうと」

「いつもそうだ。いつだって、僕だけ蚊帳(かや)の外」

「そんなことは――」

ヒマワリはぱっと手を振りほどくと、立てた膝に顔を埋める。

「しばらく、一人にして」

「ヒマワリさん……」

「一人にしてったら！」

二人はこれ以上刺激しないほうがいいと思ったのか、躊躇(ためら)いながらもやがて屋敷の中へと入っていった。

　庭に通じる硝子扉が閉まる音が聞こえて、ヒマワリは小さく、「ごめん」と呟いた。

　腹が立ったのは本当だ。けれど、二人が自分のことを思って黙っていたこともわかっている。それでも、今はいろんなことがごちゃまぜになって、気持ちがひどく乱れていた。目の前の彼らに当たるしかなく、そんな自分が情けなかった。

　国を滅ぼす予言――正直、そんなものはどうでもよかった。ヒマワリはこの国を滅ぼそうなどと考えたこともないし、これからもないだろう。

　問題は、それによって起きたことのすべてだ。

　幼い頃、母とともに逃げ惑った記憶。

　それまではスバルとして、どこにでもいる子どもとして、幸せに暮らしていたのだ。あの日までは。

（僕が、そんな予言を受けたから）

　今頃、母はどうしているのか。生きているのか、あるいは。

（この国の王が、僕の父親……）

　怒りが、沸々と湧き上がってくる。

　ヒムカ王はすぐそこにいる。間近に聳え立つ、あの巨大な漆黒の城の内に。

　今すぐに乗り込んで、殴り飛ばしてやりたかった。

（落ち着け。今は――そう、今はとにかく、モチヅキのことをなんとかしないといけないんだから……）

握った拳をゆっくりと開き、両手で顔を覆う。

恐らく今頃、王都中に、そして国中にヒマワリを捕らえて殺せと触れが出ているに違いなかった。この国から、早く離れるべきだろう。

しかし、ようやく見つけたモチヅキを置いてはいけない。

ここにいれば、いずれ彼も帰ってくるかもしれなかった。

（でも、どうやって説得すればいい）

モチヅキの、あの絶望した表情。信じていたものが打ち砕かれ、呆然としたあの顔。

あれは、かつての自分だ、と思った。初めて真実を知った日。自分の世界を全否定されたあの夜のシロガネも、きっとあんな顔をしていたに違いないのだ。嘘だと思いたかったし、何も知らずにいられた頃に戻りたいとすら思った。シロガネにとっても、魔法は大切なものだったのだ。モチヅキが拒否反応を示すのも当然だ。

（それでも……）

諦めることはできない。

どんなに誹られ罵られても、ヒマワリは――シロガネは、この願いを手放すことができないのだから。

そう思うと同時に、母の顔がよぎった。朧げな記憶ながら、優しく微笑む姿が思い出され、不思議とその匂いや感触まで蘇ってくる。寝る前にいろんな物語を聞かせてくれたこと、愛おしそうに髪を梳かしてくれたこと、彼女の作るご飯の美味しそうな匂い——そんなものが、無秩序に記憶の中から押し寄せた。

（お母さん……）

今すぐに彼女を探しに行きたい衝動が、胸の奥から湧き上がってくる。

生きているのなら、決して楽な状況にはないはずだ。どこかに身を隠しているのか、あるいはすでに囚われの身なのか。

そんなふうに考えは行ったり来たりして、まとまらない。気持ちが乱れて、ひどく不安だった。

自分の中にはシロガネとスバル、二人がいる。

シロガネは、マホロを優先したいのだ。けれどスバルは、母を優先したい。二つの気持ちがせめぎ合って、決着がつかないでいる。

（ここにいる僕は、どっちなんだろう）

太陽が最後の輝きを放ちながら、山並みの向こうへと消えていく。

それを静かに見送って、ヒマワリは立ち上がった。かさこそと音を立てる落ち葉を踏みながら薄暗くなった庭を足早に抜け、屋敷の中へと駆け込む。

居間を覗き、客間を確認し、やがて食堂で夕食の皿を並べているアオの後ろ姿を見つけた。

思わずその背中に手を伸ばし、飛びつくように抱きついた。

「ヒマワリさん？」

アオが呼ぶ名前に、妙にほっとした。

その背中に顔を埋めたまま、「……ごめんなさい」と謝る。

「ヒマワリさん、ご飯食べますか？　食材を拝借して、シチューを作ったんですよ」

何事もなかったようないつも通りの口ぶりのアオに、ヒマワリは小さく鼻を啜った。

幼い頃、怖い夢を見た後に彼を探したことを思い出す。いつだって日常のルーティンを淡々とこなすその姿を見ると、これが現実だと安心できた。

「食べる……」

そこへクロが顔を出したので、ヒマワリは彼にもぱっと抱きついた。

「うわっ、なんだよ？」

「さっきは、ごめん……」

驚いてヒマワリを引き剝がそうとしていたクロは動きを止め、どうしたものかと戸惑っているようだった。その様子に、ヒマワリは思わずくすくすと笑う。

クロは自分に、いい名前をくれたと思う。

スバルが母を見つめる度に、その向日葵の咲く瞳の中に重なり合うように、自分の姿が映り込んでいたのを思い出す。

壁にかかった鏡に、ちらりと目を向けた。

この目は、母の目だ。

そして同時に、もう一人、誰かの姿が浮かんだ気がした。いつのことだっただろう。もっと昔に、この瞳に出会っていたような気がした。


王都は、不穏な空気に満ちていた。

どこもかしこも、薄暗い裏通りまで物々しい兵士たちが巡回しているのは、この国を滅ぼすと予言された呪われた子を捜索しているのだった。そしてそれはどうやらこの国の、隠された王子であるらしい――。

その噂は、すぐに王都中に広がっていった。

殺気立った雰囲気に、人々は不安そうな顔をしながら足早に歩いている。

ヒマワリは、すれ違った兵士たちの様子をちらりと窺った。

今のヒマワリは、誰が見てもどこにでもいる平凡な少年だった。短い茶色の髪に、印象に残らない特徴のない目鼻立ち。魔法で姿を変えたヒマワリを、あの兵士たちでは見破ることはできないだろう。それでも、宮廷魔法使いがどこかに潜んでいないとも限らないから、警戒しつつ人ごみの中をすり抜けていく。

あれから三日経(た)っても、モチヅキは家に帰ってこなかった。キサラとともに城に入ったのかもしれない。このまま彼を失うわけにはいかなかったが、今城へ近づくのは危険すぎた。

王都の人々の話を漏れ聞いたところでは、キサラとアヤ王子の結婚式は、十日後に予定されているらしい。新郎新婦は大聖堂で式を挙げた後に目抜き通りをパレードするというから、モチヅキもその場には姿を見せるかもしれなかった。あるいはキサラの魔性にすっかり魅入られて、式場に乱入して花嫁を盗み出すという暴挙に出るつもりなのでは、という不安もよぎった。

魔法比べで見かけた、ヒムカ国の王子の姿を思い返す。あの魔法使いを蔑むような態度と表情の中に、果たして自分と似た部分はあっただろうかと記憶を探ってみた。何しろ彼は、ヒマワリの異母兄であるらしい。彼がキサラと結婚するのだと思うと、なんだか妙な気分だ。

ヒムカ王は現状後継者を定めておらず、正妃の娘であるユメノと側妃の息子であるアヤ、いずれが次の王になるのかが民の間でも関心事になっているようだった。

（どうでもいいけど）

王位継承を巡るごたごたなど、関わる気もない。モチヅキを確保し、母の行方さえ確かめることができれば、こんな国からは早々に出ていくつもりだ。

母の消息を知るために、かつて二人で暮らしていた村を探して魔法の道からあちこち訪ね歩いてみたものの、今のところめぼしい収穫はなかった。そもそも村の正確な場所を覚えていないし、母もまたとっくにこの国を出てしまっている可能性もある。

噴水を囲む広場に、人だかりができていた。気になって様子を窺うと、兵士が手元の書面を広げ、声高に読み上げている。

「罪人を見つけた者は、即刻通報せよ！　その居場所を知らせた者には、報奨金を支払うものとする！　罪人を匿う者があれば、その家族ともども一人残らず絞首刑である！」

人相書きが大きく広げられた。そこには、ヒマワリを模したと思しき少年の顔が描かれている。特徴は捉えられており、似ていなくもなかった。しかしその表情はなんとなく間の抜けた感じがして、もう少しきりっとかっこよく描いてほしいものだ、とヒマワリは唇を尖らせる。罪人に対しては、似顔絵にすら悪意があると思う。

人々は絵を指さしながら、ざわざわと囁き合っていた。

「謀反を企んでいるんだって？　なんて王子だ」

「報奨金はいくらもらえるんだろうなぁ」

「お隣の旦那、昨日は夜遅くに一人でどこかへ出かけていってたのよ。怪しいわ。罪人を匿っているのかも」

「あの顔、最近見た気がするんだよな。そこの店にいなかったっけ？」

今の姿ならば同一人物と見破られるはずもないけれど、ヒマワリはわずかに顔を伏せてその場を離れた。

広場を出て、賑やかな市場を通り抜けていく。万が一に備え買いだめをしようというのだろう、大きな籠いっぱいに食料を抱えている女性や、一家総出であれこれと馬車に積み込んでいる一団も見受けられた。すぐ近くで、ここぞとばかりに値を吊り上げた店主に文句を言っている男の怒声が響いた。それを横目に、ヒマワリは足早に進んでいく。

ふと、涼やかな声が耳に届いた。

「――そこの君。綺麗な鳥はいかがかな?」

タイムの香りが鼻腔(びこう)をくすぐる。

ヒマワリは足を止めた。

視線を巡らせる。立ち並ぶ店の合間で、馬車の荷台を使って鳥を売っている男と目が合った。

荷台の上は扉のついた黒い小部屋のようになっていて、そこから地面に下ろされた小さな階段に、彼は前かがみになって腰掛けている。古びた黒いロングコート、頭にはくたびれたトップハットを被り、吊るされた数えきれない鳥籠の間に埋もれているように見えた。籠の中には色とりどりの鳥が一羽ずつ囲われ、思い思いに囀(さえず)っている。

「みんな、綺麗な声で鳴くんだよ」

「……久しぶりだね、アルベリヒ」

ヒマワリがその名を呼ぶと、男はうっすらと笑った。

年老いた顔にはいくつもの深い皺(しわ)が刻まれ、真っ白な髪は緩く巻かれて肩まで流れている。くたびれた様子のこの老人が、妖精たちの長である妖精王であるとは、道行く誰も気づきはしないだろう。

もちろんこれは彼の仮の姿で、本来は眩いばかりに美しい青年の姿をしている。実際には三百年以上生きているはずだから、クロよりも年長だ。アルベリヒと出会ったのは、シロガネであった頃のことだ。今世で会うのは初めてなのに、こちらの正体はお見通しらしい。

「ここで何をしてるの」

「僕の名が使われたって聞いてね」

世間話のように言って、すぐ傍の青い鳥が入った籠を覗き込む。

「この妖精王の名を騙るなんて、人間は随分と傲慢になったものだよ」

指をそっと差し入れて、鳥の喉元をくすぐる。すると鳥は軽やかな歌を奏でた。

「それで、怒って出てきたの」

「僕があんな小娘に執着していると思われるなんて、心外だもの」

灰色の瞳が、じっとヒマワリを見据えた。

「僕はやっぱり君がいいよ、シロガネ。君が鳥になったら、どんなふうに鳴くのかな。

——ああ、今度の髪も美しいじゃないか。夏の太陽のように輝く金。以前の、儚い月光のような銀の髪も好みだったけどね」

アルベリヒは本来のヒマワリの姿をその目に捉えているのだろう、そう言ってにこりと微笑んだ。妖精の長の前では、魔法で作り上げた幻影はあっさりと見抜かれてしまう。

「君の鳥になるつもりはないよ。何度も断ったでしょ」

「ふふふ」

妖精は、気まぐれで残酷だ。彼らにとって人間は、命短い取るに足らぬ存在である。同じ世界に存在しながらも、決して相容れない。けれど時折、その気まぐれや悪戯によって人の世に影響を及ぼすこともある。だから、対応には注意が必要だった。

「ま、君には借りがあるからね。忠告に来たんだよ」

「忠告？」

「随分と面白いことになっているようじゃないか。全世界から崇敬を集めた伝説の大魔法使いが、国を滅ぼす呪われた王子に華麗なる転身だ。東の魔法使いは、君のことがよほど怖いと見える。己はどこまでも陰に隠れて、手を汚そうとはしないあたりが小気味いいほど卑怯だね。嫌いじゃないよ」

「……東の魔法使いが背後にいるのか」

「君の家族はみんな、彼の体のいい操り人形だ。そしてその人形は、どうやら君の大事な人を手中に収めたらしい」

大事な人、と聞いてヒマワリははっとした。

「誰のこと」

アルベリヒは面白そうに肩を竦めてみせる。

「さて、そろそろ君の耳にも届くだろう。ところで、ハイドラが死んだのだってね。まだ生きているものがいたとは思わなかったな。古い生き物だもの。あの血は毒だけど、使い方によっては役に立つのだよ。知りたかったら教えてあげる」

「どうせ、ただじゃないんだろうね」

アルベリヒは何も言わず微笑む。

急に、ざわめく人々がわっと押し寄せてきて、二人の間を通り過ぎていった。何事かと目を向けると、広場に集まっていた民衆が解散して一気に流れ込んできたらしい。

視線を戻すと、妖精王の姿は店ごと掻き消えていた。


リマ家の屋敷へ戻る頃には、すっかり日が暮れていた。この家は現在無人ということになっているので、夜になっても通りから見える部屋には明かりを灯さないようにしている。そのため近隣の屋敷と比べて、まるでそこだけぽっかりと穴が開いているように薄暗い。

ヒマワリは人目につかぬよう、周囲に注意を払って門を潜り屋敷へと入り込んだ。

「――ふざけるな、出て行け！」

どこからか、言い争う声が聞こえた。暗い廊下を進み、微かな明かりが漏れている部屋を覗き込む。

顔を真っ赤にしたモロボシが、クロとアオに喚き散らしているのが見えた。手には、魔法の杖を握りしめている。

「お前ら、お尋ね者のくせに！　うちを巻き込むな！　誰か、いないのか！　すぐに兵を呼べ！」

「いいのか、そんなの呼んで。お前も罪人なのにな。弟殺しの」

ふん、とモロボシは胸を反らす。

「その件はとっくに不問となった。証言の信ぴょう性が低いと判断されたんだ」

「お前……まさかあのガキに何かしたんじゃないだろうな」

「とにかく！　モチヅキの件は、事故で処理されたんだ！　もう終わったことだ！」

「ええ？　ですが、被害者本人が訴えたら、さすがに調べ直しになるのでは」

アオの言葉に、モロボシは怪訝(けげん)そうな顔をする。

「本人、って……」

「モチヅキさんから、すべて聞きましたよ。あの夜、何があったのか」

「モチヅキ……？　モチヅキが、生きてるのか!?」

「ええ。海賊船に助けられて、その後はイト国へ行っていたんだそうです」

「…………」

モロボシは力が抜けたように、へなへなと座り込んだ。

「生きて、るのか……」

心の底から安堵したようなその表情に、嘘はなかった。どうやら彼は、真実自分の行いを悔いていたらしい。

「モチヅキは……どこにいるんだ」

「それが、はぐれてしまいまして。ここに帰ってくるのでは、と待っていたところなんです。――ああ、ヒマワリさん。おかえりなさい」

モロボシはぎくりとして硬直した。慌てて立ち上がり、おもむろに杖を構える。

ヒマワリが何者か、すでに知っているらしい。

敵意のないことを示そうと、ヒマワリは何も持たない手を広げてみせた。

「何もしないよ」

「……何を企んでる？　俺に近づいたのは、何の目的だ？」

「用があるのはモチヅキだよ。残念だけど、誰もそこまで君に興味はないからね」

「黙れ！　お前の好きにはさせない。俺の手で、破滅の予言を止めてみせる！　お前の母親もすでに捕まった！　お前も、もう逃げられないぞ！」

モロボシの言葉に、ヒマワリはひくりと肩を震わせる。

「――母親？」

「呪われた子を産み落とし、死んだと偽り密かに育てた邪悪な魔法使い！　当然、母親も罪人だ！　忌まわしい親子め！」

ヒマワリは瞬時に杖を取り出すと、モロボシの攻撃よりも先に彼を魔法で編んだ鎖で捕らえた。もんどりうって倒れ込んだモロボシを見下ろして、ヒマワリは尋ねる。

「どういうこと。なんでそんなこと、君が知ってるの」

「う……は、放せ！」

「答えて」

もがくモロボシの顔に杖を向けると、ヒマワリは冷えた声で言った。

モロボシはさっと青ざめ、身を縮める。

「し……城で聞いたんだよ！　帰還した調査団の報告と事後処理のために、しばらく城内に留まってたんだ。どこもかしこも呪われた王子の話で持ち切りで、その母親が隠れて生きていたのを、ついに捕らえたらしいって話が……」

「本当に、ヒマワリの母親なのか？」

「そう聞いた。魔法使いの女が、自分の息子を王位に就けようと企んでいるんだって……！」

（生きてる……？　お母さんが……）

期待と不安で、ヒマワリは自分の声が微かに震えるのを感じた。

「その魔法使いは、今どこに？」

「し、知らない」

口籠るモロボシを、ヒマワリはぎろりと睨みつける。

「──どこ？」

「知らないって！　俺は、噂を聞いただけで……」

「ヒマワリさん、指を一本ずつ折ってはどうでしょう？　質問に答えるまで、ゆっくりと」

まるで夕飯の献立を提案するように気軽な様子で、アオが言った。

モロボシはその恐ろしい話の内容に、顔を引きつらせる。

「……そうだね。魔法で痛めつけるより、そっちのほうが効果的かな」

ヒマワリは頷いた。

平然とした様子で手を伸ばしてくるアオに、モロボシは震えあがる。

「ひぃっ……！　ば、場所までは知らない！　城に連れてこられたならもっと話題になってるはずだから、どこか別のところだろうってくらいで……ででででも、そうだ！　イチイ将軍が捕らえたって聞いた！　アヤ王子の命令で！」

「イチイが？」

クロが舌打ちした。

「くっそ、散々呪ってやったのに懲りないやつだな」

「知ってる人？」

「昔、お前を追って終島に来た男だよ。それと、偽シロガネ騒ぎの時にもちょっとな。ヒマワリのことは死んだと報告させたし、あの島で見聞きしたことは口にできないよう呪いをかけた。約束を破ればあいつの命だけでなく、子どもたちにも累が及ぶようにしてある」

「でも僕の母親を捕らえることは、呪いに抵触しない……ってことだね」

ヒマワリは杖を強く握りしめた。

「助けに、行かなきゃ」

「ですが、危険では。彼らはヒマワリさんを探し回っているんですから。ヒマワリさんがお母さんを助けにやってくるのを待ち構えて、罠を仕掛けるつもりかもしれません」

「そもそも、その母親が本物かどうか怪しいもんだぜ。適当な女を母親と偽って、お前をおびき寄せる餌にするって手もある」

ヒマワリは、転がったままのモロボシに向き直った。

「モロボシ。君の殺人未遂については見逃してあげる。代わりに、僕に協力してほしい」

「ふざけるな、誰が……！」

「無理にとは言わないよ。君が選んで」

嫌悪感を露にするモロボシに、ヒマワリは屈み込んでにこりと微笑みかけた。

「このまま手足の骨をバッキバキに折って海に捨てられるのと、僕に協力するの——どっちがいい？」


モチヅキは一人、大きな木の幹を背に、剣を抱えて蹲っていた。

ヒムカ国の王都に辿り着き、キサラが城へ入ってからというもの、彼は途方に暮れていた。

諦めたはずのキサラへの想いは再会したことで再燃し、断ち切りがたく諦めきれないでいる。彼女の結婚式はもうすぐだ。それを目の当たりにすればこの気持ちにも決着がつくだろうか、と思いながらも、今からでももう一度彼女に会うために城を訪問すべきでは、などと考えたりする。

実家はすぐそこではあるものの、兄と顔を合わせるかもしれないと思うと帰る勇気がなかった。それというのも、モチヅキが海に落ちたことは事故として処理されており、モロボシが今も自由の身であるとわかったからだ。自分が生きていることを伝えて兄の減刑を申し出ようとしたモチヅキは、その事実を知り面食らった。どうやらモロボシは、上手く立ち回ったらしい。

今ならば鍛えた体と磨いた剣技で、少しくらいは兄に一矢報いることができるのかもしれない。だが殺されかけたとはいえ、モチヅキはモロボシのことを憎んではいなかったし、何より兄弟で争うのは嫌だった。それでも、今まで通りとはいくまい。あれほど憎まれ疎まれていると知ってしまったのだ。今後一体どうしたら上手くやっていけるのか、見当もつかなかった。

しかし最も彼を悩ませている問題は、それらとはまた別のことだ。

魔法は、依り代として捧げられた魔法使いたちの命を犠牲にして、成り立っているものである——。

ヒマワリに聞かされた信じがたい真実は、モチヅキの予想もしていなかったもので、到底受け入れることができなかった。

モチヅキにとって魔法は、幼い頃からただただ憧れの存在だ。不可思議で、便利で、美しく魅惑的なもの。いつか自分もそれを操り、偉大な魔法使いになりたいと願ってきた。

扉を開く、という感覚はモチヅキにとって未知のものだ。両親や兄や妹が、息をするのと同じように当たり前のこととして行うその概念に、どれほど憧れたことだろう。魔法を羨望の眼差しで見つめてきた。魔法使いの血を受けて生まれたことに誇りを持っていたし、世界中に溢れる魔法を羨望の眼差しで見つめてきた。

(それなのに——)

ヒマワリの話が本当であるならば、魔法とは、魔法使いとは、存在するだけで罪だ。汚らわしくおぞましい、血塗られた一族。

モチヅキは頭を抱えた。

信じられない。信じたくない。

ヒマワリが嘘を言って、自分をからかっているのだと思いたかった。けれど、わざわざモチヅキを探し回ってまでそんな嘘をつく理由とはなんだろう。

(知りたくなかった)

——君の力が必要なんだ。

そう言われた時、ひどく複雑な気分だった。それは、あの大蛇の封印を彼に解かせた魔法使いにかけられたのと同じ台詞でもあった。

モチヅキはずっと、そんなふうに誰かに必要とされたかった。いつかきっと、そう言われるような人間になりたいと思ってきた。魔法使いとして。

けれど、求められたのは魔法使いとしてのモチヅキではない。魔法を無効化する自分だ。ずっと恨めしく思っていたその体質が役に立つと言われれば、必ずしも悪い気はしなかった。けれどよりにもよって、この世から魔法を消し去るために必要とされるとは。

肩を落とし、大きく深いため息を吐き出す。

「――何をそう思い悩むことがある」

抱えていた剣から低い声が聞こえたと思うと、煙が湧き上がるようにして大きな影が現れた。その影はやがて人の姿へと形を変え、モチヅキを睥睨する。

古代の王バトラズ。

彼は時折こうして、勝手に剣から姿を現すようになっていた。

「ちょ、ちょっと！　外では出てこないでくださいよ！　誰かに見られたらどうするんですか！」

慌てて周囲を警戒するモチヅキを、バトラズは泰然とした態度で腕を組んで見下ろした。

ここは数日前から世話になっている安宿の裏庭だ。人がやってくることはほぼない閑散とした場所とはいえ、こんな異様な風体の大男が突然煙の中から姿を現すのを見られたら、確実に騒ぎになる。

「毎日毎日、よくも飽きもせず悩むものだ」

「……放っておいてくださいよ」

「魔女を倒すという話、受けぬのか？」

「聞いてたんですか？」

「剣の中にいても、常に眠っているわけではない。すべて聞こえている。魔女は我が仇。

あれを打ち倒す方策があるというなら、我もまた助力を惜しまぬぞ」

「……あなたの国は、魔女によって滅ぼされたんですよね」

「ああ。魔女に、そして、あの薔薇の騎士にな」

「薔薇の騎士……」

最古の魔法使いである魔女の傍に常に付き従ったという、伝説の騎士。その騎士は十本の薔薇を魔女に捧げ、彼女に忠誠を誓ったという。そしてその呼び名は現在、魔法比べの優勝者の異名となっているのだ。

「あれほどの剣士に会ったのは初めてだった。我とやつの力量は、どこまでも互角。ゆえに決着はつかなかった。やがて魔女は我を倒すことを諦め、剣に封じた。薔薇の騎士の魂をもってな」

「魂？」

「魔女は、まことに手段を選ばぬ女だ。あれほど己にすべてを捧げて尽くしてきたあの騎士を、その手で殺しおった」

「こ、殺した？　魔女が、薔薇の騎士を？」

「そうだ。騎士の魂を引きずり出し、その魂によって我を封じる力と為した。かの強き魂をもってして、ようやく我を封じるに能うものであったのだ。騎士もそれをわかっていて、自ら命を捧げた。まったくもって天晴れな忠誠心ではあるが、我は好かんな」

「じゃ、じゃあ今、その魂はどうなっているんですか？　封印が解かれた今、薔薇の騎士は？」

「この剣から、やつの魂は完全に消え去っている。だからこそ、こうして我は自由に出入りできているのだ。そなたのおかげでな」

「えええっ。まさか、僕が騎士の魂を消してしまったんですか？　それじゃ……その魂は一体、どこへ行ったんです？」

「そこまでは知らぬ。わかるのは、もうここにはないということだけだ。天に召されたのか、彷徨っているのか、消滅したのか」

　実は自分は、とんでもないことをしでかしてしまったのではないか。モチヅキは無性に心配になった。

「忌まわしき魔の法など、この世から消し去るべきだろう。何をそれほど悩むことがある」

「魔法は、忌まわしくなんかありません！　魔法のおかげで、これまで世界中でどんなに多くの人が救われたか……！」

「魔の法によって、どれだけ多くの者の命が奪われたと思う」

　バトラズの鋭い瞳に射貫かれ、モチヅキはぎくりとした。

「今では存在すらしなくなった多くの国、そこで暮らしていた民。魔女が世界を平らげて、滅ぼされた者たちは数えきれぬ。大昔のことだから、時が経てばなかったことになるとでもいうのか」

「それは……だってそれは、魔法の存在を受け入れようとせず、抵抗したからでしょう」

「我が国は美しく豊かな国だった。我が民は互いを慈しみ、幸せに暮らしていた。そこに魔法などなかった。──モチヅキよ。この世に本当に、魔法が必要だと思うのか？」

モチヅキは答えに窮した。

「で、でも……魔法があるからこそ、救うことのできる人がいるのは事実です。例えば、病人や怪我人にとっては医者の薬では回復が難しい場合、魔法の存在は救いです」

「医者の薬で救えぬのならば、それがその者の寿命だ。何故、それを受け入れない」

「だって、大切な人が苦しんでいたら助けたいと思うでしょう？　助かる方法があるのなら、助かるほうを選ぶに決まっていますよ」

「その助かる方法を得るために大きな犠牲が必要というのならば、その方法は分不相応だということだ。不可能なことを可能にすることは、よいことか？　世界が本来持つ姿のあるがままを受け入れ、その中で何ができるか最善を考えるべきだ。我らが世界を支配しているのではない。世界に生かされ、その範疇で生きることが、我らにできる唯一のこと。不可能が可能となれば、必ずどこかに歪みが生じる。あのヒマワリという小僧の言っていた依り代という犠牲も、その歪みのひとつであろう。人の世には人の世の理がある。だが魔の法は、それを捻じ曲げる」

「ぼ、僕にとって魔法は、すべてなんです！　いつか必ず、本物の魔法使いになるんだって、ずっとずっと願ってきたんですから……！」

バトラズは腕を組み、首を傾げた。

「お前にとっての魔法とは、なんなのだ？　その力で一体、何を成したいのだ？」

「え……」

モチヅキは口籠った。

「力とはいかなるものであっても目的のための手段であり、それ自体が目的であるべきものではない。例えば——」

バトラズは剣を持ち、高く掲げる。

「武力は他者をねじ伏せるためのものではない。何かを守るためのものだ。我はずっとそう思い剣を振るってきた。我が国、我が民を守るための力だと」

ぶん、と振り下ろす。空を切った風が、落ちてきた木の葉を真っ二つに切り裂く。

「お前の言う魔法とは、ただ己を誇示するための道具か？　他人が持っているものを羨み、己も得たいと思うだけの玩具か？　便利で使い勝手がよいから、ただ振り回してみたいのか？」

モチヅキは思わず叫んだ。

「ち、違う……！」

「人が生きるということは、誰かのためになることをするということだ。それができた時、己が幸せだと心から思うことができる。そうでなければ、生きている意味などあろうか」

思いもよらぬことを言われ、モチヅキは小さく喘いだ。

「お前には稀有な力がある。その力をもってすれば、魔女を打ち倒すこともできるのかもしれぬ。救われる者もいよう。ほかの誰にもできぬことだ。何を迷う必要がある？」

モチヅキは、思わず叫んだ。

「………何も知らないくせに、簡単に言うな！」

無性に悔しくて、涙がじわりと溢れてきた。

両手で耳を塞ぎ、その場に蹲る。

ヒマワリも、バトラズも、何もわかっていない。魔法をその手で消し去れなどと言うことが、モチヅキにとってどれほど残酷なことなのか。魔法は、何より特別な存在だった。幼い頃から憧れ続け、焦がれ続けたもの。それは、彼の夢そのものであり、生きる意味でもあるのだった。

身体を縮めて子どものように泣き始めたモチヅキに、古代の王はそれ以上何も言わなかった。やがて彼は静かに、剣の中へと姿を消した。

一人になったモチヅキは、ただひたすらに泣いた。

涙が止まらなかった。何故だかとても、惨めで情けない気分だ。

——お前にとっての魔法とは、なんなのだ？

自分は何故、魔法使いになりたかったのだろう。

家族がみんな魔法使いだったから。羨ましかったから。自分だけ何もできず悔しかった。

馬鹿にされ、疎まれるのが嫌だった。

それだけだったのだろうか。

思い出すのは、祖母の顔だった。

唯一彼を大事にしてくれた祖母。魔法の道を抜けようと、何度も挑戦して窓から落ちるモチヅキを、彼女が庇って怪我をしたことがあった。腕の骨が折れていたけれど、ちょうど家族は皆不在にしていて、治癒魔法をかけてもらうこともできなかった。

モチヅキは祖母の傍で、ずっと泣いていた。大好きな祖母に怪我をさせてしまった悔恨と、そしてもしも彼女の怪我が治らなかったらどうしようという恐怖で、涙がひっきりなしに溢れていた。

――大丈夫よ。

痛いのは祖母であるはずなのに、泣き続けるモチヅキとは対照的に、彼女は安心させるように優しく微笑みかけてくれた。

もし自分に魔法を操る力があったなら、すぐに治してあげられるのに。

それが、悔しかった。

モチヅキは、涙に濡れた顔を上げた。

――その力で一体、何を成したいのだ？

（僕にとっての……魔法）

ふと、不穏な足音に気づき、モチヅキは耳を澄ました。

一人二人のものではない。大人数が行進するようなその音は、闇の彼方から徐々に近づいてくるようだった。

（なんだ？）

涙を拭（ぬぐ）って立ち上がると、宿を出て大通りへと足を向けた。

闇の中で生き物のように動く炎の群れが、視界に飛び込んでくる。モチヅキは思わず息を呑んだ。

鎧（よろい）を纏った大勢の兵士たちが、松明（たいまつ）を手に列を成していた。その迷いのない足取りと物々しい様相は明らかに、今から獲物を仕留めようという殺気に満ちている。隊列は一糸乱れぬ動きで、夜の街を横切っていった。

イチイが自邸に戻ると、いつになく着飾った娘が嬉しそうに顔を出した。

「お父様、見て！　王子様の結婚式で着る衣装よ」

アヤの結婚式はもうすぐだ。今年十四になる娘はその日、花嫁の付添人の役目を仰せつかっていた。今日はその衣装合わせだったらしい。

「ああ、よく似合っているな」

「でしょう？　ああ、花嫁のドレスを見るのが楽しみ！」

「お帰りなさい、父上」

庭から剣を手に現れた息子は、ぴしりと背筋を伸ばした。十七の彼はイチイに似てがっしりとした体格で、剣の腕も確かである。いずれは自分のように、この国を支える将軍となってくれることを期待している自慢の息子だ。

「父上、謀反人の捜索に是非私も参加させてください。私も微力ながら、この国のために尽くしたいのです」

イチイはそんな息子を頼もしく思いながらも、しかし首を横に振った。

「お前のその想いは立派だが、もっと自分の父を信用しろ。すぐにこの手で捕まえて、裁きを受けさせてやる」

「ですが父上、捜索は難航しているとか――」

「心配するな。さぁ、汗を流してこい」

息子はいくらか不満そうに、二階へと上がっていく。

イチイは小さく息をついた。子どもたちには、今回の件に関わってほしくないのだ。

（あの呪いが、どういう形で発動するかわからんからな）

竜にかけられた恐ろしい呪い。金の髪の少年について不用意なことを口にすれば、己だけでなく二人の子どもも命を落とすことになる。だからイチイはいまだに、あの王子がずっと大魔法使いの住まう島にいたことや、その傍に竜や青銅人形という存在がいることを、王に報告していない。

魔法比べの場で彼の生存が明らかになり、イチイの嘘も暴かれてしまった。けれどアヤは、国に戻っても父である王にそのことを報告しようとはしなかった。

「そなたの罪は胸にしまっておく。代わりに、俺のために尽くせ」

アヤはそう言って、イチイの忠誠を求めた。

イチイの忠誠は王であるセキレイに向けられている。けれど、決定的な弱みを握られ、アヤに逆らうこともできなかった。

いずれセキレイの時代は終わり、次の王が立つ日がやってくる。そしてセキレイの子の中で、現状最もその地位にふさわしいのはアヤに違いなかった。

ユメノ王女は父王と同様に魔法に重きを置いているが、アヤは魔法に対して否定的な立場をとっている。武人としてのイチイは、アヤの考えに共鳴する部分が大きかった。杖を振って奇跡を起こす鼻持ちならない特権階級――それが彼の中での、魔法使いに対する認識だ。

この国は、自分たち軍人による武力によって支えられているのだと自負している。これほどに領土を広げることができたのは、兵士たちの血と汗が流れたからだ。アヤならば、イチイたちの立場を重視し、より強い国造りに取り組むだろう。そう思えば、彼に仕えることに否(いな)やはない。

ところが呪われた王子がこの国に突如として現れたことで、イチイは窮地に立たされた。死んだはずの人間が現れたのだ。イチイは召喚され、王からの尋問を受けた。

だが、真実を口にすることはできない。言葉にすれば、待つのは死である。脂汗(あぶらあせ)をかいて黙り込むイチイを庇い、挽回(ばんかい)の機会を与えたのはアヤだった。

「将軍は嘘をつくような人間ではありません。恐らく、確かに死んだと思ったものの、その後魔法使いが何らかの方法でその者を蘇らせたのでは？　噂によれば、大魔法使いシロガネは、不老不死の術を編み出したとか。死んだはずの人間を生き返らせることもできるのかもしれません」

アヤはイチイを捜索に加わらせ、今度こそ呪われた王子の首を王の前に差し出させようと提案した。

「それができなければ、その時こそ彼を処罰されるのがよろしいでしょう」

こうしてイチイは、アヤのおかげで首の皮一枚で繋がった状態となった。

これが最後の機会だ。なんとしてでもあの少年を捕らえ、その首を落とさなくてはならない。

「旦那様。お客様でございます」

使用人が来客を告げた。

「こんな時間に？　誰だ」

「モロボシと名乗る魔法使いです。例の捜索の件で、お耳に入れたい情報があると申しておりますが」

イチイはため息をついた。

有力情報だと言い張って持ち寄られた目撃談や疑惑は、ことごとく空振りであった。イチイに直接話を持ってくる輩は特に、おかしな虚栄心や、己の出世を目論むような面倒な者ばかりだ。時間を割くのも馬鹿馬鹿しい。

「軍営に行って話せと伝えよ」

「それが、将軍に直接お話ししなければならないと申しまして。こちらを預かっております」

差し出された小さな紙を、気のない素振りで開く。

その途端、イチイは息を止めた。

「――その者は、どこに」

「外で待たせております」

「応接室に通せ」

イチイは激しい動悸に見舞われながら、客を通した部屋へと急いだ。

待っていた青年は身を縮めながら、不安そうに視線を彷徨わせていた。まるで、何かに怯え警戒しているようだ。

「将軍、お時間をいただき感謝します」

話が終わるまで誰も部屋に近づかぬようにと使用人に念押ししてから扉を閉めると、イチイは逸る気持ちを堪え、微かに震える手で受け取った紙を示した。

「どういうことだ、これは」

開いて見せる。

そこには、『呪いを解きたくはありませんか?』とだけ書かれてあった。

「将軍。今お探しのお尋ね者の居所を、私は存じ上げています。そしてその中に……将軍に呪いをかけた者がいるということも」

モロボシの言葉に、イチイは思わず息を呑んだ。

竜の呪いのことを知っているのは、自分だけのはずだ。あの時舟を操っていた男は、陸に着いてすぐにイチイが殺した。万が一のことがあっては困るからだ。

だが、目の前の青年は、その呪いの事実を知っているという。

イチイはあくまで平静を装い、素知らぬふりをした。

「なんのことだ」

「私は先日帰還した、調査団に入っておりました者です」

「行方不明だった、例の船のか」

「はい。一昨日、ようやく我が家に帰ることができたのですが、そうしますと家族の姿はなく、代わりに金の髪の少年と、黒髪の男、それに浅黒い肌の男が身を隠して潜伏していたのでございます」

「！　そ、それは、まことか」

彼の語った風貌は、まさしくイチイの探し求める三人と合致する。

「はい。その中の黒髪の男が、将軍のことを話していたのでございます。かつて、将軍を呪ったと。お心当たりはありますか？」

「……その者たちは、今もそなたの家に？」

モロボシは頷いて、身を乗り出す。

「はい。彼らの目を盗んで密かに抜け出してきました。将軍、噂によれば、呪われた王子の母親を捕らえたとか」

噂が広まっているのだな、とイチイは手応えを感じた。

あえて流した噂である。その噂を聞けば、相手が必ず動くと睨んだのだ。

「彼らはそのことについてずっと話し合っていました。どこに囚われているのか、どうすれば助け出せるか——と」

「具体的な話は聞いたか？」

「はい。王子の結婚式当日は警備が手薄になるであろうからと、その日に狙いを定めて動くつもりのようです」

「なるほど……」

イチイは考えを巡らせた。

イト国王女との結婚は、アヤにとって大きな意味を持つ。その日にどんな問題も起こすわけにはいかなかった。アヤの結婚式までに決着をつけることが最善である。そうなれば、すべてをアヤの手柄にしてさらに結婚に花を添えられるし、国民に対しては災い(わざわ)を退け(しりぞ)た王子として喧伝し、この結婚によって彼こそが次期国王であると印象づけることができる。

そして何より、イチイがその手で罪人を捕らえれば汚名返上できるだけでなく、宮廷魔法使いに先んじて手柄を上げることになる。今後の勢力図を大きく変えることができるのだ。

「……しかし、モロボシ殿。何故私のもとへ来たのだ？　そなたは魔法使いであろう。宮廷魔法使いたちも血眼になってやつを探している。お仲間に報告すべきだったのではないか」

「将軍。我がリマ家は父を失い、私が一家を支える立場となりました。そろそろ私も、能力に見合った地位を得たいと考えております。何が最善かをよくよく考えた結果、こちらへ参りました」

今回の件で宮廷魔法使いたちが失脚すれば己が成り代わり、今後もアヤやイチイの側につくと言いたいのだろう。確かにそれは、ただ宮廷魔法使いに与するよりも、己に大きな旨味のある選択だ。この若い魔法使いは、なかなかに野心家のようである。

イチイは頷いた。

「無事にすべてが解決した暁には、そなたの功績を陛下に伝えておこう」

「ありがとうございます」

モロボシは安堵したように息をつく。

「よくぞ知らせてくれた。すぐに兵を集め、そなたの家に向かわせよう」

キサラが訪ねてきた、と聞いてアヤは意外に思った。

入城以来、体調が悪いと言って一切顔も見せずにいたのだ。実際のところ、仮病だろうと見当はついていた。恐らく彼女は結婚に乗り気ではないし、アヤに対してよい感情を持っていない。

特に気にしてはいなかった。王族同士の結婚に、感情が伴うほうがどうかしている。アヤはイト国との繋がりができればいいのであって、形式だけの夫婦で構わない。結婚の儀が滞りなく済めば、あとは互いに好きにすればいい。

部屋に通すよう使用人に伝えると、優雅な微笑みを浮かべた少女が姿を見せた。

「夜分に突然恐れ入ります、殿下」

「いえ、嬉しい驚きですよ。どうぞこちらへ」

促されて椅子に腰を下ろすキサラを、アヤはさりげなく観察した。

ふんわりと下ろした亜麻色の巻き毛は、柔らかく艶やかに輝いていた。長いまつ毛に縁どられた淡いブラウンの瞳は、燭台の輝きを映して夜の室内でも星のように煌めいている。弧を描く小さな唇は、淡い珊瑚のようだ。愛らしいその容貌は大多数の男を魅了するのに十分であろうし、本人もその自覚があり自信を持っているように感じた。

けれどアヤの心は冷えたまま、妻になる目の前の女性に、なんらの感慨も抱かなかった。そんなことはおくびにも出さず、優しい婚約者としてそつなく振る舞う。

「もうお加減はよろしいのですか」

「ええ、すっかり。長旅の疲れと、慣れない環境に身体がついていかなかったようですわ」

「お顔の色もよいようですね。安心いたしました」

「お見舞いの品をありがとうございます。ご挨拶もできずにおりましたので、申し訳なく思っておりましたの」

　キサラは手にしていた小箱を、テーブルの上に置いた。

「実は国元におります頃から、殿下のために贈り物を用意していたのです。お見舞いのお礼も兼ねてお持ちしました。受け取っていただけますか？」

　箱を開くと、黒地に金糸の刺繡（ししゅう）が施された革手袋が収まっていた。

「お気に召すとよいのですけれど……私が自ら縫いましたのよ」

　どこまで本当だろうか、とアヤは思ったが、にこやかに受け取った。

「光栄です。ありがとうございます」

　侍女に縫わせたにせよ、ともかくこうして結婚相手のために品を用意して渡しにくるということは、それなりの関係性を築こうという意欲の表れだ。アヤにとっては悪い話ではない。

「殿下のお手に合うかどうか、少し心配だったのです。どうか嵌（は）めてみてくださいませ。必要があれば調整いたします」

「見たところ、小さいということはなさそうですね」

　そう言いながらアヤは手袋を手に取り、両手に嵌めてみせた。思いがけずぴったりで、本当は事前に誰かから寸法を聞き出していたのかもしれない、という思いが頭を掠（かす）めた。

(存外、目端の利く女かもしれない)

「素晴らしい。ぴったりですよ」

「まぁ、よかった。ほっといたしました」

「大切にさせていただきます」

そこへ慌ただしく使用人がやってきて、アヤにそっと耳打ちをする。イチイの部下が急ぎの知らせを持ってきたというのだ。キサラは切り上げるタイミングだと見て取ったらしく、楚々として席を立った。

「お忙しそうですから、私はこれで失礼させていただきます、殿下」

「せっかくいらしていただいたのに、申し訳ない。式まではお互いせわしないでしょうが、また改めてお話しいたしましょう」

「ええ、是非」

キサラと入れ替わりで駆け込んできた伝令は、切迫した表情でアヤに告げた。

「殿下。例の魔法使いの居所がわかりました」

アヤは身を乗り出す。

「確かなのか」

「はい。現在、イチイ将軍が兵を率いて向かっております。殿下にもぜひお越しいただきたいとのことです」

「当然だ。すぐに準備する。外で待て」

アヤは着替えようと、キサラから贈られた手袋を外しかける。

「お待ちください、殿下」

「！」

すぐ背後で声がして、ぎょっとして振り返る。

そこには、陰鬱(いんうつ)な影を纏うようにして、東の魔法使いオグリが静かに佇んでいた。

「オグリ……！　そなた、いつの間にそこに……！」

「不躾(ぶしつけ)に失礼いたします。急を要するお話がございましたので」

「こちらも急いでいる。後にせよ」

アヤはぞんざいにあしらった。この男が自分ではなく、ユメノの側についたことはわかっているのだ。

「あのヒマワリという魔法使いを捕らえに……いえ、討ち取りに行かれるのでしょう？」

「そうだ。なんとしてもこの手でやつの首を取る！」

オグリは、じわりと暗い笑みを広げた。

「ならばなおさら、まずは私の話を聞いてから、動かれるべきです——殿下」

アヤは何故かその言葉に、薄ら寒いものを感じた。

それなのについ、耳を傾けてしまう。そうさせる何かが、この魔法使いにはあるのだった。父もまた、そうして彼を頼みとするようになったのだろうか。

そう思いながら、いつの間にかアヤは手袋を外すのも忘れ、彼の話に聞き入っていた。

夜の大通りを、松明を手にした兵の隊列が足音を刻み進んでいく。彼らの向かう先にあるのは、魔法使いの一族リマ家の屋敷である。

兵を率い馬を駆って自邸を後にするイチイの姿を物陰から見守っていたヒマワリは、背後のクロとアオに頷いてみせた。

「モロボシ、上手くやってくれたみたい」

ヒマワリの指示した通り、誰もいない屋敷に彼らを引きつけてくれた。

この隙に、囚われている母を助け出す。

モロボシはイチイに、ほぼ真実を語るだけでよかった。決行日が結婚式当日である、という点を除いて。謀反人が国を挙げての大イベントの裏で企てを実行する、というのはとてもそれらしい話だから、真実味があっただろう。だからこそ、ヒマワリたちが今夜はまだ動き出さないと思い込む。

イチイが出立するより先に、屋敷から出てきた騎兵が数名、それぞれに異なる方向へと向かって走り去っていくのを確認していた。恐らく伝令であろう彼らには、魔法で作り出した鳥に後を追わせている。

ヒマワリが母を助け出そうとしていると聞けば、イチイは警戒し、幽閉場所に対して何らかの動きを見せるはずだと思った。

やがて闇に溶け込む漆黒の鳥たちが、音もなくヒマワリのもとへと引き寄せられるように戻ってくる。

ある者は城へ、ある者は軍営へ——広げた地図の上でそれぞれの行先を嘴（くちばし）で報告する鳥たちの中で、最後の一羽が示した場所がヒマワリには引っかかった。それは王都の東端の一画で、軍の施設があるわけでもない。こんな場所に、わざわざ急いで何を伝えに行ったのか。

「ここへ案内して」

指示された鳥は、小さく鳴いて飛翔する。

遠ざかっていく軍勢の足音を背に、三人は闇に紛れてその後を追った。

鳥に先導され辿り着いたのは、年季の入った一軒の屋敷だった。貴族の別宅とでもいう風情（ふぜい）で、古めかしいながらも重厚感のある二階建ての建物は、窓には明かりもほとんどついておらず、ひっそりと静まり返っている。

ヒマワリは、己の胸が騒がしく音を立てるのを感じた。

あの中に、母がいるのだろうか。

警戒しながら様子を窺うが、周囲に見張りの姿は見当たらない。入り口の門を潜ると、先ほどの騎兵が乗っていた馬が繋がれているのが見えた。

「……静かですね。人の声も聞こえません」

アオが耳を澄ます。彼は終島の中やその周囲ならばどこに人間が存在しているのかおおよその位置情報まで把握できるが、ここではその機能は使えない。けれど、その耳は通常の人間の何十倍も遠くの音まで拾うことができる。

「足音が少し……聞こえるのは、二人分でしょうか」

「警備が手薄すぎる。本当にここなのか？」

クロが訝しそうに呟いた。

微かに明かりが灯っている窓に近づくと、ヒマワリはそっと中を覗き込んだ。

薄暗い部屋の奥で、床の上に倒れている人影が目に入る。兵士が二人。その周囲には、血だまりができていた。

「……静かなのは、生きている人間がほとんどいないからみたいだ」

中に死体が転がっていることを伝えると、アオはなるほど、と耳を澄ませる。

「ではこの二人分の足音は、数少ない生存者か、あるいは――殺人犯本人ということでしょうか。後者の可能性が高そうですね。逃げている様子はありませんし」

生存者、と聞いて不安に襲われる。

（お母さん……）

「足音はこちらからです」

アオに先導され、用心しながら扉を開く。

灯りが落とされ暗く沈んだホールを通り抜けていくと、さらにいくつかの死体が折り重なっているのを見つけた。その中には、先ほどの騎兵の姿もまざっているようだった。下手人はまだ近くにいるに違いない。

途中、無造作に開かれたままの扉からちらりと中を覗くと、各部屋の家具にいずれも埃避けの布がかけられているのが垣間見えた。どうやらこの屋敷は、長い間使われていなかったらしい。

やがて現れたのは、アーチ形の柱が立ち並ぶ回廊に囲まれた中庭だった。真っ白な石造りの壁が月光を弾いて、夜だというのに思いのほか明るく開けている。小さな噴水が中央に配されているが、水は涸れており、その足下には一面に美しいタイルが敷き詰められていた。

噴水のすぐ傍に、白い人影があった。

薄い寝間着のようなものを纏った女性が、力なく手足を投げ出してうつ伏せになっていた。その足は裸足で、靴も履いていない。

「おい、ヒマワリ!」

クロが引き留めるのも聞かずに、ヒマワリは駆け出していた。

見覚えのある長い銅色の髪が、無造作にタイルの上に散っている。その人は、ぴくりとも動かない。

ヒマワリは恐る恐る近づいた。

顔が見えない。

顔を確認しなくては——。

手を伸ばしその肩に触れた、その瞬間。

光る渦が蛇(へび)のように彼女の身体からぱっと噴き上がったと思うと、ヒマワリに向かって勢いよく飛びかかった。

「!?」

一瞬にして、右の手首にぐるりと絡みつく。徐々に光が収まると、その形がはっきりと確認できた。

腕輪だ。継ぎ目も留め具も見当たらず、隙間なくヒマワリの手首を取り巻いている。暗い緑の石がはめ込まれ、鈍(にび)色の金属部分には唐草文様(からくさもんよう)が刻まれており、その表面には細い光の線がいくつも怪しく行き交っていた。

唐突に、倒れていた人影はぐにゃりと歪み、溶けるようにして崩れ落ちる。

幻影だったのだ。

「くそっ……」

巻きついた腕輪を外そうと引っ張るが、びくともしない。

「ヒマワリ!」

「ヒマワリさん!」

クロとアオが駆け寄ってくる。

ところがヒマワリに近づこうとした二人は、突然見えない壁にぶつかったように立ち止まった。

「――なんだ？」

たたらを踏み訝しがる二人の足下に、突如として淡い光が湧き起こる。

敷かれたタイルの上に、彼らを取り囲む大きな魔法陣が浮かび上がった。その内に描かれた複雑な幾何学文様が輝きを帯びた次の瞬間、雷のような激しい音とともに、光の柱が天を突いて立ち昇った。

「クロ！　アオ！」

それまるで植物が蔓を伸ばすようにして地面から次から次へと湧き上がり、二人の姿を覆い尽くしていく。やがて光が闇の中に霧散して消え去ると、先ほどまで何も存在しなかったその場所には、黒々とした大きな檻が形成されていた。上部は鳥籠のように曲線を描き、二人を完全にその内に取り込んでしまっている。

アオが、己を囲む格子を掴もうと手を伸ばす。途端にバチリと激しい火花が散り、弾き返された。驚いた様子で手を放したアオは、焼け焦げた己の手に目を瞠る。

「くそっ、なんだよこれ！」

完全に閉じ込められたことを悟り、クロが苛立たしげに叫んだ。

ヒマワリは周囲を警戒しながら立ち上がると、この魔法を操る者の姿を捉えようと視線を走らせた。その間も腕輪を外そうと幾度も試みたが、まるで吸いつくようにぴたりと手首にはまっており、少しも動かすことができない。

魔力を込めて破壊しようと手をかざすが、そこでようやく違和感に気づいた。

（扉が……開かない？）

常ならば、魔法が流れ込んでくる見えない扉がある。その扉を開くことで、魔法使いは己の身に魔力を満たすのだ。けれど今は、その感覚がまったく掴めなかった。深く濃い靄の向こうに隠れてしまったように、手を伸ばしても空を切るような無力感ばかりが募る。

「――魔法が使えぬだろう」

庭を囲む回廊の柱の陰から、一人の男が現れた。まるでするりと、黒々とした影が形を成して抜け出してきたようだった。

おおよそ予想がついていたのでヒマワリは驚かず、静かに彼を睨みつける。

東の魔法使い、オグリである。

「その腕輪は、魔法の扉への干渉を妨害する。効果は一時的なものではあるがな」

「……母は、どこにいる」

「そう睨むな。殺してはおらぬ」

「イチイ将軍が兵を率いて行ったのも、陽動だったのか？」

「あの愚かなイチイは本気で信じて、そなたたちのいいように動いている。イチイがそなたたちを取り逃がすことは、予め視えていた。ゆえに私もまた、やつを囮に使っただけだ」

未来を視ることを得意とするオグリは、すべてわかっていたというようにうっすらと笑った。

「さぁ、アヤ殿下。今ならばこの者は、ただの人間も同然でございます」

オグリの背後から、もうひとつほっそりとした人影が現れた。

緩やかにウェーブしたくすんだ金髪に、灰色の目を持つ少年。ヒマワリはそれが、かつて魔法比べで目にしたあのヒムカの王子であると気づいた。

抜き身の剣を手にしたアヤは、冷ややかにヒマワリを見据えた。明確な殺意を迸らせるその様子にヒマワリは身構えたが、魔法も使えず武器も持たない今の自分は、滑稽なほどに無力だ。

己の手首に食らいついたままの腕輪を、ちらりと見下ろす。

（効果は一時的なもの……オグリはそう言った。時間が経てば効力を失うはず。それまでなんとか逃げきれれば）

そう長い時間ではないはずだ、という確信があった。魔法を抑える力のある魔道具など聞いたことがない。恐らく、新たに作られたばかりの実験的な品だろう。効果は限定的なはずだ。

アヤの間合いから逃れるように、ヒマワリはゆっくりと後退る。息を詰め、彼の動きから目は離さない。その視界の隅で、檻の中に囚われたクロとアオの姿がふと揺らいだのに気がついた。

はっとして振り返る。二人がその身を、竜とゴーレムに変化させようとしているのだ。

ヒマワリは鋭い声を上げた。

「だめ！　二人とも、そのままで！」

　魔法陣に描かれた術式から、あの檻が最大級の強度を有していることが見て取れた。二人の身体が檻の容積よりも大きくなれば、確実に圧し潰されてしまうだろう。

　クロとアオの動きが止まった。二人とも、焦れた様子で目の前の状況を見つめている。

　オグリは満足そうな笑みを浮かべている。竜と青銅人形を捕らえ、無力化させたのだ。本来の姿に戻れない狭い空間に押し込めたことも、計略のうちだろう。

（時間を稼ぐしかない）

　剣を手に、アヤがじりじりと近づいてくる。ヒマワリは自分を落ち着かせようと、深く息を吸い込んだ。

「――はじめまして、兄さん」

　気軽な調子で話しかけると、アヤの顔が不愉快そうに引きつった。

「自分に兄弟がいるなんて、不思議な気分だな。でも、たまに想像はしてたよ。自分がどこの誰なのかわからなかったから、本当の家族はどんなかなって」

「黙れ」

　アヤの剣が容赦なく、ヒマワリに向かって振り下ろされた。

　それをなんとか躱し、後ろに飛び退る。魔法使いであるヒマワリは、武器の扱いや体術といった分野は不得手だ。剣と相対するにしても、魔法ありきの対応しか想定してこなかった。今はただ、逃げるしかない。

そんなヒマワリにも、アヤの太刀筋が強く鋭いことは肌で感じられた。きっと彼は、相当な鍛錬を積んでいる。気を抜けば、すぐに斬られてしまうだろう。

「兄弟喧嘩にしては、物騒すぎるでしょ。僕、完全に丸腰なんだけど。卑怯じゃない？」

「この国に害をなす者は排除する。それが王子たる者の責務だ。お前のような忌まわしい存在は、この世にあってはならぬものだ」

再び剣が迫る。ヒマワリは身軽さを活かしてひたすら逃げ回ったが、じわじわと壁際に追い詰められていった。息を切らしながら、その間も何度も魔法を使おうと試みた。しかし、いまだに扉の気配すら感じ取ることができない。

（あと、どれくらい……）

どん、と背中に硬い石壁が当たるのを感じる。

追い詰めた獲物を仕留めようと、アヤは柄をぎりりと握り直し、水平に構えた。

「魔法使いなど、この世から消え去るべきだ」

そう吐き捨てるアヤに、ヒマワリは思わず苦笑した。

（気が合うじゃないか）

「どうしてそう思うの？」

「魔法使いがこの世を支配した時代、何が起きたか知らないとでも？　一部の限られた者だけが特殊な力を持てば、均衡が揺らぐもの。魔法は、世の理に反している」

「同感だね」

アヤは苛立ったように、勢いよく剣を突き出した。地面を蹴り、転がってその攻撃を躱しながら、ヒマワリは刃が壁にぶつかって弾かれる音を間近に聞いた。

たたらを踏んだアヤが、悪態をつきながら再びヒマワリに襲い掛かる。切っ先が腕を掠め、血が滲んだ。ヒマワリは痛みに眉を寄せるが、次の攻撃に備えてアヤから距離を取ろうと身構えた。

ふと、アヤの様子がおかしいことに気づく。

微かに足下がふらつき、顔色は心なしか青い。剣の動きもいくらか鈍ってきたように感じる。何より、逃げ回っているヒマワリ以上に、不自然なほど息が上がっていた。

それでもアヤは、憑りつかれたように剣を振るった。ヒマワリを殺そうという彼の意志は、間違いなく本物だ。けれどその太刀筋は徐々に、ヒマワリにもはっきりと見切って避けられるほど精彩を欠いていった。

顔の横を掠めた剣を横目に、ヒマワリは挑発するように笑みを浮かべた。

「疲れてるんじゃない？　苦しそうだけど」

「う……うるさい！」

振り下ろそうとした剣がぐらりと揺れた。力が入っていない。

ヒマワリはその瞬間を見逃さず、彼の懐に飛び込んだ。腰に両腕を回して、勢いそのままに引き倒す。

「……！」

倒れこんだ反動で、アヤは握っていた剣を取りこぼした。持ち主を失った剣は、タイルの上に音を立てて転がり落ちる。

今だ、とヒマワリはアヤにのしかかった。起き上がれないよう、力いっぱい押さえ込む。

扉には、まだ手が届かない。

（あともう少しのはず……）

アヤとの形勢が逆転してもなお、オグリが襲ってくる気配はなかった。アヤの手柄にさせるために、手を出さないと決めているのだろうか。あるいは、自分の手を汚す真似はしたくないのかもしれない。何しろ、小気味いいほど卑怯、と妖精王に評される男だ。

なんとか逃れようと必死にもがくアヤを懸命に押さえつけながら、ヒマワリは時が過ぎるのを祈った。

（早く……）

唐突に、腹部に違和感を覚えた。

息を詰めて、組み敷いたアヤを見下ろす。アヤは荒い息を吐きながら、憎悪に満ちた目でヒマワリを睨みつけていた。

ゆっくりと、己の身体に視線を移す。

左の脇腹に、短剣の柄が深々と突き立っているのが見えた。

アヤは大きな唸り声を上げて、渾身の力でヒマワリを突き飛ばす。同時に短剣が引き抜かれ、傷口から堰を切ったように鮮血が溢れた。

月明かりの中で、真っ赤な血が放射状に飛び散っていく。

クロとアオの声が聞こえた気がした。けれどそれは、窓の向こうで叫んでいるように、不思議なほど遠く感じられた。

ゆらりと立ち上がったアヤが、肩で息をしながら、達成感に満ちた表情で天を仰ぐ。

ヒマワリは起き上がることもできず、震える手で傷口を押さえた。どくどくと流れ出る温かな血が、指の合間から絶え間なくこぼれていくのを感じる。

（まずい……）

明らかに出血が多かった。

視界の端で、アヤが快哉を叫んでいる。

「ああ、母上！　ついにやりました！　あなたを苦しめた元凶を、この手で……！」

アヤは高揚した様子で声を上げ、高らかに哄笑した。その目は爛爛と輝き、陶酔の色に満ちている。

「あなたの息子が、必ず、この……国の……王に……」

しかし徐々に、その表情は翳りを帯びていく。

「……？」

アヤは怪訝そうに、己の手を見下ろした。

その血濡れた手は、ひどく震えていた。

握ったままだった短剣が、するりとこぼれ落ちていく。それに呼応するように、彼は力なく膝をついた。

　苦しそうに喘ぐアヤに、オグリがゆっくりと近づいてくる。

「ちょうどよい頃合いでした。あの姫は、きちんと役目を果たしたようだ」

「……？　何、を……」

「毒が回り切れば、すぐに安息が訪れます。アヤ殿下がいかに勇敢に戦い、この国の危機を救うために散ったか、その物語は後世まで語り継がれることでしょう。涙なしには語れぬ英雄譚を、私が広めて差し上げます」

　がくがくと震えながら浅い呼吸を繰り返すアヤは、信じられないというように東の魔法使いを見上げた。

「ど、毒……？」

「あなたが魔法使いを軽視することがなければ、次期国王としてお支えすることもやぶさかではなかったのですが。まことに、残念です」

　アヤの身体が、ぐらりと傾いだ。倒れ伏した彼の身体は、ひくひくと痙攣している。

　ヒマワリはただ横たわって、その光景を見ているしかなかった。

　血が、止まらない。まるで氷水に浸されているように、自分の身体がひどく冷たく感じた。

「それにしても、魔法使いを否定しながらも、私の予言は信じて実の弟君を殺すとは。そういったところは、お父上によく似ていらっしゃいますなぁ……」

オグリは憐れむような表情を浮かべる。

「私を心から信じ、予言が嘘とも知らずに己の実の子を殺そうとするあの方を、私は悲しく、そして愛おしくすら思っておりました。すべてはこの国のため、王の責務を果たすため――。ですがアヤ殿下、あなたは己が信じたいものだけを信じ、都合のよいものだけを見た。愚かなことです」

「なん、だと……？」

アヤは息も絶え絶えに、オグリを睨みつけた。

「嘘……？　お前、陛下に……何を……」

オグリはうっすらと、自嘲するような笑みを浮かべた。

「呪われた子――いかにもありそうな予言でしょう？　我ながら、なかなかに創作の才能があったと思っております。父を殺し、国を滅ぼす王子。陛下は私の言葉をすぐに信じてくださった。残念だったのは、赤子の段階であやつの息の根を止められなかったことです」

アヤが呻く。

「嘘、だと……？　何故、そんな……」

「邪魔な者を排除するのに、己の手を汚すのは私の主義ではございませんので」

「邪魔……？」

「私はいずれ、この者に殺される運命だった……しかしついに今日、この手でその運命を変えてみせたのです！」

感極まりその目を大きく見開いて、震える両の拳を握りしめる。そうして、安堵したように息を吐き出した。

「ご安心なさいませ。この国は陛下と、そしてその次に続くユメノ女王のもとで、さらに発展していくことでしょう。魔法使いが大きな力を持つ、大陸に覇を唱える偉大な国として。この尊い犠牲を、決して無駄にはしないとお約束します」

「………………！」

アヤは何か言おうとしたが、もう声を出すこともできないようだった。

「ヒマワリ！　ヒマワリ！」

「ヒマワリさん！」

クロとアオの声が、中庭に響き渡る。

オグリは身動きできずにいる二人を、満足そうに振り返った。

「私に害をなす者は滅ぼした。そして、竜に、青銅人形……ああ……この世の誰も手にしたことのない力をも手に入れた！　私ほどの魔法使いが、ほかにいようか。大魔法使いシロガネですら、今の私には敵うまい……！」

思わずこみ上げてきたというように口の端を吊り上げ、低い笑い声を上げる。

ヒマワリの耳には、それはどこか遠く、暗いトンネルの向こうで反響するように揺らいで聞こえた。

深海に沈み込むように、意識が遠ざかっていくのがわかる。それは抗えない力で引きずりおろすように、容赦なくヒマワリを遠いところへと押し流していく。

覚えのある感覚だった。

シロガネとして息絶えた時と、同じだ。

(クロ、アオ——)

薄れていく視界の向こうに、二人の姿を微かに捉えた。手を伸ばしたつもりだったが、実際には動いていなかったかもしれない。

(一緒に、帰りたい……)

終島へ帰りたかった。

あの場所でまた穏やかに、三人で暮らしていけたら。

夏が来る頃にはマーマレードを作り、毎年伸びた身長を刻んで、うさぎの子らがまた生まれるのを見守り、時折やってくる来客を追い返したり、からかったりしながら——。

いつの間にか、瞼は重く閉じていた。

(ごめん……)

音が途絶えた。

完全なる静寂に包まれ、闇の中へと身体が沈んでいく。底のない穴の中に落ちていくような、寄る辺のない感覚。

やがて闇の向こうに、見たことのない景色が広がった。

それは溢れるように眩しく、そしてあまりにも美しい光景だった。

見渡す限り一面の向日葵畑が、どこまでも続いている。

かつて三人で種を植えた、あの向日葵だとわかった。こんなにも広がって、美しく咲き誇っている。

その向こうで、誰かが呼んでいる気がした。


アオの耳が、闇の向こうで密やかに蠢くその音を聞き取ったのは、ヒマワリが剣を手にしたアヤと対峙し始めた頃だった。

「クロさん、この屋敷、囲まれています。かなりの数の兵です……足音からして、百はいるでしょうか」

アオが囁く声に、クロは舌打ちした。

「ヒマワリを何がなんでも逃がさないつもりか」

「……一人だけ、中に入ってきました。こちらへ向かっているようです」

オグリの仲間の魔法使いだろうか、とクロは歯がゆい思いで自分たちを取り囲む檻を睨みつける。その向こうでは、ヒマワリが懸命にアヤの攻撃を躱し続けていた。

何もできないことが悔しく、そして恐ろしかった。

魔法を封じられたヒマワリは、逃げ回ることしかできない。武器すら持たない彼を、アヤがじわじわと追い詰めていく。このままでは、斬られるのは時間の問題だ。今すぐにでも駆けつけて、アヤを殴りつけてやりたかった。

ところがヒマワリは、クロの予想を上回る動きを見せた。アヤを押さえつけることに成功したのだ。

「ヒマワリさん、すごいです！」

アオが歓声を上げる。

「よしヒマワリ！　殴れ！　気絶させろ！」

思わず拳を握りしめて、クロも叫ぶ。

しかし、ヒマワリはふいに動きを止めた。

やがてアヤに突き飛ばされ、力なく地面に倒れ込む。

クロは、目を見開いた。

その腹部は、流れ出した血で真っ赤に染まっていた。

「ヒマワリ――――！」

ヒマワリは動かない。

「ヒマワリさん……！」

アオが格子に飛びついた。火花が散りその手を激しく焦がそうとしても、力を込めながら激しく揺することをやめない。

「ヒマワリさん！　ヒマワリさん！」

「やめろ、アオ！　お前が壊れるぞ！」

見たこともないような形相で、狂ったように外に出ようとするアオを羽交い絞めにし、なんとか格子から引き剝がす。

やがて、アヤもまたその場に倒れた。

二人を見下ろし佇むオグリが、饒舌に語り始める。

「呪われた子――いかにもありそうな予言でしょう？　我ながら、なかなかに創作の才能があったと思っております。父を殺し、国を滅ぼす王子。陛下は私の言葉をすぐに信じてくださった。残念だったのは、赤子の段階であやつの息の根を止められなかったことです」

オグリの独白を聞きながら、クロは愕然とした。

つまり、すべてはこの男の虚言だったのだ。ヒマワリが父を殺し国を滅ぼすという予言は出鱈目であり、王も王子も将軍も、皆いいように踊らされていただけだった。

「あの野郎……！」

「クロさん、ヒマワリさんが……！」

アオが悲痛な声を上げた。

ヒマワリは動かない。血を流し瞼を閉じたまま、力なく横たわっている。

オグリの笑い声が、四方を囲む中庭の壁に跳ねてこだました。彼は満足そうに檻へと近づいてくると、囚われた二人を検分するようにじっくりと眺めまわした。

「これからは、私がお前たちを飼ってやる。まずはよくよく調べねばな。竜の血の効能、青銅人形の素材と構造……。お前たちの持つ力を魔法で再現できるようになれば、この世界を大きく変えることができる」

「冗談じゃねぇよ、クソ野郎！」

凄むクロに、オグリは憐れむような笑みを向けた。

「竜は繁殖させよう。魔法使いとかけ合わせれば、一体どんな子どもが生まれるか楽しみだ。青銅人形も量産ができれば、この国の軍事力はさらに――」

しかしその言葉は、突如としてそこで途切れた。警戒するように、オグリは振り返る。

月明かりの差し込む中庭に、一人の闖入者が現れたのだ。

その人物を見るや否や、オグリは目を剝いて驚愕し、唇を戦慄かせた。じり、とわずかに後退る。

「へ、陛下……！」

クロははっとした。

（陛下？　これが、ヒムカ王？）

中庭の入り口に、一人の男が足を止め佇んでいる。

ヒムカ王セキレイ。大陸屈指の軍事大国の王、予言を信じて己の息子を殺そうとする冷酷な男。さぞや力に驕り欲に塗れ、猜疑心が強く傲慢で粗野な王だろうと想像していた。

ところが、目の前にいるのはどことなく学者や隠者のような、理知的な風貌の男だった。背は高く、その髪はヒマワリと同じ金。穏やかな春の湖のような薄青の瞳は、恐らく普段ならば冷静に物事を見極めるために冴え冴えと凪いでいるに違いない。けれど今は、驚愕に満ち、激しく揺れている。

彼はオグリの足下に倒れている二人の少年の姿を、その瞳に映した。

「陛下、このような場所に御自らお出ましになるとは……！」

オグリは大仰に彼を出迎える素振りを見せると、口上を述べるようにまくしたてた。

「たった今、アヤ殿下が見事、この謀反人を討ち取られました。ヒムカ国の王子として、まことにご立派で勇ましい戦いぶりでございました。ですがやつが卑怯な手を使い、不幸にも相打ちとなり、このような――」

「オグリ」

セキレイは、よく通る低い声で東の魔法使いの名を呼ぶ。

「すべて……嘘だったのか」

「は……？」

「そなたの予言は……トキワの子が、この国を滅ぼすという予言は……すべて、偽りであったのか」

静かな怒気を孕んだその声が、夜気を震わせた。

クロはぴりりとした覇気を、確かに肌に感じた。それは、まごうことなき大国の王としての威厳と風格を体現していた。

オグリは微かにたじろいだ。しかしすぐに気を取り直したように、普段通りといった風情をその身にさらりと纏うと、怪訝そうに問いかける。

「陛下？　一体、何を仰っているのか――」

「すべて聞いていた。お前の告白……すべてだ！」

裏切られた絶望と、彼を信じていた自分への憤り、そして目の前に倒れた二人の息子の姿への動揺。それらが彼の中で荒れ狂い、その心は激しく乱れているに違いなかった。

しかしセキレイは、己を必死に律しているようだった。怒りに震えながらも言葉は抑制され、なんとか冷静さを保とうとしているのが伝わってくる。

「お前が、近ごろ頻繁にユメノのもとを訪れていたことはわかっている。ヒムカへ来ても私に会うこともなくこそこそと動いているようであったゆえ、密かに様子を探らせていた。この屋敷も、すでに我が近衛の兵によって包囲してある」

「へ、陛下……」

青い目が、悲しみと悔恨に揺れる。

「予言を鵜呑みにし、言われるがままに動いていた私を……お前はずっと、笑って見ていたのか」

「陛下、誤解でございます！　何故そのようなことを仰るのです！　私はこれまで、陛下に一身に仕えてまいりました！　それは、陛下が最もよくご承知のはず！」

「そうだ！　お前だけは、ずっと私の味方だった。何の力も持たぬ放逐された王子であった私を、お前は支え続けてくれた。お前だけは、信じていたのだ。そんなお前の言葉だから信じたのだ、あのおぞましい予言、すべてを……！」

血を流して倒れているヒマワリの姿を捉え、セキレイは声を震わせる。

「あの子には、なんの罪もなかったというのに……！」

「陛下、どうか落ち着かれませ。思い違いをされていらっしゃるようです。すべて説明いたします。ですので一度城へ戻り、休まれてから——」

「これ以上、失望させるな、オグリ！」

セキレイは叫んだ。その拳は、きつく握り込まれている。己を抑えるように、そしてオグリへの怒りをこれ以上募らせたくないというように。

「この件は、魔法の塔へも報告する。魔法使いがその力をもって人を謀ることは、何よりの禁忌のはず。四大魔法使いの地位もはく奪されるであろう！」

「陛下……お待ちを！」

取り縋るオグリを、セキレイは躊躇わず振り払った。

「信じて、いたのだぞ……オグリ」

痛みを堪えるような表情で、背を向ける。彼にとってオグリは臣下であると同時に大切な友でもあったのだと、察するには十分だった。

拒絶されたオグリは、硬直したように立ち尽くしている。

セキレイはアヤの傍に膝をつき、息子の顔を覗き込む。痙攣を続けるその様子は、明らかに危険だった。

その傍らには、血を流すヒマワリが横たわっている。赤子の頃以来初めて間近に目にしたであろうもう一人の息子に、彼は恐る恐る手を伸ばした。

しかし突然、その身体は傾いだ。

セキレイは、二人の息子の間に力なく倒れ込む。

「……！　おい⁉」

クロが声を上げる。

横臥(おうが)したヒムカ王は、完全に意識を失っていた。

魔法でセキレイを気絶させたオグリは、杖を手にしたまま、動揺した様子で荒い息を吐いている。

「陛下……知らなければ、知らないままであれば、これからもあなたは偉大な王として、我が友であり続けたのに」

オグリは悲愴な表情で、倒れたセキレイにふらふらと近づいていく。

「ああ、こんなことは、したくなかった……」

ぶつぶつと呟きながら、オグリはその暗い目の内に倒れたセキレイの姿を映し出す。

「ですが――もとはといえば、あなたがいけないのですよ。あなたは、私だけ信じていればよかったのに……あの女の言葉に耳を傾けるようになったから……あんな低級な魔法使いの……あんな女との間に、子どもまで……私の助言に耳も貸さずに……あなたのことを誰よりわかっているのは、私だというのに……」

オグリの中の怒りとやるせなさが、クロには見えた気がした。誰より自分を一番に見てほしいという彼の叶わぬ願いが、言葉の端々に滲む。

「私はこの手で人を殺めたことはありません。それが私の、魔法使いとしての矜持でもありました。けれど、あなたは……あなただけは、私がこの手で……！」

魔法の杖が、輝きを放ち始める。

本気で殺すつもりなのだ。

「やめろ――――！」

クロは叫んだ。

その時だった。

突如としてオグリの頬に拳がめり込み、顔が歪むほどに殴りつけられた。

あまりの力に、小柄な体はそのまま吹き飛ばされる。

宙を舞ったオグリは、音を立てて壁に激突した。

彼を殴りつけた人物は、そのまま白目を剥いて動かなくなった東の魔法使いを見下ろしながら、握り込んだ拳を震わせていた。

「――この、下衆野郎！」

月明かりに照らし出された怒りの形相のモチヅキは、顔を真っ赤にしながら侮蔑も露に吐き捨てた。

モチヅキはクロとアオの足下に広がる魔法陣に、己の剣を勢いよく突き立てた。途端に、描かれていた緻密な模様にひびが入り、編まれた糸がほどけるかのごとくバラバラと崩れ始める。クロとアオを取り囲んでいた檻は支えるものを失ったように音を立てて大きく揺らぎ、やがて淡く朧げに霞んで消え去った。

自由になった途端、二人は倒れたヒマワリのもとへと無我夢中で走り出す。

「ヒマワリ！」

遠目に見ても、ヒマワリの出血はひどい。動くこともできず倒れているその姿に、クロは血の気が引く思いだった。

「ヒマワリさん！」

アオがヒマワリの傍らに膝をつき、傷の状態を確かめる。溢れ続けている血を止めようと、傷口を押さえ込んだ。

ヒマワリは瞼を閉じたまま、ぴくりとも動かない。

微かに息はある。しかし流れ出た血の量から、もはや手の施しようがない状態であると、誰の目にも明らかだった。

クロは唇を嚙んだ。すぐに治癒魔法をかけて傷を塞ぐことができれば、助かるかもしれない。だが今から魔法使いを探して連れてくるのに、一体どれだけ時間がかかるだろう。その間に、事切れてしまったら――。

モチヅキが震える声で言った。

「だ、大丈夫ですよね？　ヒマワリ、助かりますよね……？」

縋るようなその言葉は、自分でもそれが難しいとわかっているようだった。

ヒマワリの血の気のない白い顔が、死の間際のシロガネの顔に重なっていく。そこには確実に、死の影が忍び寄っていた。

足下が揺らぐような感覚に陥った。クロは思わず、ヒマワリの手を取り握りしめた。

まだ温かい。まだ、生きている。

けれど、人の生があっさりとこの世から切り離されていくのを、そうしてその身体が冷たく動かなくなっていくのを、クロは何度も目の当たりにしてきたのだ。

棺（ひつぎ）の中で眠る彼らの姿が、脳裏をよぎる。

（ヒマワリも――）

そう思った瞬間、ぞっとした。

シロガネが死んだ時、クロは心底後悔したのだ。

何故彼とともにある時間を、もっと大事にしなかったのか。何故もっと早く、彼の具合が悪いことに気づいてやれなかったのか。

何故、無理やりにでも、己の血を飲ませなかったのか――。

「ヒマワリさん！　ヒマワリさん……！」

アオが、ガタガタと揺れている。その手は傷口を押さえたところ、流れ出た血で真っ赤に染まっている。

彼は泣くことがない。その機能がないからだ。代わりに、きっとまた壊れたように震え続けるのだろう。

シロガネが死んだ時のように。

クロはおもむろに、己の右手の親指を口元へ持っていく。

そして、勢いよく歯を立てて嚙み切った。

たらりと鮮血が流れた。クロはヒマワリの唇に、それをぐいと押し当てる。

アオが驚いて声を上げた。

「クロさん!?」

「飲め！」

竜の血は、あらゆる傷や病を治す。それが不治の病でも、そして、どんな大怪我であっても。

「飲め、ヒマワリ！　口開けろ！」

ヒマワリの唇は動かない。

――だめだよ。

かつてシロガネは、そう言って拒んだ。

己の死を受け入れていたから、そして、クロがその血を人に与えることに嫌悪感を抱いていることを理解し、尊重してくれていたからだ。

けれど今、クロが望むものはひとつだった。

「飲め！　絶対、死なせねぇからな！」

クロはヒマワリの口を無理やりにこじ開けて、己の赤い血を注ぎ込んだ。

息を詰めて、クロは様子を見守った。アオもまた、揺れることすら忘れたように、食い入るようにヒマワリを見つめている。一体何が起きているのかと困惑している様子のモチヅキは、しかし二人の緊迫した空気に何も言えずにいるようだった。

しばらくの間、何の変化も見られなかった。

遅かったのか、と不安が胸を突く。

それは、永遠のように感じられる時間だった。喉がからからに渇き、息をするのも忘れそうになる。クロは無意識に、ヒマワリの手を強く握りしめた。

ふと、アオが傷口に置いていた手を、そっと持ち上げた。

彼は驚いたように血に染まった両手を見下ろし、そしてぽつりと言った。

「……血が、止まりました」

二人は慌てて、ヒマワリの顔を覗き込む。

微かに、頬に赤みがさしていた。

「ヒマワリさん……？」

長いまつ毛が、応えるように震える。

固く閉じられていた瞼が、ゆっくりと開いた。その奥から、向日葵の花が咲く瞳が現れる。

茫洋(ぼうよう)として焦点が合わないその目が、やがて心配そうなクロとアオの顔を捉えた。

ヒマワリはしばらくそうして二人を見上げ、やがて口を開いた。

「…………二人とも、無事?」

囁くような声。

歓喜の声を上げモチヅキが泣き出す中、アオがガタガタ揺れながらヒマワリに抱きつく。

クロは心底安堵して大きく息を吐くと、思わず目を閉じて天を仰いだ。無意識に、乱れた黒髪をかき上げる。その手が、まだ震えているのが自分でもわかった。ヒマワリを失ったらどうしようかと、考えただけで恐ろしかったのだ。

アオに抱えられて身体を起こしながら、違和感に気づいたようにヒマワリは口をもごもごとさせた。

「……鉄の味が、する」

己の唇を確かめるように触れ、腹部の傷を確認し、やがてクロの指に目を留める。

それで、クロが何をしたのか察したのだろう、ヒマワリは悲しそうな表情を浮かべた。

「クロ……」

クロは顔を背ける。

「俺の血を俺がどう使おうが、勝手だろ」

「でも」

「うるさい。そうしたいと俺が思ったんだ。……それでいいだろ」

ヒマワリは何か言おうと身を乗り出したが、すぐに痛みに顔を顰めて、傷を負った腹部を庇う。

「ヒマワリさん、痛みますか？」

「……大丈夫。痛みはまだ少しあるけど、傷はほとんど塞がってきてるよ」

ふと、すぐ傍に倒れているセキレイに気がつき、ヒマワリは怪訝そうな顔をする。

「この人——？」

アオは少し躊躇って、クロを窺った。なんと説明しようか、と言いたげだ。その男こそが、自分を殺そうとしていた父親であると知れば、ヒマワリはどう思うだろうか。

二人が言うべきかどうか迷っていると、ピシリ、と切り裂くような音を立てて、ヒマワリの手首に巻きついていた腕輪が真っ二つに割れた。ヒマワリは驚いて、自分の腕を見下ろす。地面に落ちて粉々に砕けた腕輪は輝きを失い、一瞬で朽ちたような色に染まっていく。

「取れた……」

確かめるように手首を摩り、ヒマワリはその手にふわりと魔法の杖を取り出してみせた。

「魔法が、使える」

ヒマワリははっとして、倒れている己の兄を振り返った。

アヤは意識を失ったまま、小刻みに痙攣を繰り返している。

「毒を盛られたって言ってた。すぐに解毒しないと」

「おい、助けるつもりか？　お前を殺そうとしたんだぞ」

「オグリを糾弾するには彼の証言が必要だし、母さんの行方も知っているはずだ。死なせるわけにはいかない」

「でも、毒を消す魔法はないはずだよ、ヒマワリ。治癒魔法はあくまで、身体の回復機能を高めるものだもの」

　モチヅキは、魔法についての知識だけは豊富である。彼がそう言うのなら、魔法で毒を取り除くことはできないのだろう。

「医者のところへすぐに連れていこう。それに、毒の種類を特定しないと――」

「ハイドラの毒だな」

　モチヅキが背負っていた剣から、声が響いた。その剣から濃い煙が湧き上がったと思うと、渦を巻くように音を立てて人の姿を形作っていく。

　やがて完全に実体を現したバトラズは、倒れているアヤの様子をまじまじと観察した。

「間違いあるまい。ハイドラの匂いがする」

「ハイドラって……あの大蛇？」

「触れただけで死に至る毒の血よ。むやみにそやつに触れぬほうが賢明だな」

　あの大蛇は、存在自体が規格外である。忘れ去られた古の怪物。その血が持つ毒など、未知の存在だ。

「解毒の方法は？」

ヒマワリの問いに、バトラズは「ない」と即答した。

「少なくとも我の生きた時代、この毒にかかれば生き延びる手立てはなかった」

モチヅキが恐る恐るというように、クロを窺う。

「あの、クロさん。さっき、どうやってヒマワリを治したんですか？」

「ああ？」

クロが睨むと、モチヅキは身を縮める。

「そのぅ、血を……飲ませているように見えましたが」

躊躇いながらも、しかし意を決した様子で、モチヅキは言った。

「僕、思い当たることがあって。竜の血は、どんな病も怪我も、治してしまうって……それに、竜は呪いをかけることができる。昔、終島を離れる時、僕クロさんに言われたこと思い出して……だから、その、もしかして……」

「そやつは竜だろう」

散々言い淀(よど)んだモチヅキに対し、バトラズはすっぱりと言い切った。

モチヅキが俄然(がぜん)、身を乗り出す。

「ほ、本当に？　絶滅したはずの……竜？」

クロは答えず、ふいと顔を逸(そ)らした。

モチヅキはそれを肯定と捉えたのだろう、強張(こわば)った顔でごくりと喉を鳴らす。

「あの、それなら、クロさんの血を彼にも飲ませれば、解毒も可能では──」

「嫌だね」

クロはぴしゃりと拒んだ。

「ヒマワリだから、くれてやったんだ。誰がこんなやつに飲ませるかよ」

「で、でも、目の前に死にそうな人がいるんです。非常事態じゃないですか。だから……」

「はっ！」

クロは嘲るように吐き捨てた。

「これだから人間は！　自分たちが生き残るためなら、何を犠牲にしてもいいと思ってやがる。いいか、俺の血は俺のものだ。お前たちのためにある便利な薬じゃねぇ」

「そんな……！」

「やめて、モチヅキ」

ヒマワリが言った。

「クロの言う通りだ。それは、僕らが求めていいものじゃない」

きっぱりとした口調で言い切ると、ヒマワリは周囲を見回した。

「いるんだろ、アルベリヒ」

すると、中庭を囲む回廊の上から、軽やかな笑い声が降ってきた。

「気づいてたの？」

いつからそこにいたのか、屋根の上に足を組み優雅に腰掛けた白髪の老人が、面白そうに彼らを見下ろしていた。

「匂いがしていたからね」

ヒマワリが言った。

クロは突如現れたその人物を警戒した。アオも、ヒマワリを庇うように前に出る。

（こいつは、人じゃない）

それは直感だった。

するとヒマワリが、二人に「大丈夫だよ」と声をかける。

「あれは妖精王だ。今度は本物」

「妖精王？　こいつが？」

目の当たりにするのは初めてだった。

確かに、先日出会った羽のある妖精たちとは明らかな格の違いを感じる。しかし一体、どうしてこんなところに妖精王が姿を見せたのか。

なにより不可解なのは、彼をよく知っているような、ヒマワリの落ち着いた態度だった。それはあの暁祭から戻って以来、ヒマワリに対しての幾度目かの違和感で、妙に引っかかりを感じた。

「アルベリヒ、大蛇の毒の使い途を知っているって言っていたよね。解毒の方法も知っている？」

「もちろん」

「教えてほしい」

「いいの？　ただじゃないよ」

「後で聞く。早く」

「約束だよ。取り消しはきかないからね」

「わかってるよ」

アルベリヒは肩を揺らして、満足そうに微笑んだ。

「ハイドラの毒を打ち消すものは、この世でただひとつ。けれど、手に入れるのは難しい。過去にたった一度だけ、それを手にした者が解毒に成功したことがあったらしいけれど、千年以上前の話だよ。僕も、この目で見たことはない」

「それは何？」

彼は、自分の目元をとんと優雅に叩いてみせた。

「妖精の涙を、一滴」

「妖精の、涙……」

「そう。だからこの解毒法は僕らしか知らないし、使うこともできないのさ」

ヒマワリは考え込む。

「……つまり、君が泣いてくれるの？」

アルベリヒは笑いながら両手を広げ、肩を竦めた。

「僕は生まれてこのかた、涙など流したことがない。どうやったら泣けるのかもわからない。妖精は、泣かないものだからね」

「じゃあその過去の事例では、どうやって涙を流したのさ」

「そこまでは知らないな」

「……これだから妖精ってやつは厄介だよ」

ヒマワリは険しい表情で、息も絶え絶えなアヤの様子を窺った。残された時間は多くない。

興味深そうにアオが尋ねた。

「あのう、妖精は泣かない、というと、悲しくて泣いたりなさらないんですか？」

「悲しいという気持ちが、よくわからないのだよ。いや、理解はしているよ。お気に入りの鳥が死んだら残念だと思うし、悼む気持ちもある。でも、涙が出たことはない」

「なるほど。では、俺と似たようなものですね。俺は涙という物質を身体から生み出す機能がないので、泣いたことがありません。悲しいという気持ちはわかるつもりですが、それが涙という現象には昇華されません。ですが過去の事例があるならば、きっとあなたは涙を流すことができるはず。方法さえわかれば……」

「痛みを感じれば、泣くんじゃねーのか？」

クロが拳をポキポキと鳴らした。

「なるほど。それなら俺もお手伝いできそうですが」

アオもまた、わきわきと指を蠢かせる。

「残念ながら、僕に触れていいのは僕が許した者だけだよ。そして僕に傷を負わせた者は、これまで一人としていない」

「クロ、アオ。彼は妖精の王だ。触れることすら難しいよ」

クロは思わず舌打ちする。

「解毒の方法を教えるって言いながら、それは決して手に入らないものだと？　ふざけてるぜ」

「人間が右往左往している姿って、最高に面白いよね」

悪びれずに笑うアルベリヒに、クロは脱力した。

妖精は、人やそのほかの生き物とは相容れない。根本的に何かが違う。例えばこういうところだった。

すると、話を聞いていたモチヅキが「あの……」と恐る恐る手を挙げた。

「僕、おばあちゃんに聞いたことがあります。悲しくなくても、涙を流す方法……！」

全員の視線が、引き寄せられるように彼に集中した。


純白の鳥の群れが一斉に真っ青な空へと羽ばたき、風を纏う。

人々はその光景を見上げながら、わあっと歓声を上げた。今日という祝いの日のために、捕らえてあった鳥が籠から放たれたのだ。

ヒムカ国王子アヤとイト国王女キサラの結婚式の朝は、二人を祝福するように晴れやかな青空が広がり、王都の人々は口々にその慶事を寿いだ。

ほんの数日前、この国を滅ぼすと予言されたという呪われた王子が王都を騒がせた。王都中が大きな不安に飲み込まれたものの、その邪悪な王子を見事討ち果たしてみせたのが、本日の主役であるアヤであった。

国を救った英雄の結婚式とあって、民衆の熱狂は凄まじかった。パレードが行われる予定の沿道は一目アヤの顔を見ようとする人たちで溢れ、それに先立ち結婚式が執り行われる聖堂の周囲にも朝から大群衆が押し寄せた。周辺の警備に当たる兵士たちは想定以上の混乱に圧倒されながら対応に追われ、あちこちで怒声が響き渡っている。それでも、晴れがましい祝いの日の浮かれた華やかさが王都中を覆い尽くし、紙吹雪が舞い、音楽が溢れ、老いも若きも笑顔で酒を飲み、見知らぬ者同士が歌い踊っていた。

ひとつだけ残念だったのは、その呪われた王子の首が晒されなかったことだ。誰もが、石を投げつけてやりたかったと悔しがった。反逆者といえども現国王の実子であるから、その遺体は最低限の礼節をもって遇されたという。

そんな市中の喧騒とは対照的に、荘厳な聖堂に集まった参列者たちは、花嫁が入場するのを今か今かと待ちわびていた。

いずれも、国内各地の貴族たちである。彼らの視線の先には、祭壇の前に立つアヤの姿があった。あれが噂の王子か、と品定めする視線が飛び交い、彼の側についたほうが得策だ、という思惑が多くの者の心に蠢いている。

ここに、アヤの異母姉でありこの国の第一王女であるユメノの姿はない。彼女はその呪われた王子と共謀し、父と弟を殺して自らが女王となることを画策した謀反の罪に問われていた。

やがて聖堂の扉が開き、花嫁であるキサラが姿を現すと、ほう、とどこからともなく感嘆の吐息がいくつも漏れた。眩いばかりの純白のドレスには、ヒムカの職人たちがその技術の粋を集めて作り上げた緻密で繊細なレースが施され、ほっそりとした花嫁の身体によく映えている。長く引き摺る裳裾を優雅に揺らしながら、彼女はゆっくりと祭壇へ向かって歩き始めた。

美しいヴェールの下で、花嫁の表情は明るく希望に満ちていた。つい先日、彼女が自分の婚約者を殺そうとしたばかりであるなどとは、誰も想像すらできないだろう。

アヤに毒を塗った手袋を贈って以来、キサラは吉報を待ち続けていた。

彼はいつ息を引き取るのかと期待と不安に胸を膨らませ、じりじりした思いで部屋に籠もった。不思議と、罪悪感はなかった。ユメノの言う通り、アヤを亡き者とするのがこの国のためでもあるのだし、何より自分とクロの未来のためには必要なことだった。ユメノは贈り物にする手袋まで用意してくれて、キサラは首尾よく彼にその手袋をつけさせることに成功した。

ところが、アヤの訃報は一向に伝わってくることなく、体調不良という噂すら聞こえてこない。一方で、結婚の準備は粛々と進んでいった。

キサラは戸惑いながらも、ドレスの試着を済ませ、女官長から式次第や作法についての説明を受け、あれこれと慌ただしい日々を送った。それとなくアヤの様子を女官長に尋ねてみても、「殿下はお忙しくていらっしゃいます」としか答えない。

王族の死は一定期間伏せられることも多い。そのためかとも考えたが、着々と進む結婚準備の様子は、彼がすでにこの世にいないとは思えないものだった。

部屋の前には常に見張りの兵士が立っていて、自由に外へ出ることも許されない。クロに会いたい、なんとか繫ぎをつけてほしいと侍女に懇願しても、一切聞き入れてもらえなかった。

そうして絶望の中で泣くばかりだったのが、昨日までのことである。

昨夜、キサラは部屋に運ばれてきた食事の皿の下に、小さなメモを見つけた。

——明日必ず、あなたを奪いに行く。

クロ、という署名が目に飛び込んできた途端、キサラの身体は喜びに打ち震えた。

(あの方が、助けにきてくれる)

そしてようやく、泣くのをやめたのだ。

キサラは誰にもこの企てを悟られないよう浮き立つ心を必死に抑えながら、この日、婚礼用の純白のドレスに諾々と袖を通した。それはもはやクロのために着ているも同然であったから、鏡に映る自分の姿に幸せな気分で見入ることができた。儀式の流れをもう一度確認し、クロが現れるのはいつだろうと想像しては、うっとりと甘やかな未来に想いを馳せる。

キサラが急に結婚に前向きになった様子に侍女は不思議そうにしていたが、長年傍に仕えてくれた彼女にも本当のことは言えなかった。

(ごめんね。でも私、幸せになるから)

キサラは心の中で呟くと、祭壇の前に進み出た。新郎であるアヤが花嫁を迎え入れ、その隣に並び立つ。

こっそりと、アヤを横目に窺った。

顔色もよく、特別どこかが悪い様子はない。礼服に身を包み背筋を伸ばした姿は堂々としており、浮かれたり緊張したりしている素振りもなく、落ち着き払った佇まいだ。

結局、あの毒は偽物だったということだろう。ユメノが騙したのか、からかったのかはわからないが、キサラにとってはもうどうでもいいことだった。

頭上を照らす絢爛なステンドグラスの七色の輝きが、キサラの前途を祝福しているようにキラキラと瞬いている。それをうっとりと見上げながら、キサラは胸を高鳴らせた。

一体、クロはいつどこから現れるだろうか。もうすぐ彼の手を取り、二人でここから逃げ出すのだ。あの美しい瞳が自分を見つめて、その腕の中に抱かれる様を思い浮かべると、思わず吐息が漏れた。

上の空のキサラをよそに、式は滞りなく進行していった。

「――では、誓いの口づけを」

ついに佳境に差し掛かり、新郎との口づけを促されると、キサラはさすがに怯(ひる)んだ。足が震えた。これはキサラにとって、初めての口づけなのだ。愛する人以外には、決して捧げたくはない。

アヤの手が、キサラのヴェールをゆっくりと上げていく。己の顔が露(あらわ)になっていくのを感じながら、キサラは祈るようにぎゅっと目を瞑(つむ)った。

（クロ様、早く――）

突如として、耳をつんざくような音が聖堂中に響き渡った。

祭壇の背後、聖堂の中央に位置し光を注いでいた巨大なステンドグラスが、粉々に砕け散ったのだ。それはまるで、七色の雨が頭上から降り注いだかのように、キサラの目には映った。煌めきながら舞い落ちる数えきれない破片の向こう側から、黒い影が二つ、飛び込んでくる。

二人の男である。手には、大きな剣が握られていた。

武器を持った侵入者に、あちこちから恐怖に満ちた悲鳴が上がった。キサラもまた、驚きに身を硬くする。

「この結婚に、異議を申し立てる！」

男の一人が、聖堂中に響き渡るほどの大音声(だいおんじょう)で宣言した。

わけがわからず立ち尽くしているキサラに、もう一人の男が手を伸ばす。逃げる間もなく、キサラの身体はあっさりと抱え上げられてしまった。

「きゃああ！」

手足をばたつかせて抵抗するも、相手はびくともしない。

「姫は本来、我らの妻になるはずだった！　よって、この結婚は無効である！」

二人の男は声高に叫ぶと、キサラを抱えて一気に聖堂内を駆け抜けた。恐慌に陥った参列者たちは我先にと出口へと向かい、開け放った扉から逃げていく。その流れに乗るように、二人組もまた外へと飛び出した。

聖堂の前で待機していた警備兵たちが、異変に気づいた。彼らは花嫁を抱えた男たちを見るや、その行く手を阻もうと慌てて立ちふさがる。しかし、キサラを攫った二人は恐るべき身のこなしと剣技を有していた。彼らは一瞬で兵士たちをなぎ倒し、その場から目にも止まらぬ速さで逃走したのである。

「追え！　賊を決して逃がすな！」

アヤが号令をかける。

花嫁を背負って逃げる二人組、それを追う兵士たち。

集まっていた民衆は、呆然としてその後ろ姿を見送った。

キサラの発する甲高い悲鳴が、徐々に遠ざかっていく。風に乗り、彼女のつけていたヴエールだけがふわりと飛んできて、石畳の上に抜け殻のように舞い落ちた。

これが、のちの世まで語り継がれる、『ヒムカ国花嫁誘拐事件』であった。

一人ぽつんと聖堂に取り残されたアヤは、ショックを受けたように頭を抱えていた。

彼の周りには心配する従者や参列者が集まってきたが、青い顔をしたアヤは「少し休む」とか細い声で言い残し、騒がしい聖堂を覚束ない足取りで後にした。

その姿の哀れさは、人々の深い同情を誘った。そっとしておいてあげよう、と誰もが訳知り顔で頷き合い、そして花嫁を奪った無法者が即刻捕まり彼女が無事に戻ることを心から祈った。

アヤは俯きながらふらふらと、控室として用意されている聖堂内の一室へと向かった。

しかし部屋に足を踏み入れるなり、そのまま崩れ落ちて嘆き悲しむかと思われた。力なくドアを開けると、アヤは項垂れていた頭をしゃんと上げた。そして清々した様子で髪を掻き上げると、ひどく疲れたように大きく息をつく。

長椅子の上でごろごろしながら待っていたヒマワリが、にこやかに手を振った。

「演技派～。どこからどう見ても、花嫁を奪われて呆然とする哀れな花婿だったよ」

アヤは不本意そうに襟元を緩めながら、ふんと鼻を鳴らす。

「あくまでこちらはなんの過失もない、完全なる被害者である必要があるからな。やりすぎるくらいでちょうどいいだろう」

この騒動はすべて、ヒマワリとアヤが仕組んだことであった。

妖精の涙によって無事に命を取り留めたアヤだったが、さすがにすぐには起き上がれる状態ではなかった。

あの夜から二日後、ヒマワリはイチイの屋敷に滞在しているアヤのもとを訪ねた。城へ戻ればアヤが毒に倒れたという事実が知れ渡る可能性があったため、いまだ見つからない反逆者の捜索を自ら指揮するという名目で、イチイのもとに身を寄せていたのだ。

アヤは、抜け殻のようにベッドに横たわっていた。

「気分はどう?」

ヒマワリが声をかけると、天井を見上げたまま、

「――道化になった気分だ」

と低く呟く。

微かに手足に痺れが残っているものの、息苦しさや吐き気も消え、顔色もよくなった。解毒薬としての妖精の涙は、確かな効力を示していた。

あの日、生まれて初めて涙を流した妖精王は大いに感激し、

「こんな素晴らしい経験をさせてもらったんだ。対価は十分だよ!」

と歓喜しながら、浮かれて跳ねるように帰っていった。そういうわけでヒマワリは、妖精王に借りを作らずに済んだのである。すべて、モチヅキのおかげであった。

そのモチヅキはというと、現在は城に詰めていた。捕らえられたオグリの罪状を明確に

するため、あの場で起きたことの証人として、意識を取り戻したセキレイから同行を求められたのだ。さらには魔法を無効化する彼の活躍により、ユメノと彼女に従っていた宮廷魔法使いたちは無事に捕縛されたらしい。

あの夜モチヅキは、ヒマワリに協力することを約束してくれた。

「僕は、魔法使いになりたかった。けどそれは、誰かの助けになりたかったからだ。誰かを犠牲にしなければ魔法を得ることができないというなら、それは僕にとっての魔法じゃない……そう気づくのに、時間がかかったけど」

そう語るモチヅキは、まだ魔法への想いが完全に消え去ったわけではないのだろう、悲しそうな表情を浮かべていた。

「本当にいいの、モチヅキ？」

モチヅキは少しだけ、躊躇ったように俯く。

しかしやがて、うん、と頷くと、迷いのない目をヒマワリに向けた。

「僕の力で誰かを救えるのなら、それこそが、僕の求めた魔法だと思うから」

兄のモロボシの謝罪を受け入れたという彼は、当面は兄弟で実家の再建に力を尽くすという。けれど、必要となるその時が来たらいつで呼んでほしいと言ってくれた。

モチヅキがまた危険に晒されるようなことがないか心配ではあるが、彼の手元に聖剣ムラクモがある限り、滅多なことは起きないだろう。なにしろあの剣には、最強の王が宿っているのだから。

そのムラクモの中に棲むバトラズはすっかりモチヅキを気に入ったようで、彼の傍に留まることを選んだ。モチヅキに何かあれば彼が守ってくれるであろうし、何よりバトラズ自身、己の国を滅ぼした魔女を憎み、彼女を打ち倒すことを悲願としている。頼もしい限りである。

アヤはあれ以来ずっと放心状態で、まともに口をきくのはこれが初めてだった。

オグリの言葉に踊らされ、最後には邪魔者として殺されそうになり、そして何より、血眼になって探し殺そうとしていた『呪われた王子』は存在自体が空虚な嘘だった。彼の自尊心はずたずたであろうし、虚脱感に襲われるのも無理はない。

「……身体は、大丈夫なのか」

こちらを見ようともせず、しかし気まずそうに、アヤは言った。

ヒマワリは軽く自分の腹部を摩った。あの時、アヤの短剣は間違いなくヒマワリを深く突き、致命傷を与えた。しかし今では、竜の血の効能により跡形もなく完治している。

ヒマワリは気軽な調子で「問題ないよ」と答えた。

「もう、傷も残ってない」

「治癒魔法とは、それほどの力があるのか」

「うん、まぁ」

竜の血の存在を知られるわけにはいかないので、傷は魔法で治したと説明してあった。アヤの毒を消したのも、ヒマワリが作り出した新たな魔法だということにしてある。アヤの認識の中では、魔法の持つ優位性は異常なほど跳ね上がっていることだろう。

「……すまなかった」

絞り出したようなその声には、確かな誠意が込もっていた。

ヒマワリは意外に思った。彼はもっと、高慢で己の間違いを認めたがらないタイプだと思っていたのだ。

「俺がしたことも、そして、この国が……お前にしたことも、すべて。ヒムカ国の王子として、謝罪する」

アヤはようやく、しっかりとヒマワリの顔を見た。

その目が、今の言葉が本心であると告げている。

「陛下には改めて俺から、今回の件について説明する。そこで、お前が本来持つすべての権利を取り戻せるよう、力の及ぶ限り働きかけるつもりだ」

「そんなのは、別にどうでもいい」

「そういうわけにはいかない。お前はこの国の王の息子なんだぞ」

王子であることに興味などなかった。そこに価値など感じられない。

けれど、アヤのそうした義理堅さは悪くない、とヒマワリは思った。

——魔法使いなど、この世から消え去るべきだ。

そう言ったアヤとは、もしかしたら今後、新たな関係を築けるかもしれなかった。

「君は、魔法使いが嫌いなの？」

アヤは少し躊躇うように、視線を彷徨わせる。さすがに、その手で殺しかけた魔法使いに対して、はっきりとは言いづらいらしい。

「今までは……私怨も含んでいた。だがそれを差し引いても、必要ない、と思っている。限られた者が持つ力に頼れば、必ず歪みが生じる。今回の件がいい例だ。陛下はあの男を信用しすぎた。俺はヒムカを、魔法に頼らない国にしたい。人による、人のための国に」

「いいね」

ヒマワリはにやりと笑った。

「そうなってほしいな」

「お前は魔法使いなのに、それでいいのか」

「言ったでしょ。僕も、この世に魔法使いは存在すべきじゃないと考えている。いつか僕も、ただの人になるかも」

アヤは怪訝な顔になる。

「ところで、君に毒を盛った犯人のことだけど」

ヒマワリは、テーブルの上に置かれた箱に目を向ける。

そこにはアヤの手袋が収められている。毒の匂いを辿ったバトラズが、この手袋の内側に塗られた毒を見つけたのだ。

「キサラ姫からの贈り物……なんだよね」

「そうだ。オグリの独白からしても、毒はあの手袋に塗られたのに間違いない。イチイには、姫を逃がさぬよう部屋から出すなと命じてある。オグリに唆されたのだろうが……

それにしても恐ろしい女だ。婚約者を殺そうとするとはな。だが、動機がわからない」

「まぁ、おおよそ、想像はつくけどね」

「何？」

　恐らく、アヤを殺せばクロと一緒に遠くへ逃がしてやる、とでも言われたのだろう。それで本当に人を殺そうとするのだから、キサラのクロへの想いの異常な熱量を感じざるを得ない。キサラに人生を狂わされた男たちは多かったというが、キサラ自身もまた、恋に狂わされてしまったようだ。

「ところで君、キサラ姫のことなんとも思わないの？」

「？　一度会っただけだぞ。どうこう思う暇もない」

「彼女を前にすると、大抵の男はすぐに心を奪われてしまうんだよ。お国でも随分大変なことになっていたんだって。僕も実際、彼女に恋焦がれておかしくなってしまった人を何人か知ってる」

　アヤは怪訝そうに眉を寄せた。

「それほどの女か？」

　ヒマワリは思わず噴き出した。

「いいね、君！」

「なんだそれは」

ヒマワリは、自分も同様にキサラの魔性の影響を受けなかった理由を改めて考えてみた。もしかしたらヒムカ王家の血筋には、竜の魅力に対してなんらかの耐性があるのかもしれない。

「別に。僕もそう思うよ。で、彼女のことはどうするつもり？　まさか、後ろ盾欲しさに全部水に流して結婚するの？」

アヤはため息を落とす。

「馬鹿を言うな。夫を殺そうとする女を妻にするつもりなどない。だが、あれでもイト国の王女だ。罪人とはいえ、扱いを間違えれば外交問題になる。本来なら極刑に処したいところだが、できて生涯幽閉――しかしそうなれば、イト国王が必ず抗議してくるだろう。国元へ送り返すのが一番穏便か……気に食わないが」

「それなんだけどね。僕に、ちょっといい考えがあるんだ」

枕元に身を乗り出し、ヒマワリはにやりと笑う。

「結婚直前に婚約者に殺されかけた、なんて広まれば君の体面も悪くなるでしょ。かといって彼女の罪を伏せて罰することもしないんじゃ、今後に禍根を残すし、道理にも反する。彼女には、それなりの報いを受けさせるべきだ。ただしヒムカのあずかり知らぬところで――。このやり方なら、君にもこの国にも、責任がない形で彼女を追放できると思う」

「そんなことが？」

ヒマワリは、思いついた計画をアヤに囁く。

アヤは目を丸くして、困惑したように尋ねた。

「……だが、上手くいくか？」

「まかせてよ。僕が全部手配するから」


そうして今日、花嫁は突然現れた賊に攫われたのだった。

「あいつらは一体何者なんだ？」

アヤの質問に、ヒマワリはくすりと笑う。

「イト国の武人だよ。もとは彼らが決闘して、キサラ姫はその勝者の妻になるはずだったんだ。彼らの主張も権利も、あながち間違いじゃない」

ヒマワリはあの後、イト国の山奥で戦い続けていたマサムネとタケチを探し出した。そして、これがキサラと結ばれる最後のチャンスだと掻き口説き、巧みに彼らを焚（た）きつけたのである。

キサラは厳しい監視のもと、部屋に軟禁されている。彼女を奪うなら、結婚式の最中しかない。聖堂の中には兵士もいないし、参列者は皆帯剣を許されない。君たち二人ならば、人一人連れ去るのは容易（たやす）いだろう。僕がこっそり、魔法で援護もしてあげる――。

一方、キサラにはクロからの手紙を密かに送った。この罠に誘い込むためには、確実に結婚式に出席してもらわなければならない。逃亡したり、絶望して自殺などされたら厄介なので、張り切って聖堂まで来てもらえるよう、彼女の心を摑む内容にする必要があった。

一応本人の直筆のほうがいいだろうとクロに頼むと、彼はとても嫌そうな顔をして、不本意そうにペンを走らせていた。

「これで、ヒムカ国の王子は結婚式の最中に無理やり花嫁を奪われただけ。しかも、犯人はイト国の人間だ。そもそもイト国王が彼らとの約束を反故(ほご)にしたことが、原因であり発端。被害者も加害者もイト国の人間であり、ヒムカ国に非はない。そして花嫁は永遠に行方不明——めでたしめでたし！」

ヒマワリはぽん、と両手を合わせて、にやっと笑った。

「マサムネもタケチも悪い人じゃない。キサラ姫も、それなりに幸せになるんじゃない？どーでもいいけど」

「本当に、これでよかったのか？」

アヤが言った。

「あれ、キサラ姫に未練があった？」

「違う。そうじゃなく……お前は、呪われた王子として死んだことになってしまったんだぞ」

ああ、とヒマワリは頷いた。

「だって、それが一番すべて丸く収まるでしょ」

それもまた、ヒマワリが言い出したことだった。

呪われた王子の予言が嘘であったことが知れれば、それを信じて王子を殺そうとした王の権威が失墜することは必至である。さらに、失った軍艦や兵士たちの犠牲が完全なる無駄であったとなれば、軍部からの反発もあるだろう。

そこで、偽の予言はそのままに、呪われた王子は死んだということにしたのである。そしてアヤが彼をその手で倒し、国を救った救世主であるという話を、あえて王都中に広めた。

これによってアヤは国民から絶大なる支持を得ることになり、イト国の後ろ盾を失っても、今後は確固とした地位を築けるだろう。

「だが、お前には王子としての権利がある。それをすべて失うことになったんだ。わかっているのか」

「そういうのいらないってば」

「……しかし、汚名を着せることになってしまった」

「そうだね。『スバル』は死んだ。——でも、『ヒマワリ』は生きてる」

ヒマワリは微笑む。

「それでいいんだ」

アヤはまだ納得のいかない様子だったが、これ以上言っても無駄だと悟ったようだった。

「陛下と……父上とは、話したのか？」

「うん、まぁ一応、軽く」

「何か、言われたか？」

ヒマワリは少し伸びてきた金の髪を指でくるくると巻きながら、セキレイとの会話を思い返す。

「——まぁ、謝ってたよ」

セキレイと面と向かって話すことになったのは、母のもとを訪れた夜であった。

イチイ将軍は当初、確かにあの屋敷に母トキワを幽閉していたらしい。しかしヒマワリたちが乗り込む少し前、イチイもアヤも、そしてオグリも知らぬ間に、何者かが密かに彼女を連れ出して別の場所へと移送していたのである。

命令を出したのは、ヒムカ王セキレイだ。

そもそも、トキワを長年匿い保護してきたのは、セキレイその人であった。

五年前、トキワは息子を逃がして囚われ、王都へと連行された。その時からヒムカ王は、彼女のために住みよい家と使用人を用意して、ずっと庇護してきたのだという。

ただし、己は決して、彼女に会うことはしなかった。

「それが陛下なりの、トキワ殿への償いと、そして統べる国への責任の取り方だったのでしょう」

そう語ったのはイチイで、彼はヒマワリを、森の中に佇む小さな家に案内した。

「ヒマワリ様。これまでのこと、お許しいただけるとは思っておりません。ですが――まことに申し訳ございませんでした」

　入り口の前に立つと、イチイは神妙な面持ちで、ヒマワリに深々と頭を下げた。

「頭を上げてください。あなたは、あなたの職務に忠実であっただけですから」

「ですが」

「むしろ、呪われるようなことさせて、すみません」

　いたずらっぽくそう言うと、イチイははっとして、そして青ざめた。汗をかきながら、ごくりと喉を鳴らす。

「あの……だ、誰にも、言いませんので」

「うん、お願いします」

　にっこりと微笑みかける。言ったらどうなるかわかってるな？　とヒマワリの顔には書いてあった。

　イチイは外で待つと言い、ヒマワリは一人、扉を潜った。

　小さな、しかし居心地のよさそうな居間が広がっていた。年季の入った古い家ではあったが、よく手入れがされているようだ。冬が迫り夜は冷え込んでいたが、赤々と燃える暖炉は十分に室内を暖めてくれている。

　その炎の前に、佇む人影があった。

セキレイだ。

その髪は自分とそっくりの黄金色で、揺れる炎に照らし出されると一層眩く輝くところまで同じだった。

「――オグリが、すべて認めた」

夜気の中に響く声は、淡々としている。

「己が、そなたに殺される未来を視たのだそうだ。それを回避するため、偽の予言をすることで、私にそなたを殺させようとした……それが、事の真相であると」

セキレイは迷いのない目で、ヒマワリを見つめている。

「私の過ちによって、辛い思いをさせた。王としても、父としても、許されるものではない」

セキレイは、両手を広げて丸腰であることを示す。

「魔法使いならば、この場で私の命も簡単に奪えるはずだ。好きにしてくれて構わない。私のすべてで、この罪を贖(あがな)おう」

恐れる素振りも、悩む様子もない。そうするべきであると、ただ思い定めているようだった。

ヒマワリは頭を振った。

「興味ありません」

殴ってやろうと思ったことがあるのは、事実だけれど。

「あなたが王として、そうせざるを得なかったことはわかります、陛下」

どこまでも他人行儀な口調で、ヒマワリは言った。

「一人を犠牲にして国を守れるのなら、息子であろうと殺す。王ならばそう考えて当然でしょう。ただ——愛した女を守れないような男は、竜の炎で焼き殺されてしまえばいいのに、とは思いますけど」

セキレイは微かに瞳を揺らし、やがて自嘲するような苦い笑みを口元に滲ませた。

「そうだな……」

「母は、どこですか」

セキレイは、「隣の部屋に」と右手の扉を示す。彼の横を素通りして、ヒマワリはその扉に手を伸ばした。

「トキワは……長いこと胸を患っている」

ヒマワリは足を止めた。

「もう、あまり長くないと、医者に言われている。そなたに会いたいと……ずっと、そればかり言っていた。必ず生きているはずだから、と」

ヒマワリは、何も答えない。

「スバル」

セキレイは初めて、彼の名を呼んだ。

「——すまなかった」

背中越しに、彼が頭を下げているのがわかった。

ヒマワリは振り返らなかった。そしてそのまま、隣室へとその身を滑り込ませて、扉を閉めた。

小さな寝室だった。赤々としたランプがひとつ、ベッドの近くに灯されている。

その光の中に浮かび上がるように、トキワは身体を起こしていた。

記憶にあるよりも年齢を重ねて、病のせいか頬が削げている。寝間着ではあったが、長い銅色の髪は緩く束ねられていて、肩にはショールを羽織っていた。セキレイから、すでに話は聞いていたのだろう、多少なりとも身支度を整えて待っていたらしい。

ヒマワリはゆっくりと、彼女のもとへと歩み寄る。

灯りの傍に身を置くと、光に照らされたその顔を、トキワはじっと見つめた。

そして恐る恐る、そこに彼がいることを確かめるように、手を伸ばす。

頬に触れたその感触とぬくもりが、一瞬にしてヒマワリを幼い頃へと引き戻した。

懐かしい匂いがする。母の匂いだ。

トキワは、唇を震わせた。

「スバル……」

その声。

幼い頃、何度も自分の名を呼んだその慕わしい声。

涙がせりあがった瞳に、自分の顔が映り込んでいた。

「生きてるって、わかっていたわ。だってシロガネ様は、困っている者を決して放ってはおかないもの……」

　彼女のヘーゼルの瞳の奥には、美しい向日葵が咲いていた。それは自分と同じ瞳であり、幼い彼をいつも映していた、母の瞳だった。

　ヒマワリの中で、古い記憶がふと溶けだした。閉じていた蕾がゆっくりと花開くように、奥底から響いてくる。

　——君の名前は？

　シロガネの声がする。

　——トキワ。

（ああ……）

　そうだったのか、とヒマワリはその人を見つめた。

　大蛇の目を射貫いた、勇敢な少女。

　彼女の細い腕が、自分を抱きしめる。優しい手が、髪を撫でた。

　ヒマワリはその身体を、優しく抱き返した。

　涙が一筋、頰を伝っていった。


　あれからヒマワリは、毎日欠かさず母のもとを訪れている。

　セキレイが語った通り彼女の体調は思わしくなく、息子にもう一度会うという願いのために、気力で命を繋いできたようなものだったらしい。ヒマワリの前では元気に振る舞っていても、明らかに弱っているのがわかった。

恐らく近いうちに、別れの時が来る。それまで、できる限り傍についていたかった。

「俺も……父上と話をした」

アヤが、少し躊躇いがちに言った。

「あんなふうに話したことはこれまでなかったから、驚いたが……話してみると……実は不器用な人なのかもしれない、と思った。父上自身、先代の王とはあまり話したこともなかったそうだ。その上、実の兄に狙われて城を追われて……家族とか、そういったものと縁が薄くて、俺にどう接したらいいのかわからなかったらしい」

その声は、微かに弾んでいる。

「俺なんてどうでもいい存在で、だから視界にも入っていないと思っていたんだ。でも、違った」

「そっか。これからは、もっといろいろ話してみたら」

「ああ……」

するとアヤは、言い淀むようにしてヒマワリの様子を窺った。

「父上が言っていた。俺を見る度、お前のことを……思い出していたと」

「僕？」

「歳(とし)もそう変わらないだろう。だから、生きていたら、これくらいだったのか、とか、こんな顔だったのかもしれない、とか……。そう思うと、辛かったらしい。自分の命令で死なせたと思っていたから。それでつい、俺のことを避けてしまっていたと、そう言っていた」

「……ふぅん」

ヒマワリはそれ以上何も言わず、ただ窓の外に目を向けた。

外ではまだ、花嫁を攫った賊の追跡に大騒ぎだろう。けれどここは、不思議なほどひっそりと静かだ。

セキレイとは現状、あくまで一国の王とよそ者の魔法使いという立場でしか接するつもりはなかった。けれどいつか、もしかしたら——親子として、いくらか歩み寄る日も来るのかもしれなかった。

「何か、手助けが必要な時はいつでも言え。償いとして、できるだけのことはするつもりだ」

「君は信念を貫いて、魔法に頼らない国をつくってよ。それが僕の一番望むことだ」

すると、アヤは妙な顔をした。そして、ぼそりと言う。

「……アヤで、いい」

「え?」

「俺のことは、アヤでいい——」

ヒマワリはきょとんとした。

そして、ぱっと破顔する。

「わかった！　じゃあこれからは、アヤヤって呼ぶね！」

「……？　ヤがひとつ多いぞ」

「そっちのほうが可愛いでしょ」

アヤは困惑している。

「……？　……？？　いや、おかしいだろう。可愛いってなんだ？」

「絶対アヤヤだよ。ぴんときたんだから」

「おい、俺はこの国の王子だぞ。そんな間の抜けた呼び名を――」

不服そうなアヤに、ヒマワリは首を傾げた。

「えっ？　僕、兄を英雄にするために、汚名を着て死んだんだよね？」

「…………」

「刺された時、痛かったなぁ」

「…………」

「本っ当に、ものすごーく痛かったなぁ～。死ぬかと思った～。あ、傷が開いたかな～」

顔を顰め、わざとらしく腹を摩る。

苦虫をかみ潰したような顔をして、アヤは唸った。

「…………好きに、呼んでくれ」

オグリの処遇はヒムカ国だけの問題ではなく、魔法の塔にも諮られることになり、その対応のために四大魔法使いの一人、西の魔法使いアンナがヒムカの王城へと派遣された。

久しぶりに会ったアンナは、ヒマワリの無事な姿にほっとした表情を見せた。

「ヒマワリ」

少し、不思議な気分になった。

今の自分には、シロガネの記憶がある。

目の前の女性には、初めて出会った頃のうら若く美しい娘の面影がはっきりと見て取れた。かつてシロガネであった時には自分のほうが年上で、師は異なれど互いに西の魔法使いの弟子であったという点でいえば、同門の兄妹弟子のような間柄であった。それが今では、彼女が己の師なのである。

暁祭の後、熱にうなされていた時を除けば、面と向かって話すのはこれが初めてだ。彼女がヒマワリの枕元で、何度も謝罪の言葉を口にしていたことは、朧げながら覚えている。暁祭のこと、危険に晒してしまったこと、弟子であるヒマワリを守れなかったこと。意識が虚ろでまともに返事ができていたか定かではないが、ヒマワリは彼女を責めるつもりなどまったくなかった。

アンナが魔法を愛していることを、シロガネは知っている。西の魔法使いとなり真実を知っても、それを手放すことができずに深く悩んだであろうことも。

「無事でよかった。ヒムカ王から大体の話は聞いたわ。怪我はない？」

「大丈夫です」

「心配していたのよ。クロとアオは？」

「先に島へ戻りました。僕は、もう少しこの国に残ることにしたので。ウキハはどうしてますか？」

「元気よ。谷間の暮らしにも随分馴染(なじ)んだわ。お兄さんたちが無事だと知って、喜んでいたわよ」

「東の魔法使いの件、師匠自らがいらっしゃったんですね」

「今回は四大魔法使いの失態ですからね。一人の魔法使いの欺瞞(ぎまん)に、一国が振り回された。魔法の塔としても、大いに問題視しているのよ。再発防止のために緊急会議が開かれたの。四大魔法使いも招集されて、オグリから東の魔法使いの地位をはく奪するということで意見は一致したわ。それで、執行のために私が現地へ行くと手を挙げたの」

「彼に会いましたか？」

「ええ。黙り込んで、ほとんど会話にはならなかったけれど……。ブローチを返還するように求めても、聞く耳を持たなかったわ」

「四大魔法使いの、銀のブローチですか」

「あれは代々、受け継がれていくものだから」

「師匠、僕も彼に話があるんです。面会を許可していただけますか」

「話？」

「はい。彼が使った腕輪について聞きたくて」

ヒマワリの魔法を封じたあの腕輪は、使い方によっては魔女に対抗する有効な武器になり得る。その仕組みを知ることができれば、さらに改良を加えて新たな魔道具を作り出し、魔女の力を削ぐことができるかもしれない。オグリが魔道具の開発に明るいとは聞いたことがない。恐らく誰か、協力した者がいるはずだった。

「魔法を封じる魔道具……その仕組みを知りたいんです」

アンナの表情が、微かに不安そうに揺らいだ。

「それを知って、どうするつもり？」

「師匠。僕は暁祭を今後、二度と行わせるつもりはありません。絶対に」

アンナは瞳を大きく見開く。

「そのためは、魔女に対抗する力が必要なんです」

それ以上言わずとも、アンナにはその真意が伝わったようだった。ヒマワリがこれから、何をしようとしているのかも。

アンナは、非難も肯定もしなかった。

ただ受け止めるように、目を伏せ、じっと考え込む。

やがて自らを落ち着かせるように小さく息を吸い込むと、ようやく口を開いた。

「――ヒマワリ。私はあの時、あなたを守れなかった。暁祭で何が行われるかわかっていながら、魔女のもとへあなたを送り出そうとしました。師はどんな時でも弟子を守るもの……私は、そう教わってきたはずなのに、あなたを危険に晒してしまった。私にはもう、あなたの師を名乗る資格はないでしょう」

「師匠」

そんなことはない、と言おうとするヒマワリを、アンナは手を上げて制した。

「暁祭を行わなければ、何が起きるのか……それは誰にもわかりません」

「はい」

「危険なことだと、わかっていますね？」

「はい」

「魔法が——この世から消え去るとしても？」

その強い眼差しに、ヒマワリはその時、ようやく気づいた。

アンナもまた、自分と同じ決意を胸に秘めているのだということを。

「はい。すべて、受け入れます」

迷いなく言い切るヒマワリを、アンナは眩しそうに見つめた。

「最近ね……もしかしたらシロガネも、同じことをしようとしていたんじゃないかしら、と思うのよ」

「……どうして、そう思うんです？」

「あの人はいつも、海の向こうを見つめていた。ずっと何かを探していた。私は西の魔法使いになって初めて真実を知った時、思ったのよ。シロガネはこのことを知っていたのかしら、知っていたとしたら彼はどう考えただろうって……」

懐かしそうに、そして悲しそうにアンナは微笑む。

「きっと、あなたと同じことを考えたと思うのよ。こんなことを続けていくわけにはいかない、魔女を滅ぼさなければ、と。あの人は、私のように弱くはないもの。今の私を見れば、呆れて嘆くでしょうね。すべてを知りながら、見て見ぬふりをしてきたのだから……」

「いいえ」

ヒマワリはきっぱりと否定した。

アンナの手を強く握りしめ、その顔を覗き込む。

「シロガネは、ちゃんとわかっています。あなたが、とても強い人だってこと」

アンナは微かに、唇を震わせた。

泣き出しそうな表情を浮かべたが、やがて堪えるようにして、その手に何かを魔法で取り出した。

それは、銀のブローチだった。方角を示す手の意匠が、西を指している。代々、西の魔法使いに受け継がれてきたものだ。

「四大魔法使いに受け継がれるこのブローチはね、ただの勲章ではないの。これは……魔女を呼ぶための鍵なのよ」

「鍵？」

「そう。東西南北、四人の魔法使いが持つ銀のブローチがひとつ所に集められた時、魔女を呼ぶことができる。そうして暁祭の夜、あの魔女の眠る場所への道が開かれるの」

ヒマワリは息を呑んだ。

どうすればあの場所へ辿り着くことができるのか。どうすれば道が開けるのか。それは、シロガネが長年渇望していた情報だった。

興奮で、心臓が激しく音を立てる。

「つまり……つまり、四大魔法使いの総意がなければ、魔女のもとへは辿り着けないということですか?」

「そうです。ただ、オグリの後任はまだ決まっていませんから、東のブローチだけはしばらく魔法の塔で管理することになるでしょう」

アンナはヒマワリの手を取ると、己のブローチをその中に包むように置いた。

「これは、あなたに預けます」

「……いいんですか?」

「オグリのブローチは、私が預かり次第、偽物とすり替えて確保します。……残る北と南の二人を説得するのは、難しいでしょう。力尽くで奪うしかないかもしれません。そして魔法を消し去れば、すべての魔法使いから恨まれ、憎まれるかもしれない。けれど、それでもあなたが成し遂げるというのなら、私もできる限りのことをしようと思います」

「師匠……」

「何より私自身が――そしてすべての魔法使いが、その手で責任を取らねばならないと思うのですよ。これまで無自覚に使い続けたこの力に対する、代償を払わなければ。私たちは皆、共犯者なのですから……」

アンナの言葉を遮るように、唐突に部屋のドアが開かれた。

「――失礼する！　西の魔法使い殿はこちらに!?」

慌てた様子で現れたのはアヤで、アンナの姿を確認すると「陛下がお呼びです。すぐにおいでください」と強い口調で促す。

「どうしたの？」

嫌な予感がした。

するとアヤは、忌々しそうに吐き捨てた。

「オグリが、牢から消えた」

オグリの囚われていた牢は、城の地下の最深部に位置していた。

ヒマワリによってかけられた拘束魔法だけでなく、牢の前には魔法の塔から派遣された魔法使いが二名監視役として立ち、さらに兵士が数名入り口を固め、厳重な警備が敷かれていた。

しかしオグリは、それらをすべて潜り抜け、忽然と姿を消したという。

ヒマワリとアンナが駆けつけた時、暗い牢の前には二人の魔法使いが無惨な姿で倒れていた。どちらも、すでに事切れている。

「オグリはこの二名を殺害し、牢を脱出したようです。現在城中を捜索しておりますが、キサラ姫を誘拐した賊の捜索に人員を割いていたため、初動が遅れて……」

イチイの説明を聞きながら、やられた、とヒマワリは思った。

オグリはその混乱を狙ったに違いない。その未来を視る力で、結婚式で何が起きるか知っていたのかもしれなかった。

「腐っても四大魔法使いだね。甘く見ていたかもしれない」

苦々しい思いで、ヒマワリは呟く。

アヤもまた、悔しそうに拳を握っていた。

「イチイ、すぐに王都の門をすべて閉ざせ！　決してやつを逃がすな！」

「殿下。恐らくオグリはすでに、魔法の道を使って国外へ逃げているでしょう」

アンナは無惨に殺された二人の魔法使いの傍に、悲しそうに膝をついた。そして見開いたままのその目を、そっと閉じてやる。

「ならば、すぐに兵を赤銅の峯に向かわせろ！」

「危険です。魔法使いに軍隊で対抗するおつもりですか？　彼の本拠地に乗り込めば、どんな罠が仕掛けられているかわかりません。オグリのことは、我々が必ず捕らえて罪を償わせます。ですから――」

「これは我が国の威信に関わる問題だ！　魔法の塔に任せてなどおけるか！」

「大丈夫だよ」

空っぽの牢獄を前に、ヒマワリの声は冷静だった。

しかし、その胸の内には静かな怒りが沸き立っている。

アヤが怪訝そうな顔を向けた。

「どういう意味だ？」

「オグリは必ず、僕が見つけ出すから」

母を、セキレイを、アヤを苦しませ、そしてヒマワリ自身の人生も狂わせた男。

（絶対に、逃がさない）

「ヒマワリ……？」

不穏な空気を感じ取ったように、アンナが不安そうに、己の弟子の名を呼ぶ。

ヒマワリは二人を振り返った。

その口元には、仄暗い笑みを浮かべている。

「だって、オグリは視たんだよ。僕が――あいつを殺す未来をね」

ならば必ず、この手で彼を殺してみせよう。

マサムネとタケチは、ヒマワリの助けを借りて魔法の道を使い、イト国の山中へと逃げ帰った。

その腕に、大事なキサラ姫を抱えて。

花嫁姿のキサラは初めこそ悲鳴を上げて暴れていたが、今では口を噤んで身を硬くしている。

少し開けた場所に出ると、おもむろに敷物を広げて彼女を恭しく木陰へと座らせた。二人はその前に、かしこまって膝をつく。

「姫、怖がらせてしまい申し訳ありませんでした。強引な方法を取ったことは、心よりお詫びを」

「我らはイト国の者です。決して姫に無体な真似などいたしません。ご安心ください」

「ここはもう、母国でございます。どうかお気をお楽に」

恐々と身を縮めていたキサラは、そんな二人の様子にいくらか安堵したようだった。

「……私を、どうするつもりなの？」

おずおずと尋ねられ、二人は互いに顔を見合わせると小さく頷いた。

「姫。我々は姫の前で、最後の決闘を行おうと思います。どうか、それを見届けていただきたい」

「そして、この決闘に勝った者の、妻となっていただきたいのです」

さっと青ざめるキサラに、しかしマサムネもタケチもただうっとりするばかりである。

彼らは自らの思いの丈を、ひたすらに説いた。

「姫。これはそもそも、お父上が我らに約束なさったことでございますれば」

「どちらが勝っても、生涯あなたを大切にすると誓います」

「そうです。こちらのマサムネという男、このようにいかつい顔はしておりますが、おおらかで優しく、存外甲斐甲斐しく尽くすタイプでございますぞ」

「それを言うならこのタケチは、細やかな気遣いができ、思慮深く頼りになる。姫の夫として申し分なかろうと存じます」

「何を言う。そなたこそ」

「いやいや、そなたこそ」

決闘を繰り返すうちにすっかり互いを認め合った二人は、ひたすら相手を褒め称えた。

「──だが、姫の夫はただ一人。決着をつけねばならぬ」

「うむ。尋常に勝負だ！」

「おう！」

二人はおもむろに剣を抜くと、ぱっと距離を取って睨み合い始めた。その途端、これまでと目の色が変わり、空気がぴしりと張り詰める。

キサラはあまりの恐ろしさに、思わず身を引いた。二本の剣がぶつかり合い始めると、小さく悲鳴を上げて震え出す。

しかし決闘に夢中な二人は、キサラの様子に気づかない。

キサラは音を立てぬよう注意しながら、ゆっくりと後ろへ下がっていく。そうして、彼らの視線が完全に自分から逸れた瞬間を見計らい、決死の思いで繁みの向こうへと跳び込んだ。

そこからは、無我夢中だった。

キサラは恐ろしい現実から逃れようと、必死で駆けた。どこへ向かっているのかもわからない。けれど、ここにいるのは嫌だった。あの二人のどちらかの妻になることなど考えられない。

かつての自分ならば、父の決めた相手と結婚することに否はなかっただろう。誰が相手でも同じだったからだ。

けれどキサラはもう、恋を知ってしまった。クロ以外の男と結婚することは、身を切るように耐え難いことだった。

(嫌よ、こんなのは嫌……！)

こんなことを、ヒムカ国も許すはずがない。突然攫われたキサラの捜索は、必ず行われているはずだ。助けはきっとやってくる。なにより今頃、クロもまた、自分を探しているはずだった。どうか早く見つけ出してほしい、とキサラは心から祈った。

突然、視界が開けた。

思わず、息を呑んで立ち止まる。

足下を見下ろせば、切り立った崖が遥か奥底まで続いていた。その果ては、深すぎてもはや目に映りもしない。ひゅう、と谷底から吹きつける冷たい風が、彼女の巻き毛を揺らす。

逃げ場を失い、キサラは恐慌に陥った。

あの男たちが今にも追ってくるのではないだろうかと、震えながら立ち尽くす。

その足下に、己の影がないことにも気づかない。

「ああ……どうしてなの……どうして私がこんな目に……！」

涙がこぼれた。

「クロ様……お願い……助けて……！　たす……け……」

それ以上、言葉を発することはできなかった。

気がつくと、キサラは鳥になっていた。

桃色の小さな鳥は、軽やかに空へと羽ばたく。

その姿を見上げるようにして、崖の上には、いつの間にか一人の青年が佇んでいた。

もしもそこに彼の姿を目にする者があれば、そのあまりの美しさに眩暈(めまい)を覚えずにはいられなかっただろう。どんな名詩人であろうと彼の眩さを言葉で言い表すことはできず、いかなる芸術家であろうと彼の輝きを形に留めることはできないに違いない。それほどに、その姿は常人離れし筆舌に尽くしがたく、何人(なんぴと)も彼の前に出れば抗う術(すべ)を持たないであろう麗(うるわ)しさであった。

彼の手には、空の鳥籠がぶら下がっている。桃色の鳥は、吸い込まれるようにその中へと身体を滑りこませた。

カシャン、と入り口を閉じて、青年は籠の中を覗き込む。

鳥が歌い始めた。

妖精王は満足そうな笑みを浮かべた。

どこかで、剣がぶつかり合う音が響いている。

崖の上には、もう誰もいない。


海から流れてくる風が、ふわりと窓から流れ込む。

クロは塔の上から、遠い水平線に視線を向けた。

ヒムカ国から終島に戻って、すでに三か月が経っている。

その間、不老不死を求めてシロガネを訪ねてくる者もなく、島の時間は静かに過ぎていった。

アオはいつものように、掃除やら洗濯やら庭仕事やらとせわしなく動き回っている。さらには、いつヒマワリが戻ってきてもいいようにと、彼の好物が作れるよう材料を買い込み、下ごしらえまでしているのを見かけた。しかし今のところ、彼の努力が報われる気配はない。

ヒマワリは、母親の傍にいることを選んだ。

クロの目から見ても、ヒマワリの母トキワの命はそう長くはないだろうと思われた。だから、ヒマワリの選択は当然のことだ。それでもいずれはここへ帰ってくるのだろうと、クロもアオも信じて疑わなかった。

けれどここにきて、日に日にその確信は揺らいでいる。

母と暮らし、さらには実の父や兄と触れあえば、あの人懐っこいヒマワリならば彼らを愛し、己の居場所を見出すかもしれなかった。なにしろ、彼らは本物の家族だ。すべてが誤解であったとわかり、血の繋がりを間近に感じれば、これまでの失った時間を互いに取り戻そうとしても不思議ではない。

時折、手紙は届いていた。

オグリが逃亡したこと、キサラの行方はいまだにわからないこと、ユメノが生涯幽閉されることになったこと、宮廷魔法使いは全員解任されたこと、モチヅキの近況、その日あった出来事――。

あえて避けているかのように、父や母の話題には触れない。

アオは律儀に毎回返事を出していたが、クロは一切何も返さなかった。きっとアオが全部あれこれと知らせるのだろうし、筆を取ってしまえば、なんだかんだと恨みがましいことを書いてしまいそうだった。何も書かないのが一番である。

ただ、聞きたいことはあった。

ヒムカの城門でヒマワリが使った、移動魔法のことだ。魔法の道を通らずに短距離を一瞬で移動し、モチヅキの家までクロとアオを連れて逃げた。

ずっと引っかかっていた。

あの魔法を、クロは何度か見たことがある。

かつてシロガネが作り出した、特殊な魔法。

これは自分以外には使えないのだ、とシロガネは語っていた。危ういから、どんな魔法書にも載せていないのだ、と。

それなのに何故、ヒマワリがあの魔法を知っているのだろうか。

気になることはほかにもあった。あの時、あの妖精は何故、彼をシロガネと呼んだのだろう——。

クロは窓を閉めると部屋を出て、城の外へと足を向けた。

丘の向こうに立つ、白い墓標。

シロガネの墓は、いつも静かに海を眺めている。

墓を前にすると、クロは小さくため息をついた。シロガネも、ヒマワリも、もう帰ってこないのかもしれない。けれど自分は、ここで彼らを待つことをやめる術すら持たない。

「おや、クロさん。こちらでしたか」

庭に咲いている花を手に、アオがやってくるのが見えた。墓に花を供えるのは、彼の日課だ。

「ちょっと……散歩」

「今日は気持ちのいい天気ですからね」

クロは空を見上げた。

確かに今日は、からりと晴れた青空が広がり、穏やかな風が吹く、心地の良い日だった。南の果てにあるこの島の短い冬が終わり、また春がやってくる。

墓に花を供えながら、アオが言った。

「ヒマワリさん、いつ頃帰ってきますかねぇ」

「……帰ってこないかもな」

「えっ、どうしてですか？」

アオが驚いて声を上げた。

「本当の家族が見つかったんだ。今まで離れてた分、向こうで一緒に暮らしたいって思うのが、当然なんじゃねぇの」

口に出してみると、思った以上にその考えは己の胸を抉（えぐ）った。クロは苦いものを含んだように、眉を寄せる。

「血の繋がりってのは、そういう特別な引力があるもんだろ」

アオは首を傾げた。

「それなら、ヒマワリさんとクロさんも血が繋がってるじゃないですか」

「は？」

「血を、分けてあげたでしょう。ヒマワリさんに」

クロは一瞬詰まって、目を丸くする。

「血を分けた兄弟、とか言うじゃないですか。本当に分けましたから、繋がっていると思いますよ」

「あれ、は……」

クロは呆気(あっけ)にとられた。

「……お前のその発想、すごいな」

こういうところが、この青銅人形の計り知れないところである。いつだって、クロの考えを飛び越えていく。

アオは褒められたことで、何やら嬉しそうにしている。えーすごいですか、そうですか、とちょっと揺れ出した。

(繋がってる――か)

己の手を見下ろす。あの時嚙み切った傷痕は、とっくに消えていた。

風に乗って歌が聞こえてきたのは、その時だった。

クロもアオも、ぴたりと動きを止める。

そして、顔を見合わせた。

聞き覚えのある、おかしな歌詞とメロディ。いや、それは歌詞とは言えないような代物(しろもの)だ。

――音楽でも滲み出ちゃうんだなー僕の才能が。

シロガネが笑う声が、記憶の底から響いてくる。

「聞こえるか、アオ」

「はい。歌、が……」

それは丘のほうから、風に乗って流れてくる。

初めは、疑うような足取りだった。だがそれは徐々に速くなっていき、いつの間にか二人は、引き寄せられるように丘の上を目指していた。急き立てられるように、緩やかな斜面を駆け上がっていく。

歌声がするほうへ、その人の姿を探して、思わずもつれそうになる足を叱咤しながら、激しく視線を彷徨わせた。

丘の上でうさぎが数羽、一か所に群がっているのが目に入る。そのうさぎたちに囲まれるようにして、寝そべっている人影があった。

心臓が跳ねた。

二人の気配に気がつくと、うさぎたちは慌てたように散り散りに逃げて去ってしまう。それを機に、両手両足を投げ出して揺れる草花にうずもれていた人物が、よいしょと身体を起こした。

風に揺れる長い銀の髪が、陽光に照らされて淡く輝いている。

クロは息を呑み、アオはかたりと揺れた。

その人は、こちらに背中を向けている。

クロは、振り返ってほしい、と思った。

顔を見せてほしい。

早く、こちらを向いて——

「昨日、母さんの埋葬が済んだんだ」

金の髪が、太陽のように明るく煌めく。

クロは瞬きを繰り返した。

「二人に会いたくなって、急いで戻ってきちゃった」

振り返ったその顔は、ヒマワリのものだった。

以前より伸びた金の髪。瞼は腫(は)れぼったく、向日葵の咲く瞳はいつになく輝きを失い、翳りを帯びている。恐らく、泣いていたのだろう。

「ヒマワリ……さん？」

アオが訝しそうに尋ねた。クロもまた、目の前の人物を疑った。

今、確かにそこに見覚えのある背中があったのだ。銀の髪を持つ、彼の姿が。

しかし今、その痕跡(こんせき)は跡形もなく消え去っている。

ここにいるのは、本当にヒマワリだろうか。

「お前、さっきの、歌……」

「？　歌？」

「歌ってただろ、お前……変な歌」

「そうだった？」

ヒマワリは首を傾げ、ひとさし指に金の髪をくるくると巻きつけた。クロはその様子を、引きつけられるように目で追った。

思い返せば、思い当たることはいくつもある。

食べ物の好き嫌いが、同じだ。髪を指でいじる仕草も、よく似ている。妖精が彼を呼んだ名前、何故あの移動魔法を知っているのか、それに極めつきは、あの変な歌。

それから、それから、それから――。

「……シロガネ?」

確信を持てないまま、その名が口をついていた。

ヒマワリは驚いた様子もなく、クロに静かに微笑みかける。

「僕はシロガネじゃないよ」

クロは、ああ、と思った。

頭をもたげた期待の切れ端は、すぐに萎んでいく。

やっぱり、ただの勘違いだったのだ。当たり前だ、そんなことがあるはずもない――

「クロが、もうカグラじゃないようにね」

クロは言葉を失った。

金の髪の少年が、得意げに笑う。

「僕がつけた名前、やっぱりぴったりだったでしょう?」

どくん、と胸が大きな音を立てる。

鼓動はどんどん速くなっていき、苦しいほどだ。

「僕はヒマワリだよ。シロガネでも、スバルでもない。――クロが、名づけてくれたんじゃないか」

自分の足が震えているのを感じた。踏みしめている大地に現実味がなく、また都合のいい夢を見ているのではないかと怖かった。

手を強く握り込む。爪が皮膚に食い込んで、痛みが走った。その痛みが、これは夢ではないと訴えている。

「お前……」

――戻ってくるよ。

――必ず、戻ってくるから。

シロガネは、最期にそう言った。

だからシロガネが死んでから、クロは彼が戻ってきたらなんと声をかけようかと、ずっと考えてきた。

久しぶりだな、とか、遅いんだよ、とか。

あるいは何も言わずに、昨日まで会っていたように何気なく迎え入れるとか。

けれど現実は、そのどれでもなかった。

気がつくとそれは、勝手に口からこぼれ出していた。

「――帰ってきてるなら、早く言えよ！」

強く怒鳴りつけたつもりだった。

しかし実際に丘の上に響いたのは、涙交じりのひどく情けない自分の声だった。

滲んだ視界の向こう側で、ヒマワリは驚いたように目を丸くしている。

あの小舟が流れ着いた日。

ぼろぼろで傷だらけの少年の、金の髪が気に入った。美しくキラキラと輝いていて、思わず目を奪われた。

あれから、何年経っただろう。

「そうですよ！　待ってたんですよ、俺たち。ずっと……待って、いたんです……！」

アオもまた、震える不安定な声を上げた。

あまりの衝撃に限界を通り越してしまったのか、揺れは収まっている。代わりに、今にも泣き出しそうな顔をしていた。涙を流す機能があれば、ぼろぼろと大粒の涙がこぼれ落ちているに違いなかった。

二人の反応に、ヒマワリは目を瞬かせている。

やがて、眉を下げてくしゃりと笑った。

「うん、ごめん」

悪びれないその言い方に、その表情に、懐かしい姿が重なり合う。

その人は、不老不死を得たと言われている。

数多(あまた)の人間がその力を求め、この島を目指し船を出した。しかし誰一人として、永遠の命を手にすることはできなかった。

当然だ。シロガネは、不老不死など得てはいなかった。人の定めに従い、その天寿を全うしたのだ。

だからこれがどんな奇跡の結実か、もしくは気まぐれな運命の出来心なのか、クロは知らない。あるいはいつか、引き換えに大きなツケを払わなくてはならない時が来るのかもしれない。けれど、それでも構わないと思った。

彼はゆっくりと立ち上がった。

長い銀の髪が風になびき、光を弾く。

クロはその眩しさに、思わず目を細めた。

菫(すみれ)色の瞳が、こちらを向いた。

大魔法使いシロガネが、そこに立っている。

心底嬉しそうな、あの懐かしく慕わしい笑みを浮かべながら。

「――ただいま」

※この作品はフィクションです。実在の人物・団体・事件などにはいっさい関係ありません。

集英社オレンジ文庫をお買い上げいただき、ありがとうございます。
ご意見・ご感想をお待ちしております。

●あて先
〒101-8050　東京都千代田区一ツ橋2-5-10
集英社オレンジ文庫編集部 気付
白洲　梓先生

魔法使いのお留守番 ヒムカ国編

2025年2月24日　第1刷発行

著　者　白洲　梓
発行者　今井孝昭
発行所　株式会社集英社
〒101-8050東京都千代田区一ツ橋2-5-10
電話【編集部】03-3230-6352
【読者係】03-3230-6080
【販売部】03-3230-6393（書店専用）
印刷所　TOPPAN株式会社

ISBN 978-4-08-680601-5 C0193